폭식의

Berserk of Gluttony

베르세르크 I

나만 레벨이라는 개념을 돌파한다

잇시키 이치카 지음

fame 일러스트

천선필 옮김

"리치다아아! 무쿠로가 나왔다! 다들 도망쳐!"
험상궂게 생긴 무인 남자가 해골 마스크를 낀 나를 본 순간 새파랗게
질려 도망쳤다.

요즘 나는 무쿠로(시체)라 불리게 되었다.

왜냐하면 산더미처럼 쌓인 고블린들의 시체(무쿠로) 위에서 서 있는
모습을 자주 보여주곤 했기 때문이다.

"록시 님, 슬슬 놓아주시겠어요?"
"네? 벌써요?"

다시 《독심》 스킬이 발동되어서
록시 님의 마음의 소리가 흘러들어 왔다.

(······아쉽네요. 그럼 마지막으로
착하다. 착해.)

어?! 왠지 모르겠지만
내 머리를 쓰다듬어 주었다.

폭식의 베르세르크

Berserk of Gluttony

나만 레벨이라는 개념을 돌파한다

I

잇시키 이치카 **지음**

fame **일러스트**

천선필 **옮김**

Contents

폭식의 베르세르크
~나만 레벨이라는 개념을 돌파한다~

I

Berserk of Gluttony

I

Story by Ichika Isshiki
Illustration by fame

제1화 가지지 못한 자

이 세계에는 레벨이라는 개념이 존재한다.

온갖 생물들이 레벨1부터 시작해서 경험치(스피어)를 얻음으로써 레벨을 올릴 수 있다.

경험치는 이 세계에서 날뛰는 마물을 쓰러뜨리면 얻을 수 있다. 하지만 마물은 매우 위험해서 누구나 쉽게 쓰러뜨릴 수는 없다.

쓰러뜨릴 수 있는 것은 무인이라 불리는 강력한 공격 스킬을 지닌 자들뿐.

스킬은 태어났을 때 신에게 받는 특별한 힘(기프트)이다. 누구나 하나 이상은 가지고 있고, 그 힘을 유용하게 사용하며 살아간다. 그렇기에 강력한 스킬을 지닌 사람은 신에게 선택받은 자다.

돌아가신 아버지께 그렇게 배웠다.

그리고 내가 가지고 있는 스킬은 폭식. 배고픔이 끊임없이 생겨나기만 하는 곤란한 스킬이다. 내게 태어나 자란 마을에서는 밥만 축낸다며 자주 괴롭힘당하곤 했다.

나는 이 세계에서 불필요한 사람── 가지지 못한 자다.

유일한 육친이었던 아버지께서 병으로 돌아가시고 보호자를 잃은 나는 이 쓸모없는 스킬 때문에 마을에서 쫓겨났다. 그렇게 내가 흘러간 곳은 왕도 세이파트. 도시가 이렇게 크니 나도 뭔가 할 수 있는 일이 있을 것이다, 하고 처음 왔을 때 내 마음은 희망으로 부풀어 올라 있었다.

하지만 제대로 된 직장은 찾지 못해서 일용직 아르바이트인 성의 문지기를 하고 있다.

비가 오는 날도, 바람이 부는 날도, 눈이 오는 날도, 문 앞에서 움직일 수가 없어서 매우 힘든 일이다. 그에 비해 급료는 매우 적다.

원래는 나 같은 평민이 아니라 성에서 일하는 성기사님들이 해야 할 일이다.

하지만 이른바 3D라고 하는 '힘들다', '더럽다', '위험하다'라는 요소가 다 갖추어져 있기에 상류 계급인 그들은 대역으로 일용직 아르바이트를 쓰고 있다.

"이봐, 오늘도 우리 대신 문지기를 제대로 했겠지?"

번쩍이는 갑옷을 걸친 성기사님들이 싱글거리며 말을 걸었다. 내 고용주다. 왕국에서는 다섯 손가락 안에 들어가는 명가 브레릭 삼남매.

내게 으스대며 말을 건 사람이 장남인 라팔. 오른쪽 옆에 있는 키가 큰 남자가 차남인 하드. 그들의 뒤에 있는 사람이 막내 여동생 메밀이다.

남매라 그런지 세 사람 모두 머리카락이 차갑게 느껴지는 보라색이었다. 그리고 세 사람 모두 우수한 성기사님이다.

성기사란 무인 중에서도 특히 뛰어난 싱속싱 스킬을 다룰 수 있는 자. 그리고 왕국이 절대적인 지위를 인정한 자들에게 주어지는 명예로운 칭호다.

이 세계는 강력한 스킬일수록 레벨이 올랐을 때 스테이터스가 많이 올라간다. 그렇기 때문에 성속성 스킬을 지니고 있는데다가 마물과 싸워 레벨을 올릴 수 있는 성기사는 나 같은 사람과는 차원이 다른 존재다.

만약 그들을 화나게 한다면 무슨 일을 당하게 될지 짐작도 되지 않는다.

"네, 라팔 브레릭 님."

나는 무릎을 꿇고 고개를 숙였다. 아무리 열받는 망할 자식이라 해도.

"자, 오늘 급료다."

라팔은 내 발치에 동화를 몇 개 던졌다.

다른 두 사람도 나를 경멸하는 듯이 미소를 짓고 있었다.

"자, 주워라. 얼른 줍지 않으면 오늘 급료가 줄어들게 될걸?"

굳이 그런 말을 하지 않아도, 살아가기 위해 필요한 돈이다. 나는 재빨리 주웠다.

그리고 마지막 하나를 주우려 했을 때, 라팔이 손을 밟았다.

"어이쿠, 미안하군. 그런 곳에 손이 있었어? 더러워서 눈에 안 들어오던데."

크게 웃으면서 내 손을 짓밟았다. 척 보기에도 일부러 밟은 것이다.

"잊지 마라. 너처럼 써먹을 데가 없는 쓰레기를 고용해준 건 우리다. 대신할 사람은 얼마든지 있다고. 알기나 하는 거야? 너처럼 저능한 녀석에게는 너무 어려운가?"

"그래. 요즘 군기가 빠졌던데. 너는 우리 대신 명예로운 일을 하고 있으니까. 사실 무급으로 일을 시킬 수도 있지만, 우리의 자비로 돈을 받고 있으니 고맙다고 생각해라. 더 소중하게 주우라고!"

"오라버님들 말이 맞아. 네가 실수를 하면 우리에게 폐를 끼치는 거야. 목을 치는 걸로도 부족하지."

이건 라팔 남매들이 내게 하는 교육적 지도다. 내가 처해 있는 입장을 확실하게 인식시키려 하는 것이다. 내가 얼마나 왜소한 생물인지, 누가 살아갈 수 있게끔 해주고 있는지 뼛속까지 때려 넣으려 하고 있다.

순순히 고개를 끄덕이지 않으면 마지막 하나는 줍지 못하게 하려는 것이다. 만약 반항적인 태도를 보이면 오늘 당장 문지기에서 해고당하게 된다. 그리고 반역이라고 간주해서 죽이려 들지도 모른다.

젠장. 도망칠 곳이 없는 노예 같은 이런 대화를 이미 5년 동안이나 계속하고 있었다. 만약 문지기를 그만두더라도 분명 라팔 남매는 미쳐 날뛰며 내게 터무니없는 누명을 씌울 것이다. 그런 녀석들이다.

5년이라는 세월에 걸쳐 숙성된 짜증이 솟구쳐 올랐다. 왜 저들의 말을 따라야만 하는가 하는 분노와 그 말을 들을 수밖에 없는 무력한 자신에 대한 울분이다. 그리고 꼭 이럴 때 폭식 스킬이 눈을 떠서 배에서 크게 소리를 냈다.

라팔은 내가 밥도 제대로 먹지 못한다고 생각했는지 험상궂은 표정을 지으며 꾸짖기 시작했다.

"한심한 녀석이군. 그래선 문지기도 제대로 못 할 텐데. 우리가 네게 밥도 제대로 먹이지 않는 것 같잖아! 브레릭 가문을 창피하게 만들 셈이냐!"

그가 무릎을 꿇고 있던 내 배를 걷어찼다. 힘 조절은 하고 있겠지만 내 스테이터스와는 하늘과 땅 정도 차이가 있는 성기사의 발차기다.

내장이 입에서 전부 튀어나오는 것 아닐까 하는 생각이 들 정도로 강한 충격이 나를 덮쳤다. 여러 번 토하며 숨도 제대로 쉬지 못하고 땅바닥에서 발버둥쳤다.

"저게 뭐야, 마치 구더기 같네. 냄새도 심하고, 더러워."

의식이 몽롱해지는 와중에 메밀인 것 같은 여자의 목소리가 들렸다.

"이봐, 얼른 일어서. 네가 문지기를 하지 않으면 다른 성기사가 우리를 비난할 거 아니야!"

라팔이 아직 땅바닥에 구르고 이던 내 얼굴을 밟았다.

"어서 일어나라고!"

일어날 수 있을 리가 없다. 그 튼튼한 발을 치워주지 않으면 압도적인 힘의 차이 때문에 일어날 수가 없다.

물론 라팔은 알면서도 그렇게 하고 있다. 자신의 발 아래에서 발버둥치는 나를 보며 즐기고 있는 것이다.

그가 발에 힘을 더 주자 머리가 깨질 것 같을 정도로 심한 통증이 느껴졌다.

이제 죽는 것 아닐까 하는 생각이 들었을 때, 씩씩한 목소리가 나를 구해주었다.

"라팔, 그만두세요. 그가 죽어버리잖아요. 지켜야 할 백성에게 그런 짓을 하다니, 성기사로서 있을 수 없는 행위입니다."

"쳇. ……오늘 교대자가 록시 하트였나?"

나를 구해준 사람은 성기사 중에서는 드물게도 약한 자를 돕고 강한 자와 맞서는 사상을 지니고 있는 록시 하트 님이었다. 나부끼는 황금빛 머리카락이 그녀의 용감한 모습과 잘 어울렸다.

하트 가문도 5대 명가 중 한 곳으로 정의를 중시하는 가문이다.

그렇기에 민중들이 잘 따랐고, 물론 나도 그녀의 팬이다.

록시 님이 노려보자, 라팔 남매는 욕설을 내뱉으면서도 도망치듯이 떠나갔다. 그때, 라팔이 록시 님을 보고 씨익 웃고 있었다.

저것은 내가 잘 알고 있는 웃음이었다. 라팔은 끈질긴 남자다. 혹시 자신을 창피하게 만든 원한을 품고 록시 님에게 복수하려는 생각을 하고 있을지도 모른다.

그녀는 그런 것에 신경 쓰지도 않고 내 손을 잡아 일으켜 세워주었다. 그리고 이마에 흐른 피를 손수건으로 닦아주었다.

"괜찮으신가요?"

"네, 항상 있는 일이니까요. 구해주셔서 정말 감사합니다, 록시 님."

"아니에요. 같은 문지기 동료잖아요. 이 정도는 당연하죠. 자, 교대해요."

나는 고개를 크게 숙이고 왕가의 문장이 자수로 들어가 있는 깃발이 달린 창을 록시 님에게 건넸다.

이 창이 문지기의 증거다. 그녀는 다른 성기사들과는 달리 확실히게 문지기 역할을 해내고 있는 훌륭한 사람이다.

그런 록시 님이 걱정스럽다는 듯이 내 손을 잡았다.

"또 그런 짓을 당하면 제게──."

"아뇨, 록시 님을 번거롭게 해드릴 수는 없죠. 저는 괜찮으니 이만 실례하겠습니다."

"앗."

록시 님은 하고 싶은 말이 남아 있는 것 같았지만, 나는 그 자리에서 도망쳤다.

그녀가 더는 브레릭 가문과 엮이지 않길 바랬다. 그 녀석들의 성격을 생각해보면 어떤 더러운 수단을 쓸 지도 모른다.

만약 내가 당했던 짓들을 그녀가 당한다고 상상을 하는 것만으로도 엄청난 절망이 솟구친다. 록시 님은 망설임없이 자신의 길을 가줬으면 한다. 그러면 분명히 왕국의 민중들에게 도움이 될 것이다.

나는 우울한 마음을 달래기 위해 단골 술집으로 향했다. 가게에 들어섰을 때는 달이 하늘 높이 떠 있었다.

술집은 늦은 밤에 장사가 잘된다. 상인이나 창부, 여행자들이 이미 자리에 앉아 술을 마시며 얼굴을 붉게 물들이고 있었다.

내가 거의 지정석으로 사용하는 카운터에 앉자 아무런 말도 하지 않았는데도 붉은 와인이 나왔다.

이 가게에서 가장 싼 와인이다. 신맛만 강하고 맛은 별로 없다. 취해서 마음을 달래는 목적으로만 마시는 술이다.

"마스터, 빵하고 수프."

"그래."

구운지 시간이 꽤 지난 것 같은 딱딱하고 검은 빵. 다른 요리를 할 때 쓴 채소 부스러기를 넣고 끓여 싱거운 수프. 이것이 내 저녁 식사다. 고기는 5년 정도는 먹지 못했다. 마지막으로 먹었던 것은 작은 육포 부스러기다.

고기가 어떤 맛이었는지도 잊어버렸다.

나는 폭식 스킬 때문에 항상 배가 고프지만, 그것을 채울 수 있는 돈을 가지고 있지 않다. 그래서 눈앞에 있는 식사를 천천히 입에 넣고 조금이나마 배고픔을 달랠 수밖에 없다.

와인을 홀짝홀짝 마시면서 검은 빵을 먹고 있자니 술집 주인이 말을 걸었다.

"문지기 일은 어때?"

"힘들죠."

"그렇군…… 네가 전임자처럼 되지 않기를 기원하마."

나는 대답하지 않았다. 브레릭 가문에 고용되었던 전임자는 과로사했다고 한다.

집요한 괴롭힘과 가혹한 노동시간으로 인해 스테이터스의 은혜를 거의 받지 못한 나와 비슷한 처지였던 전임자는 점점 말라갔고, 갑자기 쓰러져서 죽어버렸다고 한다.

그리고 경비중에 죽어버린 그를 브레릭 가문 사람이 쓸모없는 녀석이라며 짓밟고 있는 모습을 술집 주인이 목격했다.

지금도 그때 본 비참한 광경이 눈에 선해서 잊을 수가 없다고 한다.

나는 어떻게 될까……. 만약 오늘 라팔 남매에게 폭행을 당했을 때 록시 님이 구해주지 않았다면 그 사람과 같은 운명을 맞이했을지도 모른다.

이번에는 살아남았다. 하지만 이대로 가다가는…… 조만간 나도 죽어버리게 될 것이다.

제2화 꿈틀대는 폭식 스킬

　와인 한 잔에 알딸딸해진 나는 허름한 집으로 돌아가기 전에 록시 님을 살펴보러 가기로 했다. 라팔 남매와 그런 일이 있었기에 그녀가 걱정되었기 때문이었다.

　라팔이 아무리 음흉하다 해도 곧바로 손을 쓰려고 하지는 않을 것이다. 하지만 떠날 때 보여준 웃음, 그것이 머릿속에서 사라지지 않았다.

　만약 무슨 일이 생기더라도 허약한 내가 그녀의 힘이 되어줄 수 있다는 보장은 없지만, 몸을 날려 막아줄 수는 있을 것이다.

　달빛 아래에서 성의 문이 보이는 곳으로. 그녀는 당당하게 문지기 임무를 해내고 있었다.

　나는 가슴을 쓸어내렸다. 보아하니 괜한 마음고생을 한 것 같았다. 임무를 제대로 해내고 있는 그녀에게 '록시 님, 힘내세요'라고 마음속으로나마 응원했다.

　그리고 그 자리를 떠나려 했을 때, 동쪽 벽을 기어올라 넘어가는 사람들을 발견했다.

　록시 님이나 다른 순찰 경비들에게는 사각이지만 우연히 내가 있는 곳에서는 보였다.

　분명 도적일 것이다. 이렇게 늦은 시간에 벽을 타고 성안으로 침입하는 녀석들은 도적들밖에 없다. 나는 허둥대며 문지기 임무를 맡고 있는 록시 님에게 달려갔다.

"록시 님! 큰일이에요!"

"왜 그러시나요? 집에 가신 게 아니었는지……."

"술을 깨려고 산책하다 보니 성으로 숨어드는 녀석들을 발견했습니다. 건너편 동쪽 벽을 타고 침입했어요."

"정말인가요?!"

"틀림없습니다. 이 눈으로 똑똑히 봤어요."

갑작스럽게 이런 말을 해도 믿어줄지 불안했다. 하지만 록시 님은 내 눈을 바라본 다음.

"믿도록 하죠. 제가 그곳으로 갈 테니 그동안 여기를 지켜주시겠어요?"

그렇게 말했다.

"네, 물론이죠."

록시 님에게 왕국의 문장이 들어가 있는 깃발이 달린 창을 받아들었다.

"무운을 빕니다. 록시 님."

"제게 맡겨주세요. 이래 봬도 실력은 자신이 있으니까요."

그녀는 차고 있던 은백색 검을 뽑아 들고 내가 가르쳐준 방향으로 뛰어갔다. 빠르다…… 역시 성기사다.

눈 깜짝할 새에 그녀의 모습이 어둠 속으로 사라져버렸다.

그리고 들린 것은 남자들의 비명. 록시 님이 차례차례 도적들을 베고 있는 모습을 쉽게 상상할 수 있었다.

남자들의 비명 숫자로 미루어 볼 때 도적의 숫자는 꽤 많았다. 두세 사람이 아니라는 것은 분명했다.

하지만 록시 님은 성기사다. 도적에게 당할 리는 없다. 내가 예상했던 대로 시끄러운 소리도 잠잠해지기 시작했다.

끝났나 싶어서 숨을 돌리고 있자니 어둠 속에서 체격이 좋은 장년 남자 한 명이 이쪽으로 달려왔다.

분명 록시 님이 미처 해치우지 못한 도적일 것이다. 가까워지자 달빛을 받은 그의 모습이 점점 확실하게 보이기 시작했다.

이건……. 나는 깜짝 놀랐다.

오른팔은 잘려나갔고, 왼손으로 그 부분을 필사적으로 지혈하며 내가 있는 출구 쪽으로 달려오고 있었다.

안색이 창백한 것을 보니 피를 많이 쏟아서 극도의 빈혈 증상을 일으킨 것 같았다.

나는 창을 겨누었다. 놓칠 수는 없다. 아무리 상대방이 죽어가는 사람이라 해도 쓰러뜨려야만 하는 도적이다.

록시 님 대신 문지기를 맡은 이상 놓치게 되면 그녀에게 폐를 끼치게 된다. 반드시 해치워야만 한다.

적은 많이 다쳤다. 힘이 없는 나도 쓰러뜨릴 수 있을 것이다. 그렇게 각오를 다지고 도적에게 창을 힘껏 찔러 넣었다.

운 좋게 창이 도적의 심장을 뚫었다.

도적은 창을 붙잡고 나를 사납게 노려본 다음 피를 잔뜩 뿜어내며 하늘을 보고 쓰러졌다.

잠시 팔다리를 경련하다가 꿈쩍도 하지 않게 되었다. 도적은 확실하게 죽었다.

"해냈다, 쓰러뜨렸어………. 어?!"

그때, 무언가가 내 몸에 흘러들어 오는 것을 느꼈다. 그 뒤를 이어 머릿속에 무기질적인 목소리가 들렸다.

《폭식 스킬이 발동됩니다.》

《스테이터스에 체력+120, 근력+150, 마력+100, 정신+100, 민첩+130이 가산됩니다.》

《스킬에 감정, 독심이 추가됩니다.》

스테이터스에 가산? 스킬에 추가? 이 목소리는 뭐지? 어떻게 된 거야?

그리고 태어나서 처음으로 느껴본 배부른 느낌. 아무리 먹어도 배가 차지 않았던 굶주림. 지금은 매우 만족스러워서 최고의 기분이다.

정체를 알 수 없는 고양감에 젖어 있자니 록시 님이 급하게 뛰어왔다.

"괜찮으신가요? 다친 곳은 없고요?"

그렇게 말하며 그녀는 내 손을 잡고 다친 곳이 없는지 확인했다.

(걱정되네…… 왠지 안색이 안 좋고…… 아아아, 걱정돼.)

뭐지? 록시 님의 목소리가 머릿속에 직접 들렸다. 그녀가 말하고 있지도 않은데 왠지 모르게 목소리가 흘러들고 있었다.

"왜 그러시죠?"

"……아뇨, 아무것도 아닙니다. 다친 곳은 없어요."

(정말! 다행이야……, 정말 다행이야.)

내가 무사하다는 것을 알고 안심하는 목소리가 다시 들렸다.

혹시 록시 님의 마음의 소리인가? 그리고 그녀의 손이 내게서 떨어지자 전혀 들리지 않게 되었다.

신기하기도 하지. 싸우다가 긴장해서 환청을 들은 것일지도 모른다. 한 번 더 확인해보고 싶어도 상대방은 성기사님이다. 함부로 록시 님을 만질 수는 없다.

성에 숨어든 도적은 모두 합쳐 열 명이었다. 록시 님 혼자서 모두를 상대한 걸 보니 역시 성기사는 강한 것 같다. 나도 어쩌다 보니 한 명을 쓰러뜨렸다. 그것도 그녀가 빈사 일보 직전까지 몰아넣었기 때문에 가능했던 것이다.

그러니까 이번 공은 전부 록시 님의 것이겠지.

"록시 님, 이번 사건은 전부 록시 님의 공으로 해주세요."

"그건 곤란해요. 당신도 한 명 쓰러뜨렸잖아요."

내게는 사정이 한 가지 더 있다. 고용주인 라팔 남매다.

이 사실이 그들의 귀에 들어가면 다른 성기사를 돕는 것은 말도 안 된다면서 무슨 짓을 할지 모른다. 그리고 라팔은 록시 님을 탐탁지 않아 하니 더 혼나게 될 것이다.

"라팔 님의 귀에 들어가면 제 입장이 매우 난처해지니……."

"아…… 그렇군요. 알겠습니다. 이번 사건은 당신의 말대로 처리하죠."

"감사합니다."

"인사는 제가 해야죠. 당신이 가르쳐주지 않았다면 제 실수가 될 뻔했으니까요."

인생의 승리지인 성기사 사이에서도 출세 경쟁이 심한 모양이었다. 밑바닥인 나는 그런 마음고생이 짐작도 되지 않았지만.

"그렇다면 보답을 하게 해주세요."

"아뇨아뇨, 성기사님께 그런 걸 받을 수는……."

계속 고개를 숙이는 내가 마음에 들지 않았는지 그녀는 볼을 부풀렸다. 평소에는 이런 표정을 짓지 않았기에 깜짝 놀랐다. 록시 님이 약간이나마 친근하게 느껴졌다.

"그런가요…… 그렇지."

왠지 일부러 그러는 듯이 손뼉을 치는 록시 님.

보답을 해준다는데, 정작 나는 뭘 당할지 몰라서 가슴이 두근거렸다.

그리고 그녀의 입에서 터무니없는 말이 나왔다.

"하트 가문에 취직해보실래요? 이번 사건을 아버님께 말씀드리면 분명 인정해주실 거예요."

"네?! 하지만 저는 무능한 스킬만 가지고 있어서…… 제 주제와는 맞지 않습니다."

"그렇지 않아요! 실제로 도적을 한 명 쓰러뜨렸잖아요."

그건 정말 운이 좋았을 뿐이다. 다음에 똑같이 해보라고 하면 절대로 못할 것이다.

"역시 저는……."

내가 말꼬리를 흐리자 그녀가 답답했는지 결정적인 한 마디를 날렸다.

"브레릭 가문에 대해 신경 쓸 필요는 없어요. 혹시 브레릭 가문에서 평생 일하실 생각인가요?"

"윽."

그녀는 내가 우려했던 브레릭 가문의 간섭을 이미 예측하고 있었다. 그럼에도 불구하고 나를 채용해주겠다고 한다. 눈물이 나올 것 같았다.

저 성격이 최악인 라팔 남매에게 부려먹히다가 과로사하는 미래.

그에 비해 자상하고 아름다운 록시 님 곁에서 일할 수 있는 장밋빛 인생.

생각해볼 필요도 없었다. 원래 나는 록시 님 팬이다.

호박이 넝쿨째 굴러들어 온 격이잖아?

"꼭 부탁드리겠습니다. 록시 님!"

"좋아요. 오늘은 늦었으니 집에 가시고 모레 정오에 하트 가문의 저택으로 와주세요. 기다릴게요."

나는 당장에라도 펄쩍펄쩍 뛸 것 같은 기쁜 마음을 억누르면서 록시 님에게 고개를 여러 번 숙이고 그 자리를 떠났다.

그리고 성의 문이 보이지 않게 되었을 때 뛰어오르며 승리 포즈를 취했다.

내게도 겨우 행운이 찾아왔다. 왠지 몸이 평소보다 가볍기도 하고, 좋은 일만 생기는 것 같다.

모레를 대비해서 허름한 집으로 얼른 돌아가자.

제3화 스킬 고찰

집으로 돌아온 나는 우물에서 길어온 물에 너덜너덜한 천을 적셔 몸을 닦았다.

모레가 되면 록시 님이 사시는 저택으로 가는 건가……. 조금 깨끗해졌나? 촛불을 켜고 깨진 거울을 보았다.

별로 변한 건 없었다. 입고 있는 옷도 누덕누덕 기운 부분투성이다. 이제야 옷차림을 신경 써봤자 소용없다.

포기하고 지푸라기로 만든 침대에 드러누웠다. 비가 샌 자국이 얼룩진 천장을 바라보며 오늘 있었던 일을 떠올려 보았다.

낮에는 라팔 남매에게 심하게 폭행을 당했다. 하지만 밤에는 록시 님과 함께 도적들을 쓰러뜨려서 하트 가문에서 일할 수 있을지도 모른다. 그것만 해도 꿈만 같다.

문득 도적을 쓰러뜨렸을 때 들렸던 무기질적인 목소리가 생각났다.

분명 스테이터스에 가산되었다고 했었지.

추가되었다는 스킬은 감정하고 독심이었을 텐데. 감정은 희귀한 스킬이고 이 세계에 존재하는 사물의 정보를 조사할 수 있다.

이 스킬을 가지고 있었다면 내 인생은 더 괜찮게 바뀌었을 것이다.

나는 별다른 생각 없이 《감정》을 떠올려보았다. 그러자.

페이트 그래파이트 Lv1

    체력 : 121

    근력 : 151

    마력 : 101

    정신 : 101

    민첩 : 131

    스킬 : 폭식, 감정, 독심

내 스테이터스와 스킬이 머릿속에 떠올랐다.

"어어어? 어떻게 된 거야!"

진정해라, 페이트.

우선 스테이터스를 보았다. 내 스테이터스는 원래 깔끔하게 전부 다 1이었을 텐데.

그런데 전부 세 자릿수가 되었다. 이 정도면 최하급 마물과도 싸울 수 있다.

그다음에는 스킬. 내가 가지고 있었던 것은 폭식뿐이다. 그런데 지금은 감정, 독심이 늘어나 있다. 믿기지 않는데…….

하지만 이 스테이터스와 스킬을 볼 수 있는 이상, 내가 감정 스킬을 가지고 있다는 것은 증명이 되었다.

이뵈, 이뵈, 이 스킬이 있으면 문지기 같은 것은 그만두고 감정사로 전직할 수가 있겠는데. 감정사는 누구나 될 수 있는 직업이 아니기 때문에 수입도 괜찮다. 아, 대체 어떻게 된 거지?

진정해라, 페이트.

《감정》을 써서 다른 스킬도 조사해보았다.

독심 : 접촉한 대상의 마음을 읽는다.

나는 독심 스킬로 짐작되는 것이 있었다. 록시 님에게 손을 잡혔을 때 그녀의 목소리가 들렸던 것은 이 스킬이 발동되었기 때문일 것이다.

여러모로 생각해본 결과, 어떤 답이 나왔다. 아니, 도적을 죽였을 때 무기질적인 목소리가 그 답을 말했었다. 폭식 스킬이 발동됩니다, 라고.

이 현상을 일으킨 것은 내가 계속 쓸모없는 스킬이라고 생각했던 폭식 스킬인 것이다.

《감정》을 써서 다시 폭식 스킬을 조사해보았다.

폭식 : 배가 고파진다.

응, 나도 알고 있었어. 이건 고향 마을에 찾아온 감정사에게 봐달라고 했던 내용과 같은 내용이다. 다시 말해 이 스킬에는 감정으로 볼 수 없는 숨겨진 힘이 있었던 것이다.

그것은 죽인 대상의 혼을 먹고 스테이터스와 스킬을 빼앗는 힘이다. 부산물로 고프던 배가 채워졌다.

써먹기에 따라서는 계속 강해질 수 있는 스킬이다. 그렇다고 해서 살인을 할 수는 없다. 그렇다면 어떻게 해야 할까.

간단하다. 왕도 세이파트 바깥에는 마물이 잔뜩 활개치고 있다. 그 녀석들을 쓰러뜨리고 힘을 빼앗으면 된다.

이 스테이터스 정도면 약한 마물을 쓰러뜨릴 수가 있다. 나도 무인으로서 시작할 수 있을 것이다.

그리고 언젠가 성기사보다 강해질 것이다. 브레릭 가문의 라팔 남매도 나를 다시 보게 만들 것이다.

그렇게 생각하니 당장 마물을 사냥하러 가고 싶다는 마음이 들었다.

하지만 어둠 속에서 사냥하는 것은 너무 위험하다. 지금은 잘 자고 내일 아침에 나가자.

사실 라팔 남매 대신 아침부터 문지기를 해야만 하지만, 무시할 거다. 이제 그 녀석들의 명령을 듣지 않아도 된다.

내게는 새 고용주인 록시 님이 계신다. 모레 정오에 그녀의 아버지와 면접을 잘 보면 곧바로 채용이다. 분명 제대로 된 생활이 기다리고 있을 것이다.

우선 내일은 장비를 갖추고 사냥에 집중하자. 그리고 나는 강해질 것이다.

그럼 잘 자! 눈을 감으니 바로 의식이 흐려졌다.

*

새가 지저귀는 소리에 눈을 뜬 나는 깨진 거울을 보며 뜬 머리를 다듬고 나뭇가지로 이빨을 닦으며 차림새를 다듬었다.

그리고 갈라진 벽 틈새에 숨겨두었던 작은 가죽 주머니를 꺼냈다. 이것은 내가 5년에 걸쳐 조금씩 모은 전재산인 은화 2개. 동화 100개가 은화 1개와 동등한 가치를 지니고 있다. 참고로 내가 가져본 적이 없는 금화 1개는 은화 100개로 교환할 수 있다.

다른 사람들은 겨우 은화 두 개냐며 비웃겠지만, 나는 이것을 모으기 위해 피나는 고생을 해왔다. 이 돈은 원래 라팔 남매에게 살해당하게 될 위기에 처했을 때 도주자금으로 쓰려고 모아두었던 돈이다.

지금은 우선 그럴 걱정이 없어졌다. 그러니 이 돈은 마물과 싸우기 위한 장비를 살 자금으로 쓰자.

이제 나가자. 나는 은화 2개를 손에 쥐고 허름한 집을 나섰다.

왕도 세이파트는 네 개의 구획으로 구성되어 있다. 성을 중심으로 동서남북, 각 구가 나뉘어 있다.

· 성기사구 (동) : 이 나라의 상류 계급인 성기사님들이 살고 있다.

· 주택구 (서) : 나 같은 평민들이 살고 있다.

· 상업구 (남) : 무구나 생활용품, 식품 등을 파는 가게들이 잔뜩 있다.

· 군사구 (북) : 성기사의 훈련장이나 전용 무구를 개발하고 있다.

구획을 나눈 걸 보더라도 성기사가 얼마나 우대받고 있는지 알 수 있을 것이다.

내가 갈 곳은 왕도에서도 가장 활기가 넘치는 곳, 상업구다.

주택구의 많은 사람을 헤치며 붉은 벽돌로 만든 건물이 늘어서 있는 상업구로 들어섰다.

그리고 뒷골목으로. 그곳에는 노점이 거리 건너편까지 늘어서 있었고, 길을 가는 사람들을 큰 소리로 불러들이고 있었다.

이곳은 상업구 중에서도 특이한 곳이었다.

왜 이런 곳으로 왔냐 하면, 내 군자금이 겨우 은화 2개에 불과했기 때문이다. 이걸로는 남이 쓰던 무기를 사는 것도 벅차다.

그리고 가게를 내고 장사를 하는 고급 무구점에는 지금 같은 옷차림으로는 들어갈 수조차 없다.

그렇기 때문에 필요 없게 된 물건들이 모이는 벼룩시장에 온 것이다.

중고 무기를 다루는 노점을 둘러보기 시작했다. 그러자 자상해 보이는 뚱뚱한 중년 남자가 말을 걸었다. 방긋방긋 웃고 있어서 정말 싹싹해 보였다.

"손님, 혹시 무기를 찾으시나요?"

"용케 아셨네요."

"이 장사를 오래 했거든요. 저쪽에서 와서 무기만 보고 다른 건 눈길도 주지 않았잖아요."

눈치가 빠른 남자다. 이게 장사꾼이라는 건가?

그 만만치 않은 통찰력을 보고 조금 놀랐다.

"어때요? 좀 보고 가실래요?"

무구가 잔뜩 놓여 있었다. 지금까지 본 것 중에는 가장 다양하게 갖추고 있었다.

이렇게 많으니 내게 맞는 무기가 있을지도 모른다. 가게 주인의 말을 듣고 말없이 고개를 끄덕였다.

"그럼 예산은 얼마나 되시는지?"

그리고 내가 가지고 있는 돈을 들은 가게 주인의 태도가 금방 바뀌었다.

자상하던 모습은 온데간데없이 사라져버렸다. 있는 것은 라팔 남매처럼 사람을 깔보는 눈초리였다.

"쳇, 역시 가난뱅이잖아. 싹싹하게 굴어서 손해봤어. 자, 은화 2개로 살 수 있는 건 거기 구석에 정리해둔 쓰레기 무기뿐이야. 너한테는 어울리겠지."

제대로 된 무기를 살 돈이 없다는 건 알고 있다. 화가 난다고 해서 다른 노점으로 가봤자 이곳과 마찬가지일 것이다. 그렇다면 쓰레기 무기라 해도 다양하게 갖추고 있는 여기에서 사는 편이 그나마 선택지가 있으니 낫다.

《감정》스킬을 사용하면서 낡은 무기를 들고 살펴보기 시작했다. 전부 다 내구도와 강도가 한계라서 몇 번 쓰면 망가져버릴 것 같았다.

낙담하면서 찾아보다 우연히 낡은 흑검을 들었을 때, 갑자기 머릿속에 목소리가 흘러들어 왔다.

(이 몸을 사라. 결코 손해는 안 볼 거다.)

《독심》스킬을 통해 들린 것은 약간 쉰 것 같은 남자 목소리였다.

제4화 탐욕의 흑검

"으앗, 검이 말했다!"

나는 흑검이 갑자기 말한 것을 듣고 깜짝 놀라 땅바닥에 떨어뜨려버렸다.

다른 손님과 교섭하고 있던 가게 주인이 눈을 흘기며 노려보았다.

뭐하는 거냐, 사지 않을 거면 얼른 가라, 그렇게 말하려는 것 같았다.

그걸 신경 쓸 때가 아니다.

이게 대체 뭐야……. 말하는—— 마음을 지닌 검이 있다는 말은 들어본 적도 없었다.

말을 한다고 해도 독심 스킬을 통해서 하는 거지만, 틀림없이 이 흑검은 사람과 마찬가지로 의지를 지니고 있다.

우선 《감정》 스킬로 조사해보았다.

그리드　형태 : 한 손 검

어라? 이게 전부야?

다른 무기라면 내구도나 공격력 같은 정보가 뜰 텐데, 이 흑검은 이름과 형태만 나와 있다.

나는 수수께끼로 가득한 흑검을 바라보았다. 기름때투성이이고 꾀죄죄했다. 마치 나 같다.

마치 쓰레기 같은 취급을 받는 부분이 특히 그렇다.

그렇게 생각하니 친근감이 들어서 왠지 끌렸다.

방금 들렸던 목소리가 '이 몸을 사라……'라고 했나?

잘난 척하는 것 같긴 하지만 악의는 없었던 것 같은 느낌이다.

만지기만 해도 뭔가 할 수 있다면 방금 당했을 것이다.

그렇다면 한 번 더 만지더라도 문제는 없을 것이다. 나는 각오하고 흑검을 쥐었다.

그러자 목소리가 좀 전보다 또렷하게 들렸다.

『도망칠 줄 알았는데 꽤 흥미로운 녀석이군. 자, 어떻게 할래? 이 몸을 살 테냐?』

나는 다른 허름한 무기를 둘러보았다. 보아하니 제대로 써먹을 수 있을 것 같은 무기는 그리드라는 흑검밖에 없는 것 같다. 말하는 기능이 달린 검이라고 생각하면 괜찮겠지.

"널 살 거야. 그리고 너하고 나는 비슷한 구석이 있는 것 같거든."

『그래……. 그렇다면 저기에 있는 뚱보에게 돈을 지불해라. 저 쓰레기 자식의 얼굴을 보기만 해도 구역질이 나니까.』

그리드를 들고 가게 주인이 있는 카운터로 가서 은화 2개를 내려놓았다.

가게 주인은 아직 손님과 이야기를 하고 있었고, 대금을 곁눈질로 확인하더니 개나 고양이를 손으로 내쫓는 것처럼 가라고 재촉했다.

끝까지 불쾌한 가게 주인이다. 굳이 그렇게 말하지 않아도 나갈 텐데. 두 번 다시 올 것 같냐!

나는 구입한 그리드를 깨끗하게 만들어주려고 주머니에서 너덜너덜한 천을 꺼내 닦았다. 하지만 기름때가 좀처럼 닦이지 않았다. 비누가 있으면 닦을 수 있을 것 같은데…… 그걸 살 돈은 없다.

"잘 부탁한다, 그리드."

『좋아, 이것도 인연이니까. 아니면 운명인가……. 네가 맞이할 결말까지 함께 있어주마. 그런데 네 이름은 뭐지?』

그러고 보니 말하질 않았네.

"나는 페이트 그래파이트야."

『흐음, 기억해주마. 이제 어떻게 할 거냐, 페이트.』

할 일은 어젯밤부터 정해두었다.

"무기를 얻었으니까. 알겠지?"

『사냥인가?』

"그래, 마물 사냥!"

나는 바로 그리드라는 무기물 파트너와 함께 상업구에서 왕도의 남문으로 가기로 했다.

남문은 상업구로 짐을 대량으로 실어나르는 곳이라 다른 세 문보다 한층 더 크게 만들어져있다. 짐마차 열 대가 나란히 동시에 지나갈 수 있을 정도로 넓다.

그곳을 통해 바깥으로 조금 가다 보면 통칭 고블린 초원이라는 곳이 있다. 고블린들의 소굴이고 그곳을 지나가는 짐마차를 습격해서 음식을 빼앗곤 한다.

마물 중에서는 가장 약한 부류라 초보 무인이 상대하기에는 딱 좋다.

조심해야 할 점이 있다면 고블린이 풀숲에 몸을 숨기다가 습격한다는 점이다. 고블린 한 마리를 발견해서 쓰러뜨리려고 다가갔더니 풀숲에 숨어 있던 고블린들에게 포위당해서 저세상에 가게 된 경우가 있었다는 모양이다. 그래서 '고블린 한 마리를 보면 100마리가 있다고 생각해라'라는 속담이 있을 정도다.

이런 이야기는 단골 술집에서 나이든 무인이 술을 억지로 먹이면서 들려준 이야기다. 설마 도움이 될 때가 올 줄은 상상도 못했다.

나도 무인이 되었으니 우선 등용문인 고블린 사냥을 시작하려고 한다.

도적을 죽였을 때 얻은 스테이터스라면 고블린 정도는 쓰러뜨릴 수 있을 것이다.

그리고 쓰러뜨린 고블린의 혼을 먹어서 내 힘으로 만들 생각이다.

짐마차를 피하면서 남문 앞까지 가보니 무구를 장비한 남자와 여자들이 잔뜩 모여 있었다.

보아하니 마음이 맞는 사람들끼리 즉석 파티를 짜서 마물을 사냥하러 가는 모양이었다.

파티라…… 좋겠다. 고향 마을에서는 괴롭힘당해서 외톨이. 이곳에서도 라팔 남매에게 부려먹히다 보니 친한 친구를 만들 기회가 없었다.

함께 싸우고, 괴로울 때는 서로 격려하고, 슬플 때는 함께 운다. 돌아가신 아버지께서 해주신 옛날이야기에 나오는 영웅들의 파티. 어렸던 나는 눈을 반짝이며 듣곤 했다.

"좋겠다…… 동료라."

나도 모르게 중얼거렸다. 그러자 그리드가.

『이 몸이 있잖아.』

"으, 응······."

하지만 너는 무기물. 내가 원하는 건 유기물 동료. 이 차이는 큰 것 같은데.

좋아, 나는 기합을 넣고 무인들이 있는 곳으로 발을 내디뎠다. 괜찮아, 지금 나는 가지지 못한 자가 아니다. 마물의 힘을 빼앗을 수 있는 폭식 스킬이 있다.

분명 저 안에 들어갈 수 있을 것이다. 그리고 나를 받아들여 줄 것이다.

그렇게 생각하고 있자니 나이가 비슷한 것 같은 남자 무인이 내게 말을 걸었다.

"검을 가지고 있는 걸 보니 너도 무인이구나. 어때? 나와 파티를 짜지 않을래?"

"그래도 되나요!"

나는 기뻐서 신이 났다. 다른 사람이 나를 필요하다고 해준 적은 별로 없다. 네 힘이 필요하다는 식으로 말해주니 기뻐서 어쩔 줄 모르겠다.

"그래, 오늘은 항상 함께 사냥하는 파트너가 없어서 곤란하던 참이었거든. 그런데 네 레벨은 몇이야?"

"네, 레벨 1이에요!"

그 순간, 그 녀석은 딱딱한 표정을 지었다. 그리고 머리를 긁으며 볼일이 생각났다고 하며 내게서 멀어져갔다.

어······. 왠지 묘한 허무함만 남았다.

그런 내게 그리드가 말했다.

『페이트, 포기해라. 레벨이 1이면 누구나 저렇게 말할 거야. 너는 혹시 죽을지도 모르는 싸움을 벌일 때 약해 보이는 녀석과 함께 싸우고 싶겠냐?』

그 말을 듣고 정신이 번쩍 들었다. 폭식 스킬로 인해 전부 1이었던 스테이터스가 세 자릿수가 되니 강해진 것 같다는 생각을 하고 있었다. 하지만 나는 겨우 시작 지점에 선 것에 불과하다. 지금까지 계속 쓰레기 처지였기 때문에 일반적인 상황을 알지 못하고 있었다.

"너무 들떴구나."

『그런 거다. 그리고 네 폭식 스킬은 남에게 보여줘도 될 만한 게 아니다. 파티는 포기해라. 이 몸이 해줄 수 있는 말은 그 정도다.』

"……어떻게 폭식 스킬에 대해서 알아?"

폭식 스킬에 대해서는 아직 이야기하지 않았다. 그런데 어떻게 알고 있지?

그러자 그리드가 씨익 웃었다.

『그건 이 몸과 네가 동류이기 때문이지. 뭐, 싫더라도 조만간 알게 될 거다.』

그리드는 뜸을 들이는 것처럼 말한 다음 입을 다물었다.

신경이 쓰이는 부분이 있긴 하지만 이 녀석이 한 말은 맞는 말이다. 폭식 스킬처럼 규격에서 벗어난 힘을 다른 무인들에게 대놓고 보여주면 그리 바람직한 결과가 나올 것 같지는 않다.

예를 들면 죽인 대상의 힘을 뺏는 스킬이 있다는 것을 많은 무인들이 알게 되었다고 하자. 무인들 중에는 자신의 힘을 빼앗길지도 모른다고 생각하며 두려워하는 사람들이 생길지도 모른다.

그렇게 되면 빼앗기기 전에 폭식 스킬 보유자가 약할 때 죽여버리자……라는 상황이 될지도 모른다. 이 생각은 라팔의 사고를 따라한 것이다. 뭐, 비슷한 생각을 하는 녀석이 있을지도 모르니까.

안전제일, 누구도 손을 댈 수 없을 정도로 강한 힘을 얻기 전까지는 그리드와 마물 사냥을 해 나갈 수밖에 없을 것 같다.

우선은 고블린 사냥이다.

제5화 마구 먹어 대다

나는 풀숲에 몸을 숨기고 있었다. 이곳은 고블린 초원의 입구 근처.

조금 떨어진 곳에 고블린 한 마리가 하품을 하며 책상다리 자세로 앉아 있었다.

키는 내 허리 정도인 작은 마물이고 피부는 녹색. 인간에게 훔친 것 같은 너덜너덜한 옷을 입고 있었다.

적은 내가 있다는 것을 눈치채지도 못하고 방심하고 있다. 주위의 상황도 살펴보았지만 다른 동료가 있는 것 같지는 않았다.

숨을 죽이고 고블린 뒤로 돌아갔다.

그리고 《감정》 스킬을 사용했다.

고블린 파이터 Lv3
　　체력 : 30
　　근력 : 40
　　마력 : 10
　　정신 : 10
　　민첩 : 30
　　스킬 : 근력 강화 (소)

고블린 파이터라…… 보아하니 이 녀석들에게도 몇 가지 종류가 있는 것 같다.

스테이터스는 나보다 낮다.

그리고 가지고 있는 스킬도 조사해보았다.

근력 강화 (소) : 물리 공격을 할 때 약간의 플러스 보정을 받는다.

스테이터스 보정 계열 스킬이구나. (소)라고 하니 왠지 (중)이나 (대)도 있을 것 같다.

유용한 스킬은 팍팍 흡수해야 할 것이다.

고블린은 기어코 졸음을 이기지 못하고 꾸벅꾸벅 졸기 시작했다.

절호의 기회가 왔다!

나는 풀숲에서 뛰쳐나가 고블린에게 단숨에 다가갔다.

있는 힘껏 내디딘 발소리를 듣고 깨어난 고블린이 돌아보았지만 이미 늦었다.

한줄기 호를 그리며 흑검 그리드로 목을 날렸다.

고블린은 저항하지도, 울지도 못하고 죽었다.

그러자 무기질적인 목소리가 머릿속에 들렸다.

《폭식 스킬이 발동됩니다.》

《스테이터스에 체력+30, 근력+40, 마력+10, 정신+10, 민첩+30이 가산됩니다.》

《스킬에 근력 강화 (소)가 추가됩니다.》

좋았어! 확인하기 위해 나 자신을 《감정》해보았다.

페이트 그래파이트 Lv1

체력 : 151

근력 : 191

마력 : 111

정신 : 111

민첩 : 161

스킬 : 폭식, 감정, 독심, 근력 강화 (소)

늘어났다, 늘어났어. 응, 강해졌다.

너무 기쁜 나머지 스테이터스와 스킬을 정신없이 바라보고 있자니 그리드가 코웃음쳤다.

『고블린 정도로 너무 기뻐하는데. 쓰러뜨릴 때마다 그렇게 감격하다가는 날이 새겠어.』

"상관없잖아, 처음으로 마물을 쓰러뜨렸는데."

다른 무인이라면 그럴지도 모른다. 하지만 나는 어제까지 마물에게 겁을 먹고 살아온 사람이었다. 그런데 입장이 반대가 되었으니 해방감도 매우 컸다.

나는 고블린을 쓰러뜨렸다는 증거로 녹색인 양쪽 귀를 잘라냈다. 왕도는 마물을 토벌한 사람에게 상금을 주고 있기에 이것을 소정의 시설로 가져가면 환금해준다.

고블린 한 마리에 동화 10개였을 텐데. 내가 하던 문지기 하루 급료보다 많다. 무인은 위험할지도 모르지만 정말 돈을 잘 버는구나.

미리 준비해두었던 마주머니에 고블린 귀를 던져넣었다.

자, 다음. 경계하면서 나아가보니 탁 트인 곳에서 고블린 두 마리를 발견했다.

한 마리는 검을 들고 있는 걸 보니 고블린 파이터라는 걸 알 수 있는데, 다른 한 마리는 커다란 방패만 들고 있는 녀석이네.

알고 싶으면 생각하기보다는 《감정》하는 편이 더 빠르다.

고블린 가드 Lv3

　　체력 : 40

　　근력 : 20

　　마력 : 10

　　정신 : 10

　　민첩 : 10

　　스킬 : 체력 강화 (소)

그렇구나, 체력이 고블린 파이터보다 조금 더 많을 뿐이네. 그리고 그 특징에 맞추려는 듯이 체력 강화 (소) 스킬도 가지고 있다.

공격이 방패에 튕겨져 나가지 않게끔 조심해서 싸우면 어떻게든 될 것 같다.

나는 풀숲에 몸을 숨기며 두 마리를 살펴보았다. 어느 쪽부터 쓰러뜨려야 할까.

공겨 무기를 가지고 있는 고블린 파이터부터 쓰러뜨리는 게 더 나을 것 같기도 하다. 하지만 만약 실패하거나 들키면 수비를 맡고 있는 고블린의 방해를 받으며 싸우게 된다.

힘으로 밀어붙일 수도 있겠지만 아직 싸움에 익숙하지 않으니 확실하게 가고 싶다.

정했다, 고블린 가드부터 쓰러뜨리자.

나는 두 마리가 떨어져서 거리를 벌린 순간을 노렸다.

지금이다! 이쪽을 보지 않을 때 뛰쳐나갔는데, 감이 예리한 고블린 가드가 내가 있다는 걸 눈치채고 재빠르게 방패를 들었다. 이대로 가다가는 내려친 흑검이 튕겨져 나가게 된다……라고 생각했는데.

"갸아아악——."

고블린 가드가 비명을 질렀다.

아무런 저항도 없이 방패까지 통째로 베어버린 것이다.

흑검 그리드는 보기보다 훨씬 날카로운 것 같다. 이 정도면 일방적으로 공격할 수 있다.

《폭식 스킬이 발동됩니다.》

《스테이터스에 체력+40, 근력+20, 마력+10, 정신+10, 민첩 +10이 가산됩니다.》

《스킬에 체력 강화 (소)가 추가됩니다.》

나는 무기질적인 목소리를 들으면서 나머지 한 마리를 향해 뛰어가기 시작했다. 물론 내가 향한 곳에 있던 고블린 파이터는 내가 있다는 것을 눈치채고 검을 휘두르며 위협하고 있었다. 그 모습을 보며 궁금한 점을 그리드에게 물어보았다.

"저기, 그리드."

『왜 그러지?』

"너는 이렇게 날카로운데 왜 싸게 팔리고 있었던 거야?"

『간단하지. 이 몸은 사용자를 고르니까.』

"그럼 그리드가 나를 인정한다는 건가?"

『흥, 시끄럽다.』

이런, 이런, 그리드는 그렇게 말하며 토라져버렸다. 하지만 까만 칼날이 더욱 날카로워졌다.

말은 밉살스럽게 하지만 나를 나름대로 인정해주고 있는 것 같다.

그렇다면 그 기대에 부응해야지.

고블린 파이터는 여전히 검을 난잡하게 휘두르고 있었다. 마음껏 위협하라고. 나는 아랑곳하지 않고 고블린 파이터가 들고 있던 검까지 통째로 비스듬히 베었다.

눈이 뒤집힌 채 쓰러지는 고블린 파이터.

《폭식 스킬이 발동됩니다.》

《스테이터스에 체력+30, 근력+40, 마력+10, 정신+10, 민첩+30이 가산됩니다.》

응? 이번에는 스킬을 습득하지 않았다. 아, 그렇구나. 이미 가지고 있는 스킬이 중복되니까 추가할 수가 없는 건가?

새로운 스킬을 얻으려면 다른 마물을 사냥할 수밖에 없는 것 같다. 가산되는 스테이터스만 따져도 충분히 짭짤하다.

나는 그 이후로 고블린 파이터를 25마리, 고블린 가드를 10마리 사냥했다.

가지고 있던 마주머니도 슬슬 고블린들의 귀로 가득 찰 것 같았다.

《감정》으로 지금 상황을 확인했다.

페이트 그래파이트 Lv1

체력 : 1371

근력 : 1451

마력 : 481

정신 : 481

민첩 : 1051

스킬 : 폭식, 감정, 독심, 근력 강화 (소), 체력 강화 (소)

이봐, 이봐, 체력하고 근력, 민첩은 벌써 네 자릿수가 되었잖아!

마력과 정신은 적의 스테이터스가 낮아서 별로 늘지 않았다.

후후후, 어제까지 스테이터스가 전부 1이었던 남자라고는 생각할 수가 없을 정도다.

그런데 신경 쓰이는 점이 있다. 레벨이다.

그렇게 많은 마물을 쓰러뜨렸으니 꽤 많은 경험치를 얻었을 테고, 레벨이 올라도 이상하지는 않을 텐데. 그런데 여전히 레벨 1이라는 건 이상하다.

고민하고 있자니 그리드가 웃으면서 말했다.

『폭식 스킬의 영향이다. 신의 섭리를 어기는 스킬을 지닌 자가 경험치의 은혜를 받을 수 있을 리가 없지.』

"신의 섭리를 어기다니, 그게 무슨 소리야……?"

『지금 그러고 있잖아. 죽여서 스테이터스와 스킬을 빼앗는 행동이 신의 섭리── 레벨이라는 개념을 부정하고 있으니까. 그런 자에게는 신의 은혜가 내려지지 않아. 스테이터스도 전부 1이었을 텐데.』

그리고, 그리드는 잠시 뜸을 들인 뒤 그렇게 말했다. 뭔가 생각하는 게 있는 건가?

『그리고…… 아니, 아무것도 아니다. 슬슬 점심시간이잖아. 왕도로 돌아가는 게 나을 텐데?』

말을 하려다가 멈추지 말라고. 신경 쓰이잖아. 그래도 배는 고프긴 하다.

고블린 사냥은 이만 멈추고 왕도 세이파트로 돌아가는 게 낫겠다. 스테이터스는 네 자릿수에 돌입하기 시작했으니 오늘은 충분하겠지.

왠지 모르겠지만 고블린들이 나를 필사적으로 습격하기 시작했으니까 더 이상 무리하지는 말자.

스테이터스도 올랐으니 다음에 마물을 사냥할 때는 여기보다 더 앞쪽 숲에 있는 홉고블린과 싸워야지.

홉고블린은 고블린의 상위 마물이니까 스테이터스나 스킬을 더 많이 빼앗을 수 있을 테고.

자, 돌아가자. 왕도 세이파트로.

제6화 하트 가문의 이면으로

나는 왕도 세이파트로 돌아오자마자 쓰러뜨린 마물의 상금을 받기 위해 교환 시설을 찾아갔다.

투박한 무인들이 잔뜩 있었고 가끔 폭언이 들리기도 했다. 교환조건 때문에 접수처에 있는 사람과 다투고 있는 것 같았다.

그런 녀석들에게 걸리면 골치가 아플 것 같다. 몸을 움츠리고 줄을 섰다.

앞에 있던 체격 좋은 남자가 돌아보고 나를 빤히 바라본 다음 코웃음쳤다. 내 옷차림을 보고 파티에서 잡일을 맡고 있는 말단이라고 생각한 모양이었다.

지금 내게는 오히려 잘된 일이었다.

접수처에 마물의 부위를 많이 가져다주더라도 '아, 심부름하러 온 말단인가?'라고 생각할 테니 쓸데없이 캐묻지 않을 것이다. 이번에 내가 가져온 고블린 38마리의 귀를 보더라도 놀라지는 않을 것이다.

"다음 분, 오세요."

어이쿠, 내 차례나. 바닥에 내려놓았던 미주머니를 카운터에 올려놓았다. 자그마한 주머니라 고블린 귀로 가득 차 있었다.

"그럼 확인하겠습니다…… 어머, 잔뜩 사냥하셨네요. 규모가 큰 파티로 사냥하셨나요?"

"네, 네, 맞아요. 모두 함께 협력해서 열심히 싸웠죠. 다들 신이 나서⋯⋯ 정말."

나는 존재하지 않는 에어 파티를 머릿속에 필사적으로 떠올리며 이야기했다. 정말 허무하다⋯⋯ 에어 파티 이야기를 하는 나.

『웃기는군.』

"시끄러워."

아차. 그리드의 목소리를 들을 수 없는 접수처 사람이 나를 보고 곤란한 듯한 표정을 짓고 있었다. 그럴 만도 하지. 갑자기 이야기를 하다가 '시끄러워'라고 했으니까. 나는 그리드에게 한 말이지만 접수처 사람은 자신에게 한 말이라 생각할 것이다.

"죄송합니다. 아무것도 아니에요."

나는 억지웃음을 지으면서 겨우 둘러댄 것—— 같았다.

교환 시설에서 나온 나는 가슴을 쓸어내렸다. 접수처 사람과 이야기를 하다가 알게 된 건데 보통 사냥을 할 때는 많아봐야 하루에 10마리 정도밖에 잡지 않는다고 한다. 왜냐하면 같은 종류의 마물을 계속 사냥하다 보면 헤이트라 불리는 원한이 쌓여서 마물에게 쉽게 노려지는 모양이다.

그러고 보니 고블린을 사냥했을 때 나중에는 부모의 원수를 보는 것처럼 나를 습격했지⋯⋯, 이해가 된다.

앞으로 환금할 때는 다른 무인들과 마찬가지로 10마리 정도로 맞추는 게 나을 것 같다. 그 이상은 포기하자. 매번 마물의 부위를 잔뜩 가지고 가면 이상하다고 생각할 것이다. 아쉽기는 하지만 그렇게 하는 수밖에 없을 것 같다.

환금한 은화 3개와 동화 80개가 들어있는 주머니를 보았다.

내가 5년 동안 온갖 고생을 하면서 모은 돈—— 은화 2개를 뛰어넘었다.

그것도 겨우 한나절만에 모아버렸다.

"내 5년은 대체……."

이렇게 제대로 된 생활에 다가가 보니 내가 얼마나 왜곡된 세계에 있었는지 알게 되었다.

그렇게 생각하니 '너는 쓰레기보다 못한 무능한 녀석이다. 그러니 화를 낼 자격조차 없다……'고 말했던 라팔 남매에게 분노가 치밀었다.

꼬르르륵…….

라팔 남매를 생각하고 있자니 고블린들을 사냥하여 가득 차 있던 배가 소리를 냈다. 마치 먹고 싶다, 먹고 싶다, 그렇게 말하는 것 같았다.

아직 이르다. 그리고 록시 님도 있다.

이제 나만의 문제가 아니다.

자, 이 돈은 어떻게 할까. 그렇지!

나는 누덕누덕 기운 부분투성이인 옷을 보고 돈을 제대로 쓸 곳을 떠올렸다.

*

『돼지 목에 진주목걸이로군.』

"시끄러워."

꾀죄죄했던 우리들은 깔끔해졌다. 옷가게에서 은화 2개를 써서 나름대로 괜찮은 옷을 샀다.

그리고 동화 50개로 흑검 그리드의 칼집. 하는 김에 동화 10개를 보태서 달라붙어 있던 기름때를 씻어달라고 했다.

이제 성기사가 살고 있는 구획에 가더라도 문지기들에게 좋지 않은 인상을 주지는 않을 것이다.

어딜 보더라도 지금 나는 평범하다.

고블린을 잡고 번 돈은 아직 남아 있으니 좀 호화로운 식사를 하자.

나는 의기양양하게 식당이 늘어서 있는 큰길로 향했다. 뒷골목에 있는 단골 술집에 갈 수도 있지만, 가끔은 기분을 전환할 겸 다른 가게에 가도 될 것 같다는 생각이 들었기 때문이다.

왕도에서도 식당이 가장 많은 거리다. 그래서인지 오가는 사람들도 꽤 많다. 멈춰 서 있다 보면 어느새 밀려나 버릴 것 같다.

어떤 가게로 들어갈까. 역시 제대로 먹으려면 고기지. 5년 만에 먹는 고기는 대체 어떤 맛이 날까. 생각하기만 해도 신이 나고 침이 흘렀다.

그런 내게 그리드가 《독심》 스킬을 통해 말을 걸었다.

『겨우 고기 가지고 유난을 떨다니.』

"무슨 소릴 하는 거야! 고기, 고기라고?!"

『흥, 이 몸은 무기라서 식욕이라는 걸 이해할 수 없다. 그건 그렇고 앞으로 싸워서 이 몸이 더러워지면 확실하게 손질해달라고. 그게 이 몸에게는 네 식사와 비슷한 정도로 중요하니까.』

"알았다니까, 좀 전에도 동화를 10개나 내고 손질해줬잖아."

『이 몸이 보기에는 그 정도는 스스로 할 수 있게 되어야 할 것 같은데.』

하긴……. 매번 대장간에 부탁하면 은근히 돈이 많이 든다. 그리고 혹시 왕도 바깥에 나가서 며칠 동안 돌아오지 않고 사냥을 계속하게 된다면 흑검 그리드의 정비는 내가 해야만 한다.

뭐, 정비라고 해도 이 흑검은 날이 전혀 상하지 않기에 검신에 묻은 피나 기름을 닦는 정도지만.

그대로 내버려 둬도 괜찮지 않을까라는 생각을 하고 있자니 그리드가 엄청나게 싫어했다. 《독심》 스킬을 통해 깨끗하게 손질하라고 꽤 시끄럽게 굴었다.

그리드는 다른 무기와는 달리 마음을 지니고 있다. 말하자면 사람과 마찬가지로 몸이 더러우면 기분이 나쁜 모양이었다. 그런 그리드의 심정을 알고 나서 생각해보니 그 노점에서 기름때를 뒤집어쓰고 필요 없는 물건처럼 취급받았을 때 그의 마음속에서는 어떤 감정이 소용돌이치고 있었을까 하는 생각이 들었다.

알고 싶다고 해서 물어본다고 해도 그리드는 고집이 세서 분명 가르쳐주지 않을 것이다.

"알았어. 식사를 마치면 정비 도구를 사러 가자."

『오오, 이제 페이트도 이 몸이 소중하다는 걸 이해한 모양이로군. 보석처럼 꼼꼼하게 손질하라고.』

"진짜 잘난 척하는 무기네."

『그게 이 몸, 그리드 님이시다.』

앞으로 손질할 때, 여기를 닦아라, 여기에 아직 얼룩이 남아 있다, 그렇게 시어머니처럼 잔소리를 할 것 같다. 너무 시끄러우면 우물의 차가운 물을 끼얹어 줘야지. 그렇게 하면 좀 조용해질지도 모르겠다.

배가 고프니 그리드의 정비 이야기는 이 정도로만 해두고 점심 식사를 해야겠다. 마침 눈앞에 있는 가게에서 고기를 굽는 냄새가 풍기고 있었다. 더이상 참을 수가 없다. 저기에서 먹자.

식당 안으로 들어가려고 했을 때 부모와 자식으로 보이는 두 사람과 부딪혀버렸다.

방심하고 있던 참에 옆에서 밀어 넘어진 것 같은 느낌이다. 엉덩방아를 찧어버린 내게 턱수염이 난 아버지가 소리쳤다.

"어디 보고 있는 거야? 이 망할 자식이. 걸리적거린다고."

"뭐라고!"

그쪽이 일방적으로 부딪혀놓고 그건 아니지. 나는 따지려 했지만 그 부녀는 그곳에서 떠나가려 했다. 손을 잡힌 채 따라가는 어린 소녀는 입을 꾹 다물고 아무 말도 하지 않았다.

나는 너무 답답해서 짜증이 났고, 도망치는 부녀에게 손을 뻗었다.

그때, 딸의 손에 닿는 바람에《독심》스킬이 발동되어버렸다.

(구해줘요…… 누가 좀…… 구해줘요…….)

한순간이라 제대로 읽어내지는 못했지만 그 여자애는 분명히 도움을 요청하고 있었다.

어째서?! 저 두 사람은 모녀인줄 알았는데, 아니었나?

잘 살펴보니 남자와 소녀는 닮지 않았다. 혹시 저 애가 유괴당하고 있나?!

나는 우선 등을 돌리고 떠나가는 남자를《감정》해보았다.

카심 블랙 Lv 15

체력 : 920

근력 : 900

마력 : 670

정신 : 500

민첩 : 950

스킬 :

어라? 스킬이 없네. 이상하다, 그건 말도 안 되지.

스킬은 신에게 받은 힘이다. 누구든 반드시 하나는 가지고 태어나는 법이다. 잘 읽어내지 못한 건지도 모르겠다. 다시 한 번 《감정》 스킬을 썼지만 마찬가지였다.

의아해하고 있자니 그리드의 목소리가 《독심》 스킬을 통해 들렸다.

『저 남자의 소지 스킬이 은폐 스킬로 인해 감정 스킬로는 볼 수 있게끔 숨겨져 있는 거겠지. 뭐, 스테이터스의 체력, 근력을 보니 저 남자가 무인이라는 건 알 수 있지만. 문제는 은폐 스킬로 인해 숨겨져 있는 스킬이 어떤 거냐는 건데. 어떻게 할 거냐?』

"어떻게 할 거냐고 해봤자."

남자는 소녀의 손을 억지로 잡아당기면서 사람들 속으로 사라지려 하고 있었다.

겁에 질려서 목소리도 내지 못하는 그녀. 알아버린 이상 내버려 둘 수는 없다.

"에휴~, 식사는 중지야. 쫓아가자."

『오오, 구해줄 셈이냐?』

"어쩔 수 없잖아, 못 본 척할 수는 없어."

『페이트가 선택한 것에 참견할 생각은 없다. 하지만 조심해라. 저 남자의 눈은 살인자의 눈이었어. 사람을 죽이는 것을 망설이지 않는 적의 사정은 절대로 봐주지 마라.』

"……알았어."

나는 이미 사람을 한 명 죽였다. 성에 숨어든 도적이라는 악당이었지만 목숨을 빼앗고 난 뒤에 기분이 좋지는 않았다. 그 도적이 나를 노려보며 죽어가던 모습은 평생 잊을 수 없을 것이다.

하지만 나는 후회하지 않는다.

만약 그때 그 도적을 놓쳤다면 다른 성기사들이 좋은 기회라고 생각하며 록시 님을 질책했을 것이다. 성기사 사회는 출세 경쟁이 심하다고 들었다. 그로 인해 록시 님처럼 백성들을 생각해주는 사람이 출세 코스에서 벗어나게 되는 것은 어떻게 해서든 피하고 싶었다.

그래서 나 같은 쓰레기가 손을 더럽히게 되더라도 록시 님의 힘이 되었다는 사실이 기뻤다.

정의의 사자가 될 생각은 없고, 될 수도 없겠지만 적어도 눈앞에서 괴로워하는 사람이 있다면 구해주고 싶다는 마음이 든다. 그 정도로 별것 아닌 이야기다.

마음을 굳힌 나는 일정한 거리를 유지하며 두 사람을 미행했다.

잠시 뒤를 쫓아가니 남자가 상업구의 창고들이 늘어서 있는 곳에서 멈춰 섰다. 이곳에는 왕도의 바깥에서 반입한 짐들을 보관하고 있다. 그중에서 외벽이 너덜너덜해져서 이용하지 않는 것 같은 창고 안으로 소녀를 데리고 들어갔다.

"저기가 저 남자의 아지트인가?"

『글쎄다. 저기서 누군가를 만나서 소녀를 팔아넘길 생각일지도 모르고, 난폭한 짓을 할 생각일지도 모르지.』

"어찌 됐든 최악이겠구나. 서두르자!"

나는 흑검 그리드를 쥐고 창고로 조용히 다가갔다. 주위에는 사람이 없다. 창고의 낡은 벽에 바짝 붙어 깨진 창문으로 살며시 안쪽 상황을 들여다보았다.

남자가 소녀에게 쇠로 만든 목줄을 채우고 낡은 사슬로 기둥에 개처럼 묶었다. 이제 틀림없다. 그녀는 유괴당한 것이다.

소녀는 겁에 질려서 목소리를 낼 수 없는 것 같았다. 그런 그녀를 보고 남자가 웃으며 말했다.

"꼬맹이들은 조금만 겁을 줘도 금방 목소리를 내는 법까지 잊어버리지. 정말 쉬운 일이야."

남자는 그렇게 말하고 소녀의 뺨을 때렸다. 꽤 세게 때렸는지 창고 안에 때린 소리가 울릴 정도였다.

"너 같은 고아는 있든 없든 상관없는 존재라고. 어차피 쓸모없다고 부모에게 버림받았을 테니까."

그 말을 들은 그녀는 갑자기 안색이 변했다.

"하하, 정곡을 찌른 모양인데. 어떤 쓰레기 같은 스킬인지 나한데 말해봐. 으응?! 안 들린다고!"

소녀는 땅바닥을 바라보며 울음을 터뜨려버렸다. 그럼에도 불구하고 공포 때문에 목소리를 낼 수 없는 모양이었다.

저 애도 가지지 못한 자였구나……. 얼마 전의 나와 마찬가지로 자신의 힘에 절망하면서도 살아갈 수밖에 없는 처지다.

아니, 지금은 더 심한 상황이다. 억지로 유괴당해서 뭔가 당하려 하고 있으니까.

나는 바도 구하러 나서고 싶은 마음을 억누르며 계속 기회가 오기를 기다렸다.

그런 와중에 남자는 소녀를 집요하게 괴롭히려는 듯이 심한 말을 퍼부었다.

"기뻐해라. 그런 사회의 쓰레기 같은 너라도 도움이 될 만한 곳이 있으니까. 이제부터 너는 어떤 성기사의 장난감으로 살아갈 수 있어. 어때, 기쁘지?"

그 말을 들은 소녀는 울면서 고개를 계속 저었다.

남자는 혀를 차면서 다시 얼굴을 때렸다.

"이봐, 이봐, 솔직하지 못하네. 말을 잘 듣지 않으면 그쪽에 가서 금방 죽어버릴걸? 저번에 간 녀석은 1주일도 버티지 못했으니까. 나는 다음 일이 금방 들어오니 짭짤해서 좋지만."

그리고 이번에는 소녀의 배를 걷어찼다. 예상했던 것보다 더 큰 충격 때문에 그녀는 땅바닥에 몸을 웅크리고 쓰러졌다.

보다 못한 내가 흑검 그리드를 칼집에서 뽑아 들려 했지만.

『잠깐, 페이트! 조금만 더 참아라.』

"그래도……."

그리드가 《독심》 스킬을 통해 뛰쳐나가려 하던 나를 말렸다.

더 이상은 무리다. 이대로 내버려 두면 저 소녀의 마음에 되돌릴 수 없을 정도로 큰 상처가 남게 된다.

하지만 그럼에도 불구하고 그리드는 결코 움직이지 말라고 했다.

『감정으로 움직이지 마라, 죽는다. 상대방의 스테이터스보다

네 스테이터스가 조금 높긴 해. 하지만 전투 경험은 상대방이 압도적으로 더 많다. 이 말이 무슨 뜻인지 너도 잘 알 텐데.』

"알았어…… 머리를 식히라는 거잖아."

기량이 부족한 주제에 감정적으로 검을 휘둘러봤자 이길 수 있을 리가 없다. 맞는 말이다.

그래서 마음을 가라앉히고 창고 안을 둘러보았다.

사용하지 않는 곳이긴 하지만 폐기된 짐으로 보이는 커다란 나무상자가 잔뜩 쌓여 있었다. 저것들을 사각으로 삼아서 다가갈 수 없을까.

그렇게 생각하고 있자니 남자가 움직였다. 소녀를 계속 괴롭힌 다음 창고 밖으로 나간 것이다. 다른 볼일이 있는지도 모르겠다. 기회는 지금밖에 없다.

나는 깨진 창문을 통해 창고 안으로 조용히 숨어들었다. 그리고 곧바로 사슬에 묶여 있던 소녀 옆까지 달려갔다.

그녀는 내 발소리를 듣고 남자가 바로 돌아왔다고 착각한 모양인지 고개를 들지도 않고 몸을 떨고 있었다.

우선 소녀를 자유롭게 만들어주기 위해서 사슬을 끊자. 나는 흑검 그리드를 칼집에서 뽑아 들고 사슬을 노렸다. 매우 날카로운 흑검이 매우 간단히 녹슨 쇠사슬을 절단했다.

좋았어, 이제 한 가지는 해결했다. 나는 계속 떨고 있던 소녀에게 말을 걸었다.

"이제 괜찮아."

"…………."

내 목소리를 듣고 고개를 든 그녀는 매우 놀란 표정을 짓고 있었다. 그리고 잠시 나를 바라보다가 그 남자의 동료가 아니라는 것을 이해한 것 같았다. 그 증거로 이번에는 안심해서 그런지…… 기쁜 듯이 눈물을 흘리고 있었다.

보아하니 아직 유괴당한 충격으로 인해 말을 할 수가 없는 것 같았다.

"자, 얼른 여기서 나가자."

나는 그녀의 손을 잡고 일으켜 세우려 했다. 그런데 방금까지 안심하고 있던 그녀의 표정이 갑자기 변했다. 대체 왜 그렇게 공포에 질린 표정을 짓는 거지?

소녀는 나를 보지 않고 뒤쪽을 겁먹은 듯이 바라보고 있었다.

나도 덩달아 돌아보니 그곳에는 창고에서 나갔던 유괴범이 서 있었다.

젠장, 내가 속았다는 것을 바로 알 수 있었다. 남자는 내가 미행하고 있다는 것을 알고 일부러 창고에서 떠나는 척했던 것이다.

남자는 싱글싱글 웃으면서 나와 소녀에게 다가왔다.

"가끔 정의감에 불타서 내 뒤를 쫓아오는 바보가 있지. 하지만 그 녀석을 유괴해온 아이 앞에서 죽이면 말이야, 아이들이 내 말을 뭐든지 듣게 되거든. 너는 불에 뛰어드는 나방같은 거라고."

남자는 그렇게 말하고 허리에 차고 있던 한 손 검을 뽑아 든 다음 중단 자세를 취했다. 그것만으로도 이루 말할 수 없는 압박감이 느껴졌다.

이게 그리드가 말했던 전투 경험의 차이라는 건가?

"왜 그래? 무릎이 떨리는 것 같은데. 하하하하하!"

조금씩 다가오는 남자를 향해 나는 흑검 그리드를 겨누고 견제

했다. 내 뒤에는 겁을 먹고 움직이지 못하는 소녀가 있다.

이대로 상대방이 계속 접근하면 소녀를 지키면서 싸워야만 한다. 더 이상 상황을 불리하게 만들 수는 없다.

하지만 이대로 아무렇게나 달려들면 상대방이 바라던 바다.

초조해하지 마라, 페이트. 하지만 빠르게 결단해야 한다. 적은 기다려주지 않는다. 그런 내게 그리드가《독심》스킬을 통해 말을 걸었다.

『페이트, 소녀를 데리고 뒤에 있는 짐 쪽으로 물러나라.』

좀 전까지 창고의 창문을 통해 들여다보던 곳이다. 난잡하게 쌓여 있는 나무상자는 당장에라도 무너져내릴 것 같다. 그리고 그곳은 출구 반대쪽이다. 한순간 의문을 품었지만 나는 바로 그리드가 무슨 말을 하는지 눈치챘다.

이제 잘될지만 남았는데…… 그건 해봐야만 알 수 있다.

유괴범은 내가 검으로 보여준 자세를 보고 전투경험이 별로 없고 레벨이 낮은 상대라는 것을 눈치채고 있다. 하지만 그 방심을 이용해주지.

라팔 남매에게 5년 동안이나 괴롭힘당한 내게 쓰레기 연기는 식은 죽 먹기다. 아아, 그런 생각을 하니 허무해지지만 어쩔 수 없다.

『타이밍은 이 몸이 알려주마. 자, 시작하지.』

"응, 하자."

빌어먹을 문지기를 하던 때를 생각하며 소녀의 손을 잡고 정신없이 숨을 곳을 찾는 것처럼, 짐이 쌓여 있는 곳으로 후퇴하는 척했다.

자, 내 유도에 넘어오라고.

남자는 내가 당황하면서, 겁을 먹으면서 행동하는 거라고 생각할 것이다. 경멸하는 듯이 깔보는 표정을 보여주었다.

"뭐야, 좀 전까지 보여주었던 기세는 어디 갔어? 그 쓸모없는 꼬맹이를 구하려던 기운은 어디 갔냐고? 나를 방해하고도 무사히 넘어갈 수 있을 거라 생각하지 마라. 무참하게 난도질해주지."

겁에 질린 사람을 협박하며 반항할 기운을 깎아낸다. 라팔 남매가 자주 쓰던 수법이다. 역시 저런 녀석들이 하는 짓은 다들 비슷한 건지도 모르겠다.

그렇기 때문에 나는 남자가 뭘 할지 뻔히 보였다.

반드시 쫓아올 것이다.

"그런 곳으로 도망쳐봤자 소용없어. 이제 포기해라!"

나는 짐이 쌓여 있는 곳 안쪽으로 도망쳤다. 길이 좁아졌고, 도망칠 곳이 없는 막다른 곳이다.

이 상황은 저 녀석에게 어떻게 보일까.

발소리가 천천히 다가왔다. 오른손에는 철제 한 손 검. 얼굴에 드러난 표정은 질 생각 따윈 전혀 없어 보였다.

"이제 도망칠 곳이 없는데."

남자는 몰아세우려는 듯이 한 발자국, 한 발자국 다가왔다. 이제 슬슬 —— 나는 소녀에게 최대한 뒤쪽으로 물러나라고 했다. 그러자 그리드가 《독심》 스킬을 통해 신호를 보냈다.

『지금이다, 페이트!』

나는 흑검을 들어 올렸다.

그 모습을 본 남자는 알아차렸다는 듯이 웃었다.

"혹시 이 짐을 무너뜨려서 나를 파묻으려는 거냐? 하지만 그런 짓을 하면 너하고 저 꼬맹이도 같이 묻힐 텐데. 겁에 질려서 생각도 제대로 못하는 모양이네."

"그렇게 생각할 줄 알았지."

나는 아랑곳하지 않고 남자를 향해 달려갔다. 이건 단 한 번의 도박이다. 실패하면 다음 기회는 없다.

기세를 살려 힘껏 들어 올린 흑검을 남자를 향해 내리쳤다.

좋았어, 걸렸다!

짐에 둘러싸여서 도망칠 곳이 없다. 내가 필사적인 각오로 받아내기 쉬운 내려치기 공격을 날리면 검으로 흘릴 거라고 예상했다.

내가 생각한 대로 남자는 피하지 않고 내 공격을 받아내려 했다. 그렇다, 쇠로 만든 사슬조차 쉽사리 두 동강 내버리는 흑검의 참격을 받아내려 한 것이다.

"뭐야! 말도 안 돼애애애애."

남자가 들고 있던 철제 한 손 검은 버터처럼 잘려나갔다. 그리고 남자의 어깨로 파고든 흑검이 곧바로 비스듬히 베었다.

피를 잔뜩 뿜어내며 남자가 하늘을 보며 창고의 더러운 바닥에 쓰러졌다.

나는 입에서도 피를 토해내는 남자의 옆으로 가서 신경 쓰이던 부분을 확인했다. 소녀를 사러했던 성기사에 대해서. 이렇게 심한 짓을 하는 성기사의 이름을 반드시 알고 싶었다.

"대답해, 네게 의뢰한 성기사는 누구야?"

남자는 죽어가면서도 고집스럽게 입을 열려 하지 않았다.

"말해! 누구한테 부탁받은 거야!"

흑검을 상처에 찔러넣고 캐물었다. 남자는 얼굴을 찡그렸지만 계속 저항했다.

쳇. 이렇게 된 이상 남자에게 손을 대고《독심》스킬을 써서 마음속을 알아 내는 수밖에 없을 것 같다. 그렇게 생각하고 손을 뻗었을 때, 아픔을 견디지 못한 남자가 기분 나쁜 이름을 입에서 토해냈다.

"하드…… 하드 브레릭…………."

하드라고?! 브레릭 가문의 차남?

대놓고 심한 짓을 하더니, 남몰래 더 심한 짓을 하고 있었나!

얼마나 많은 아이들이 하드의 마수에 당했는지 더 캐물으려 했지만 남자는 과다출혈로 숨을 거둔 상태였다.

《폭식 스킬이 발동됩니다.》

《스테이터스에 체력+920, 근력+900, 마력+670, 정신+500, 민첩+950이 가산됩니다.》

《스킬에 은폐, 한 손 검기가 추가됩니다.》

오, 그리드가 말했던 것처럼 은폐 스킬을 가지고 있었다. 이걸로 한 손 검기 스킬을 숨기고 있었던 건가?

나는《감정》스킬을 사용해 입수한 스킬을 조사해보았다.

은폐 : 감정 스킬로부터 소지 스킬을 숨길 수 있다.

한 손 검기 : 한 손 검의 공격력이 올라간다.《샤프 엣지》를 사용할 수 있다.

은폐는 예상했던 거구나. 한 손 검기에는 아츠라 불리는 오의가 있는 것 같다. 그리드에게 물어보니 기술 계열 스킬에는 반드시 강력한 오의가 하나씩 있다고 한다. 시험 삼아 이것도 《감정》해보았다.

……비스듬히 두 번 내려치는 공격을 가하는 오의구나.

만약 이 아츠, 《샤프 엣지》를 내가 공격하기 전에 사용했다면 꽤 위험했을 것이다. 아마 내가 지금 여기에 서 있지 못했을 테고.

싸움은 그때그때 운에 달려 있다고 하는데, 이번에는 내가 운이 좋아서 정말 다행이다.

여기에 오래 있으면 위험할 것 같다. 왜냐하면 죽은 남자가 소녀를 하드에게 팔어넘기려 했기 때문이다. 지금 브레릭 가문 녀석들에게 들킬 수는 없다.

들키게 되면 오늘 문지기 일을 멋대로 쉰 나를 괴롭히다 죽일 것이다. 스테이터스가 아직 빈약한 나는 아직 그 녀석들에게 맞설 수 없다.

소녀를 데리고 서둘러 창고를 나섰다. 그리고 창고에서 사람들이 많이 있는 번화가로 가기로 했다. 지금은 조금이나마 사람들 속에 숨어야 안심할 것 같다.

하늘을 올려다보니 해가 저물고 있었다. 그때 마침 생각난 것처럼 내 배에서 소리가 울렸다.

폭식 스킬 때문에 배가 고픈 것이 아니었다. 유괴범의 혼을 막 먹은 참이니까. 점심 식사를 걸렀기에 내 몸이 순수하게 음식을 내놓으라고 하는 것이다.

내가 어딘가에서 식사를 하고 싶다는 생각을 하고 있자니 배가 귀엽게 울리는 소리가 들렸다.

소리가 울린 쪽을 보니 그곳에는 구해낸 소녀가 얼굴을 붉히며 배를 누르고 있었다.

안심해서 배가 고파진 모양이었다.

"좋았어, 오빠가 맛있는 걸 사줄게."

좀 전까지 보여준 표정과는 달리 기쁜 듯이 환한 표정을 지었다.

이제야 웃어주는구나. 유괴당했던 것이 그녀에게 깊은 상처를 준 것이 아닐까 하고 불안했다. 하지만 기우였는지도 모르겠다. 적어도 이런 표정을 지을 수 있다면 분명 괜찮을 것이다.

그럼 처음 예정대로 고기를 먹으러 가자.

이 번화가에는 식당이 잔뜩 있다. 맛있을 것 같은 냄새를 맡고 있자니 콧구멍을 간질이는 향기가 풍겼다. 이건 비프 스튜다.

비프 스튜는 어린애도 먹을 수 있다. 정했다, 이 가게로 가자.

소녀의 손을 잡고 가게 문을 열었다. 인기 있는 가게인 모양인지 안에는 사람이 많이 있었다.

테이블석은…… 아쉽게도 다 찼구나. 그렇다면 카운터석은…… 오, 마침 두 자리가 비어 있다.

우리는 다른 사람에게 뺏기기 전에 얼른 앉았다. 그러자 점원이 메뉴판을 가지고 왔다.

"뭘로 하시겠요? 오늘 추천 메뉴는 이건데요."

오늘은 좋은 생선이 들어와서 그것을 사용한 요리를 추천하는 모양이었다.

옆자리에 앉아 있던 사람이 마침 그 요리를 먹고 있었고, 정말 맛있을 것 같았다. 나쁘지 않은 선택같기도 한데……, 하지만.

"비프 스튜하고 빵 2인분 부탁합니다."

"네, 알겠습니다."

역시 처음 목적은 양보할 수가 없다. 이 애도 눈을 반짝이면서 비프 스튜를 기대하고 있으니까. 그 기대는 배신할 수 없다.

아직 멀었나? 소녀와 함께 방글방글 웃으며 기다리고 있자니 고기가 많이 들어 있는 비프 스튜와 이제 막 구운 빵이 나왔다. 맛있겠다!!

침이 흐를 것 같다. 옆에 앉아 있던 소녀는 참을 수가 없었는지 침을 흘리고 있었다.

"혹시 고기를 먹는 게 처음이야?"

소녀는 침을 닦으면서 고개를 끄덕였다. 그러고 보니 이 애는 쓸모가 없는 스킬을 지니고 태어나 부모에게 버림받은 고아였다. 나도 문지기 시절에는 고기를 먹을 수가 없었다. 고아인 그녀가 먹을 수 있을 리가 없지.

그녀는 내 얼굴을 바라보면서 먹어도 되는지 눈치를 보고 있는 것 같았다. 여기까지 왔는데 먹으면 안 될 리가 없지. 당연히 먹어야지.

"자, 먹자. 오늘은 열심히 했으니까."

내가 살며시 등을 밀어주자, 소녀는 스푼을 거꾸로 쥐고 말없이 먹기 시작했다.

그리고 그녀는 눈 깜짝할 새에 스튜와 빵을 다 먹었다. 배가 부르고 몸과 마음이 안심되어서 그런지 엉엉 소리를 내며 울음을 터뜨려버렸다.

이제 목소리를 낼 수 있게 되었구나. 다행이다.

맛있는 음식에는 분명 사람을 행복하게 만드는 힘이 있는 것 같다. 나도 이 비프 스튜를 한 입 먹을 때마다 내일 더 열심히 살자는 마음이 드니까.

즐거운 한때는 금방 지나간다. 더 이상 늦게 돌아다니면 안 된다.

소녀는 고아다. 돌아갈 곳이 있는지 물어보니 놀랍게도 내가 살고 있는 슬럼가에 있는 허름한 고아원이라고 했다. 바로 근처잖아!

"그러면 중간까지 같이 가자."

"응!"

가게를 나선 우리는 상업구에서 주택구로 이동했다. 그리고 주택구 중에서도 가난한 사람들이 모여사는 슬럼가로 돌아왔다.

우선 소녀를 고아원에 데려다주자.

정비되어 있다고는 빈말로도 하기 힘든 길을 걸어가던 도중에 주위가 점점 밝아진다는 것을 눈치챘다. 아, 구름이 끼었던 밤하늘이 맑아지기 시작했다.

조명이 없는 길에서 보는 달빛은 정말 아름답고 따스하게 느껴졌다.

"자, 이제 곧 고아원이야. 응? 왜 그래?"

"………."

갑자기 입을 다물어버린 소녀. 꽤 기운을 차린 것 같은데 갑자기 유괴범에게 잡혔을 때가 생각난 건가?

내 걱정과는 달리 소녀는 미소를 지으며 말했다.

"고마워, 오빠!"

"………."

이번에는 내가 입을 다물어버렸다. 이런, 누군가에게 고맙다는 인사를 받아본 게 처음인지도 모르겠다.

왠지 쑥스러워졌다. 하지만 기분이 나쁘지는 않았다.

이런 나라도 조금은 도움이 된 것 같아서 안심이 되기도 했다. 가끔은 괜찮겠지.

고아원이 보인다. 어라, 수녀님들이 바깥으로 나와서 누군가를 찾고 있는 것 같다. 아마 내가 데리고 있는 이 아이겠지.

그래서 그녀의 등을 밀어주었다.

"이제 괜찮지? 이제부터는 혼자서 돌아가야 해."

"오빠는 같이 안 와줄 거야?"

"그래, 여기서 헤어지자. 잘 지내고."

내 역할은 이미 끝났다. 약한 자에게는 정말 힘든 세계지만 살아가기 위해서는 역시 자신의 힘으로 걸어갈 수밖에 없다.

분명히…… 그걸 그만두면 절대로 안 될 것 같다.

마음이 통했는지 소녀는 내게서 물러선 뒤 혼자서 걸어가기 시작했다. 그 모습과 고향 마을을 떠난 내가 겹쳐 보였다. 아버지를 병으로 잃고 마을에서 있을 곳도 잃은 내게 남겨진 유일한 길.

앞이 보이지 않는 길이지만 걸어갈 수밖에 없다.

수녀님들이 소녀를 보고 눈물을 흘리며 껴안았다. 그러자 좀 전까지 아무렇지도 않다는 표정을 짓고 있던 그녀가 활짝 웃고 난 다음 갑자기 울음을 터뜨렸다.

아무래도 덜 운 모양이다. 지금은 잔뜩 우는 게 낫다. 그것이 내일로 이어진다면 더더욱.

그런 그녀의 앞날에 행복이 있기를.

나는 수녀님들에게 들키기 전에 그곳을 떠났다. 집으로 돌아가는 길에 그리드가《독심》스킬을 통해 말을 걸었다.

『왜 그래? 어울리지 않는 짓을 해버린 듯한 표정인데.』

"시끄러워. 그런 게 아니라고."

그냥 소녀를 보고 있자니 어렸을 때 내 모습이 떠올랐을 뿐이다.

이제 부모님의 묘가 있는 고향에 돌아갈 수는 없다. 밥만 축낸다며 쫓겨난 마을. 할 수만 있다면 성묘를 하러 가고 싶긴 하지만 마을에 들여보내 주지 않을 것이다.

병에 걸려 죽어가던 아버지가 내 손을 잡으며 내 인생을 마지막까지 걱정하던 모습을 잊을 수가 없다. 나는 아버지에게 당당하게 가슴을 펼 수 있게끔 살아왔을까.

"아직 갈 길은 멀겠지만."

『그야 그렇지. 너는 이제 막 시작했을 뿐이야. 미리 말해두지만 네가 가야 할 길은 한참 멀었다고.』

"뭐, 우선 록시 님 가문에 재취직을 해야지. 그녀의 아버지와 만나야 하니 꽤 긴장되는데."

『하하하하, 지금부터 긴장하면 어쩔 건데. 내일 정오에 만나기로 하지 않았나?』

"상대방이 왕도에서도 다섯 손가락 안에 들어가는 명가의 당주라고. 내가 보기에는 구름 위……보다 더 위에 있는 사람이니까. 너는 마음이 편해서 좋겠다."

『그야 그렇지. 이 몸은 무기니까.』

그래, 그래, 그리드 같은 무기물은 모를 거야. 오랫동안 내게 스며든 성기사에 대한 공포는 좀처럼 쉽게 씻어낼 수 있는 것이 아니니까.

폭식 스킬로 강해질 수 있다는 것을 알게 된 지금도 그것은 마찬가지다. 록시 님의 아버지라면 분명 좋은 분일 것이다. 그래도 직접 마주 보게 된다고 생각하니 역시 긴장이 되었다.

휴우~, 지친 건가? 오늘은 일찍 자야지.

너무 많은 일들이 있었다고. 고블린 토벌부터 유괴범 퇴치까지 하루 만에 다 해버렸다.

분명 그 피로 때문에 쓸데없는 생각을 해버리는 거겠지. 록시 님을 더 믿어야 할 텐데, 그러지 못하다니 정말 안 되겠다.

나는 허름한 집의 문을 열고 쓰러지는 듯이 지푸라기로 만든 침대에 뛰어들었다.

역시 지친 모양이다. 의식이 눈 깜짝할 새에 멀어졌다.

※

다음 날, 나는 오전까지 쿨쿨 자다가 허둥대며 일어나게 되었다. 바로 차림새를 단정히 하고 록시 님이 기다리는 성기사구 입구로 서둘러 갔다.

성기사구는 다른 구획과는 다르게 주위가 높은 담으로 둘러싸여 있다. 마치 여기에도 성이 있다는 착각이 들 정도다.

문지기에게 이름을 말하자 바로 안으로 들여보내 주었다. 록시 님이 미리 연락해둔 모양이었다.

본인인지 아닌지는 연락한 사람의 확인을 받을 필요가 있다고 한다. 그 때문에 병사 두 명이 내 양쪽에 나란히 서 있었다. 마치 내가 나쁜 짓을 해서 연행당하는 것 같은 기분이다.

안내를 받아 간 저택은 역시 이 왕도의 5대 명가 중 한 곳이라 할 만했다.

걸어오다가 본 저택과는 비교가 되지 않았다. 너무 커서 생각하는 것도 바보 같아질 정도였다.

옆에 있던 병사 중 한 명이 부지 안으로 들어가 정원을 넘어갔다.

잠시 후 하얀 드레스를 입은 여자와 함께 나왔다. 예쁜 사람이다.

"와주셨군요. 기다렸어요."

그 목소리를 듣고 록시 님이라는 것을 깨달았다. 항상 문지기를 교대할 때만 만났기에 하얀 경갑을 입은 모습만 알고 있었다. 드레스를 입은 그녀는 전혀 다른 사람처럼 보였다. 그 정도로 아름다웠다.

본인 확인이 끝나자 병사들은 인사를 하고 갔다.

단둘이 남았고, 아마 내가 입을 벌리고 멍한 표정으로 그녀를 보고 있어서 그런지.

"왜 그러시죠?"

록시 님이 의아하다는 듯이 물었다.

"록시 님이 너무 예쁘셔서, 저기…… 넋이 나가버렸습니다. 죄송합니다."

그러자 그녀는 볼을 붉히고 살짝 헛기침했다.

"가, 가끔은 드레스도 입을 만하네요. 당신이야말로 다른 사람인 줄 알았어요. 자, 이쪽으로."

저택이 매우 큰데도 불구하고 정말 조용했다. 하인들의 모습은 보이지 않았고, 매우 고요한 느낌도 들었다.

잘 손질된 잔디를 바라보면서 록시 님을 따라갔다. 정말 너무 조용하다.

들리는 것은 불어오는 바람 소리뿐이었다.

왠지 쓸쓸해 보이는 그녀의 뒤를 따라갔다.

저택 앞까지 와서 오른쪽으로 돌아갔다. 어라? 안으로 들어가는 거 아니었나?

물어보려 해도 물어볼 수 있는 분위기가 아니었다.

그리고 잠시 걸어간 다음 이 적막한 분위기의 정체를 알게 되었다.

"이건······."

나는 더 이상 말할 수가 없었다.

그런 나를 보고 록시 님은 부드러운 미소를 지었다.

그리고 앉아서 차가워 보이는 묘비에 손을 대고는.

"아버님, 오늘부터 이 사람을 고용하게 되었습니다. 이제 하트 가문도 다시 시끌벅적해질 거예요."

아직 상황을 파악하지 못한 내게 록시 님이 말했다.

"아버님께서는 5일 전에 남쪽 지방인 가리아에서 돌아가셨습니다."

"가리아라면."

분명 마물에게 점령당한 대륙일 것이다. 그것도 왕도 주변에 있는 마물 따위는 비교도 안 될 정도로 강하다고 했다.

성기사의 가장 중요한 역할은 그곳에서 왕국으로 쳐들어오는 마물을 막는 것이다. 그러기 위해 높은 지위와 많은 돈을 왕국에서 받고 있다.

하지만 왕국의 5대 명가 당주가 돌아가실 정도로 강한 마물이라니, 솔직히 상상도 안 된다.

록시 님은 내 불안한 마음을 이해했는지 이렇게 말했다.

"사인은 마물이 아니에요. 가리아에는 그것도 있으니까요."

그 말을 듣고 나는 어떤 것을 떠올렸다. 홍수, 지진, 해일 같은 것들과 비슷하게 취급되는 존재.

살아 있는 천재지변── 천룡이다. 아무리 강한 힘을 지니고 있다 해도 그것을 막을 방법은 없다고 한다. 너무 강하기에 사람에 따라서는 신의 사자라고 하며 신앙의 대상으로 삼기도 한다.

만약 그것에게 노려지게 되면 끝장이다. 죽음을 각오해야만 한다.

"아버님께서 이끌고 계시던 군대는 전멸했다고 합니다. 설마 천룡이 둥지에서 그렇게 멀리 떨어진 외곽까지 올 줄은 몰랐겠죠. 그런 경우는 수천 년 동안 한 번도 기록되지 않았으니까요."

천룡의 둥지는 가리아의 중심에 있다. 그리고 가리아의 국경선까지는 오지 않는다고 한다. 하지만 그 예상은 빗나갔다. 운이 없다고 할 수밖에 없지만.

그래도 남겨진 사람들이 그것을 납득할 수 있느냐 하는 문제는 별개일 것이다.

"오늘 오전에 겨우 정리가 다 되었어요. 아버님의 장례식이나 여러 가지 일들을 처리하느라 바빴죠. 당주의 신분도 상속받았으니, 이제 제가 하트 가문의 당주입니다."

이런 상황인데도 당당하게 말하는 그녀를 보고 나는 그저 고개를 숙일 수밖에 없었다.

전혀 눈치채지 못했다. 문지기를 교대할 때, 그녀는 항상 똑같은 표정인 것 같았는데 뒤에서 그런 일이 벌어졌을 줄이야. 전혀 알아차리지 못했다.

그런 상황인데도 록시 님은 나까지 생각해서 여기로 불러주었다.

그런데 나는 록시 님의 아버지와 면접을 본다고 생각하며 내 힘을 어떻게 속여야 할지…… 그런 것만 생각하고 있었다.

록시 님, 죄송합니다. 저는……

"그런 표정 짓지 말고 함께 하트 가문을 번성시켜나가요. 부탁할 수 있을까요?"

"네, 기꺼이."

나는 그날, 하트 가문의 하인이 되었다.

제7화 굶주림에 빠지다

하트 가문에서 하인으로 살기 시작한 지 벌써 1주일이 지나려 하고 있었다.

저택에 막 왔을 무렵에는 흑검 그리드를 향해 중얼거리곤 했기에 주위 사람들이 위험한 녀석이라고 생각하게 만드는 실수를 저질러버렸다.

하지만 하트 가문의 하인들은 다들 좋은 사람들이라 그런 나도 받아들여 주었다.

평온한 나날이라 해도 배울 것이 많이 있었기 때문에 저택 밖으로 나갈 틈도 없을 정도로 바빴다.

요리, 빨래, 청소…… 여러 가지를 해보고 가장 내 적성에 맞았던 것은 정원사였다.

매우 넓은 정원의 잔디를 손질하는 것은 꽤 끈기가 필요한 작업이다. 끊임없이 자라나는 잡초를 뽑거나 가끔 잔디의 높이를 고르게 맞추기도 했다.

정원사 스승님 세 분에게 가르침을 받으면서 겨우 해나가고 있다. 그리고 솜씨가 늘면 다음에는 정원수를 손질하게 해준다고 했다. 언젠가는 저 정문에 있는 매우 큰 나무를 손질해보고 싶다.

다른 사람들이 필요로 하는 일을 하면 보람을 느낄 수 있고.

나는 휴일까지 반납하고 푹 빠져들었다.

그리고 일을 한 다음에 하인들과 함께 나란히 앉아 먹는 요리에는 놀랍게도 고기가 들어가 있었다.

　나는 그것을 보고 손이 떨렸다. 저번에 큰 마음을 먹고 5년 만에 고기를 먹은 참인데 연달아 먹을 수 있을 줄은 몰랐다. 긴장하는 게 당연하다.

　영양 상태가 개선되어서 깡말랐던 내 몸은 그 이후로 살이 좀 붙은 것 같다.

　아, 그리고 록시 님이 성에서 직무를 마치고 돌아오면 잠시 시간을 내서 나와 차를 마시게 되었다. 솔직히 성기사님과 함께 나눌 이야기가…… 생각나지 않았다. 록시 님이 일방적으로 말을 거는 것 같은 느낌이다.

　하지만 그녀는 즐거워 보이니 괜찮다고 생각할 수밖에 없다.

　라팔 남매 대신 일용직 문지기를 하던 때와 비교하면 하늘과 땅 차이다.

　물론 록시 님 쪽이 천국이다. 라팔 남매 쪽은 나락이고.

　이렇게 너무 행복한 게 잘못인지…… 요즘에는 몸 상태가 매우 안 좋다. 배고픔이 한없이 커져만 가서 억누를 수가 없다. 이미 굶주린 상태라고 해도 될 정도다.

　그렇다, 지금도 욱신거리고 있다.

　"페이, 왜 그래요?"

　티 컵을 쟁반에 내려놓으면서 록시 님이 걱정스러운 듯이 이쪽을 보고 있었다.

　정기 행사가 되어버린, 단둘이서 가지는 다과회 도중이다. 그녀는 그때만 나를 페이라고 부른다.

애칭으로 불린 것은 아버지가 살아계셨을 때 이후로 처음이라 꽤 쑥스러웠다. 하지만 내 주인님이 페이라고 부르고 싶은 것 같았기에 반쯤 억지로 그렇게 되어버렸다.

이 사실을 흑검 그리드에게 의논했더니 '내가 알 바 아니지, 스스로 생각해라'라며 코웃음쳤다. 그래서 나는 록시 님이 페이라고 부를 때마다 부끄러운 마음을 억눌러야만 했다.

"아무것도 아닙니다, 록시 님."

나는 이 다과회에서 굶주림과 록시 님에 대한 마음을 억누르는 이중고에 시달리고 있다.

"그런가요……, 그래도 안색이 안 좋은 것 같은데."

이상할 정도의 배고픔을 참고 있으니 감기에 걸린 거라고 생각했는지 그녀는 내 이마에 손을 대려 했다.

하지만 나는 손으로 막았다. 닿으면 독심 스킬이 발동되어버린다. 함부로 록시 님의 마음을 들여다보고 싶지 않았기 때문이다.

"아니, 정말 괜찮으니까요!"

도망치듯이 자리에서 일어서려 했을 때, 배고픔으로 인한 현기증 때문에 의식이 멀어졌고, 바닥에 쓰러졌다.

오늘은 평소보다 굶주림이 심한 것 같다. 몸속에 있는 폭식 스킬이 꿈틀대는 것이 느껴진다. 내 의식은 천천히 어둠에 빨려들어 갔다.

록시 님이 내 이름을 부르는 목소리가 희미하게 들린다. 그리고 마지막에는 아무것도 들리지 않게 되었다.

※

눈을 떠보니 그곳은 저택의 내 방이었다.

지푸라기로 만든 간이침대와는 달리 솜이 가득 차 있어 부드러운 침대. 그렇게 사치스러운 물건 위에 내가 누워 있었다.

보아하니 록시 님과 가졌던 다과회 자리에서 폭식 스킬로 인한 굶주림을 견디지 못하고 실신해버린 모양이었다. 지금은 그 견디기 힘든 욱신거리는 느낌이 잦아들어서 기분이 꽤 괜찮았다.

시간은 밤. 창문으로 보이는 달의 위치를 볼 때 늦은 밤이라는 것을 알 수 있었다.

문득 달빛을 받고 있던 서랍장 위에 메모가 놓여 있는 것을 발견했다.

[내일은 일을 쉬고 푹 쉬세요. 록시.]

록시 님에게 걱정을 끼친 모양이다. 뭐, 눈앞에서 쓰러졌으니 당연하겠지. 다음에 만나면 모처럼 가진 다과회를 망친 것을 사과해야겠다.

한숨을 쉬면서 침대에 앉아 옆에 걸쳐두었던 흑검 그리드를 잡았다.

"저기, 그리드. 배고픔이 점점 심해져. 예전에는 참을 수 있을 정도였고 이렇게 심하지는 않았어. 어떻게 생각해?"

그 말을 들은 그리드는 크게 웃으며 말했다.

『너무 늦었어. 이미 주사위는 던져졌다고.』

"무슨 소리야?"

『폭식 스킬이 한 번 혼의 맛을 알게 되면 멈출 수 없게 되지. 더 먹고 싶다고 네게 재촉하는 거다.』

그것이 이 비정상적인 굶주림…… 기아 상태라고 한다.

효과가 좋은 스킬이라고 다시 보았는데, 대가도 확실하게 존재했다.

동요하는 내게 그리드가 계속 말했다.

『혼을 먹으면 먹을수록 강해진다. 그리고 먹으면 먹을수록 혼을 더 원하게 된다. 그것이 그 스킬의 특성이야. 너는 죽을 때까지 계속 강해져야 하는 업을 짊어진 거다. 이제 중간에 멈추는 건 용납되지 않아. 그러지 못하면 굶어 죽거나 자아를 유지할 수 없게 되어서 누구든 상관없이 덮치게 될 거다.』

"그렇……지는."

극도의 배고픔. 견디지 못하게 되면 굶어 죽거나……, 후자가 더 무서운데. 그건 완전히 괴물이잖아.

만약 항상 하던 다과회 때 자아를 유지할 수 없게 되어서 록시 님을 덮치게 된다면…… 그렇게 생각하니 오싹해졌다.

『좋은 걸 가르쳐주마. 한계에 도달하게 되면 눈에 드러난다고. 거울을 봐.』

나는 그리드기 한 말대로 방에 있던 큰 거울을 보았다. 그곳에 비춘 것은 소름이 돋을 정도로 새빨간 눈동자였다.

원래 색은 검은색. 그 눈동자가 지금 선혈처럼 물들어 있었다.

『이제 너는 한계다. 여기서 느긋하게 하인 생활을 즐기는 것도 좋겠지. 하지만 해야 할 일을 잊지 마라. 다시 한 번 말하마. 주사위는 던져졌어.』

폭식 스킬이 내 의지와는 상관없이 혼을 원한다. 음료수를 마셔도, 음식을 먹어도 잦아들지 않는 굶주림.

그리고 원하면 원할수록 진흙탕에 빠지게 된다고 한다. 그것을 채우기 위해서는 선택지가 하나밖에 없다.

지금 내 굶주림이 한계라면―― 갈 수밖에 없다. 겨우 손에 넣은 이 평온한 나날을 버리고 싶지 않다.

달빛이 스며드는 방 안에서 옷을 갈아입고 흑검 그리드를 찼다. 그리고 나는 남들 몰래 하트 가문의 저택을 뛰쳐나왔다. 굶주림을 채우기 위해……

제8화 기아 부스트

성기사 구의 큰길을 달려 구획을 나누는 대문 앞까지 왔다.

기아 상태가 되면 오감이 무시무시할 정도로 예리해지는 것 같다. 예를 들면 밤인데도 불구하고 낮인 것처럼 잘 보였다.

그리고 후각도…… 뭐라고 해야 하나, 맛있을 것 같은 사람을 구분할 수 있게 되었다. 좀 떨어진 위치에 서 있는 문지기 두 사람.

맛있을 것 같은 사람은 오른쪽에 있는 체격이 좋은 남자다. 시험 삼아 《감정》 스킬로 두 사람의 스테이터스, 스킬을 비교해보니 역시 오른쪽 남자가 더 높았다.

다시 말해 이 후각은 강자가 지니고 있는 힘을 맛있을 것 같은 냄새로 구분하는 것이다.

아마 혼을 원하는 폭식 스킬이 몸에 부스트 효과를 발휘하게 만들고 있는 것 같다.

하지만…… 그래도…… 괴롭다. 지금도 어지러워질 정도로 굶주림이 주기적으로 찾아오고 있기 때문이다.

얼른 앞으로 나아가야 한다. 이상해져서 저 문지기를 먹으려 들면 큰일이 벌어지게 된다.

지금 나는 하트 가문의 하인이기 때문에 통행용 문서를 가지고 있다. 이것을 나갈 때나 들어올 때 문지기에게 보여주게 되어 있다. 만약 잃어버리게 되면 문지기가 들여보내 주지 않으니 잃어버리지 않게끔 조심해야만 한다.

"아, 고생 많으시네요."

억지 웃음을 지으며 문지기에게 다가갔다. 이렇게 늦은 밤에 성기사구 밖으로 나가려 하고 있다. 조금이라도 덜 수상하게 보이고 싶었다. 하지만 품속에서 꺼낸 문서를 보여주려고 더 가까이 간 순간.

"히익."

문지기 남자가 허둥지둥 내게서 한 발짝 물러났다. 왠지 모르겠지만 나를 보고 겁을 먹은 표정을 짓고 있다.

이변을 느낀 다른 문지기가 다가왔고, 완전히 똑같은 반응을 보였다.

그리고 둘 다 굳어서 움직이지 않게 되어버렸다.

왠지 위험한 분위기다.

나는 급하게 문서의 내용을 일방적으로 보여준 다음 상업구로 서둘러 갔다.

왜 두 사람이 굳어버렸는지 신경 쓰고 있자니 그리드가 마치 당연하다는 듯이 말했다.

『저 녀석들은 네 눈동자를 보고 뱀이 노려본 개구리처럼 되어버린 거다. 붉은 눈동자에는 그런 힘이 있지. 너보다 스테이터스가 낮은 상대는 겁을 먹고 움직일 수 없게 돼. 뭐, 기아 상태일 때 폭식 스킬이 효율 좋게 혼을 먹기 위한 일시적인 힘이지.』

"방금 그 문지기들이 나를 수상하게 여기지 않을까?"

『저 녀석들은 너를 처음 봤어. 무슨 짓을 당했는지도 모를 테니 그냥 위험한 녀석이라고 생각하겠지. 앞으로 붉은 눈동자를 보여주지 않으면 늦은 밤에 문지기를 하면서 피곤해서 이상한 걸 봐버렸다, 착각이었다, 이렇게 생각할 거다. 네가 그렇게 태도로 드러내면 오히려 수상하게 생각할 거야.』

일리가 있긴 하다. 그렇게 생각하고 당당하게 상업구를 나아가고 있자니 달콤한 향기가 났다. 더할 나위 없이 맛있을 것 같은 냄새다.

유혹에 져서 약간 다른 길로 빠진다고 생각하고 큰길에서 골목으로 들어갔다. 그리고 그늘에서 그 원흉을 조용히 찾아보았다.

꽤 멀리 떨어진 길 건너에 후드가 달린 검은 외투로 몸을 가리고 있는 세 사람이 걸어가고 있었다.

감정 스킬로 누구인지 조사해보려 했지만, 거리가 너무 멀어서 발동되지 않았다.

다음 순간, 마침 달빛이 내리쬐어 세 사람 중 한 명의 얼굴이 보였다.

"?!"

나는 깜짝 놀랐다. 왜 저 녀석이 이런 시간에 나온 거지? 저 밉살스러운 얼굴은 틀림없이 라팔이다. 그렇다면 옆에서 걸어가는 키가 큰 사람은 차남인 하드. 덩치가 작은 녀석이 막내 여동생 메밀일 것이다.

그들은 내가 뒤를 밟고 있다는 것도 모르고 상업구의 VIP 전용 고급 가게로 들어갔다.

그곳은 성기사처럼 지위가 높은 사람이 아니면 들어갈 수 없다. 기분 나쁜 예감이 들어서 그늘에서 상황을 살펴보고 있자니 또 검은 외투를 입은 녀석들이 가게로 들어갔다.

분위기로 알 수 있다. 저 녀석들은 모두 성기사다. 틀림없다.

이렇게 늦은 밤에 무슨 모임을 하려는 거지? 다른 사람들의 눈을 피하고 있는 시점에서 제대로 된 목적은 아닐 것이다.

나는 신경 쓰여서 잠시 가게의 상황을 살펴보고 있었다. 하지만 창문의 커튼이 전부 닫혀 있어서 안에서 무슨 일이 벌어지고 있는지 알 수가 없었다.

꼬르르르륵…….

그러다 보니 배에서 소리가 크게 울려버렸다.

신경 쓰여서 어쩔 수가 없다. 하지만 지금 나는 급한 목적이 있다. 슬슬 굶주림이 본격적으로 위험한 것 같다. 아쉽지만 나는 그 자리를 떠났다.

상업구에 있는 바깥으로 이어지는 남대문은 낮과는 달리 매우 조용했다.

그렇게 많이 오가던 짐마차도 없다. 그 대신 문 앞 근처에 무인들이 모여 있었다.

보아하니 모두들 숙련된 무인으로 보이는 장비를 걸치고 있었다.

저번에 아침 일찍 고블린 사냥을 하기 위해 왔을 때와는 달리 무인들의 랭크가 더 높다는 걸 알 수 있었다.

엄청난 위압감이 느껴졌다.

『저 녀석들의 목적은 나이트 헌팅이다. 오늘은 달빛이 환해서 평소보다 시야가 넓으니까. 그리고 마물들도 잠은 잔다. 그래서 동족 마물을 계속 쓰러뜨림으로써 발생하는 그 헤이트 상승이 덜 생기고. 자는 마물을 습격해서 잔뜩 쓰러뜨릴 수 있다는 거지.』

"그렇구나."

일반적인 무인이라면 절대로 하지 않을 야간 사냥. 하지만 실력에 자신이 있는 숙련자라면 돈을 많이 벌 수 있는 효과적인 사냥이다.

나는 그리드의 설명에 납득하며 그 집단을 가로질러 갔다. 그러자 턱수염이 난 남자가 말을 걸었다.

"이봐, 너. 처음 보는 얼굴인데. 그렇게 빈약한 장비로 사냥하러 갈 셈이냐?"

"그런데."

내가 그렇게 대답하자 그 녀석은 밤인데도 불구하고 큰 소리로 웃기 시작했다.

"이봐, 다들 들어봐. 여기 답이 없는 바보가 있다고!"

눈에 띄고 싶지 않은데 험악한 무인들이 우르르 몰려들었다.

다들 싱글거리며 나를 빤히 바라보았다.

"너, 그런 꼴로 이런 곳에 어슬렁거리며 온 걸 보니 꽤나 강하겠지?"

실소하며 그렇게 말하는 걸 보니 생각하고는 정반대되는 말을 하는 것 같다. 너 같은 쓰레기가 왜 여기에 왔냐는 뜻이다.

"레벨은 몇이야? 말해보라고. 웃지 않을 테니까."

"이제 됐지? 급하다고."

굶주림이 한계라고. 그들을 무시하고 돌아섰다. 이 녀석들은 내 붉은 눈을 보고도 겁을 먹지 않는다.

그렇다면 스테이터스가 나보다 높을 것이다. 감정 스킬로 일일이 확인할 마음도 들지 않았다.

문 바깥으로 나가는 내 뒤에 숙련자 무인들의 목소리가 날아들었다.

　"들었어? 저 녀석, 말을 못 하는 걸 보니 레벨이 낮은 정도가 아닌 모양인데. 진짜냐고. 이래서 초보들은 안 된다는 거야."

　"혹시 우리 파티에 들어오고 싶었던 거 아닐까?"

　"아, 그렇겠구나. 하지만 받아주진 않을 거야."

　"이봐~, 쓰레기 레벨 도련님, 돌아오라고. 운이 좋으면 누군가가 파티에 받아줄지도 몰라."

　"우리 파티는 안 되겠는데."

　"그래, 나도 필요없어."

　"그렇지! 크하하하하."

　마음껏 지껄이라고. 어차피 나는 폭식 스킬 때문에 파티를 짤 수가 없으니까.

　그러니까 나는 내 방식으로 너희보다 강해질 거다.

제9화 개걸스럽게 먹어대다

나는 정신없이 야간 고블린 초원을 달려갔다.

그리고 풀숲을 헤치고 잠든 고블린을 찾아내서 흑검 그리드로 목을 날렸다.

《폭식 스킬이 발동됩니다.》

《스테이터스에 체력+30, 근력+40, 마력+10, 정신+10, 민첩 +30이 가산됩니다.》

이 무기질적인 목소리도 수없이 들었다.

아직 부족하다. 더. 이 정도로는 내 굶주림이 사그라들지 않는다.

하지만 왕도에서 여기까지 계속 달려왔다. 숨을 고르기 위해 멈춰서서 숨을 돌렸다.

구름 한 점 없는 하늘에 보름달이 높게 떠서 방금 쓰러뜨린 고블린의 시체를 비추었다.

원래 사냥할 때는 토벌 상금을 받기 위해 증거로 양쪽 귀를 잘라낸다. 하지만 지금 나는 그럴 여유가 없었다. 숨을 고른 뒤 시체를 뛰어넘어 다음 먹잇감을 찾아 뛰어가기 시작했다.

응? 초원을 질주하는 나를 쫓아오는 발소리가 들렸다.

아니, 뒤쪽뿐만이 아니다. 앞에서도, 옆에서도, 풀을 밟는 발소리가 다가왔다. 꽤 숫자가 많다.

보아하니 이곳 일대를 중점적으로 뛰어다니면서 고블린들을 사냥했던 게 문제가 된 모양이었다. 미처 잡지 못한 고블린이 깨어나서 자신들에게 해를 끼치는 나를 해치우려고 무리를 지은 건가?

나는 녀석들의 기척을 느끼면서 비교적 풀숲이 낮은 곳을 골라 멈춰 섰다.

그러자 약간 뒤에서 나를 쫓아오던 발소리가 차례차례 들리지 않게 되었다.

둘러보니 고블린들이 나를 포위하고 있었다.

대충 50마리 정도, 더 많을지도 모르겠다. 지금은 밤눈이 밝아서 고블린들의 모습도 잘 보였다.

상대는 이제 익숙해진 고블린 파이터와 고블린 가드.

흑검 그리드를 휘두르면 저 녀석들이 장비하고 있는 검이나 방패까지 통째로 두 동강 낼 수 있다.

그리고 아무리 많이 모여서 고블린 특유의 물량 작전을 펼친다 해도 기아 상태인 내 적수가 되지는 못한다.

이 붉은 눈으로 노려보면 스테이터스가 나보다 낮은 고블린들은 바로 움직일 수 없게 되기 때문이다. 시선을 계속 주위에 있는 고블린들에게 향하며 움직임이 멈추면 한 마리씩 확실하게 사냥해나갔다.

이변을 눈치챈 고블린이 도망치려 했지만 이미 늦었다.

너희는 나를 포위해서 해치우려 했겠지만, 내가 보기에는 한데 뭉쳐준 거라서 매우 잡기가 편하다.

그리고 나는 마지막 한 마리를 해치웠다. 다른 시체와 겹쳐지는 듯이 쓰러진 고블린.

《폭식 스킬이 발동됩니다.》

《스테이터스에 체력+40, 근력+20, 마력+10, 정신+10, 민첩 +10이 가산됩니다.》

휴우~. 조금 진정이 되었다.

거울처럼 잘 닦인 흑검 그리드의 검신을 이용해 내 얼굴을 비춰보았다.

아직 눈이 붉다.

"꽤 먹었는데 기아가 해제되지 않았네……."

고블린을 100마리 이상 쓰러뜨렸을 텐데. 하지만 기아 상태는 여전하다.

나는 초조해하며 그리드에게 물었다.

"어느 정도 잡아야 해제되는 거야?"

『으음. 고블린 정도로는 아직 부족한 것 같은데. 상위종인 홉고블린을 잡아야겠지.』

나는 그리드의 제안을 받아들여 고블린 초원에서 서쪽 숲으로 들어갔다.

이곳은 통칭 홉고블린의 숲. 초원에서 힘을 키운 고블린이 홉고블린으로 진화하면 이 숲에 살기 시작한다고 한다.

홉고블린은 세 종류로 나뉜다. 홉고블린 파이터, 홉고블린 가드, 홉고블린 아처.

파이터와 가드는 고블린과 마찬가지로 대처하면 된다고 한다.

문제는 아처. 숫자는 별로 없지만 풀숲에 숨어 멀리 떨어진 위치에서 화살을 날린다. 골치아픈 점은 화살촉에 분노를 바른다는 점이다. 맞아버리면 감염증을 일으키기 때문에 매우 위험하다. 왕도의 무인들은 그런 홉고블린 아처를 대변 아처라고 부르며 두

려워한다.

　이런 정보는 하트 가문의 동료 하인 중에 젊었을 때 무인이었다는 사람이 식사하다가 가르쳐주었다. 대부분 그의 무용담——자랑 이야기였지만 꽤 재미있어서 정신없이 들어버렸다.

　그런 그에게 감사하면서 경계를 게을리 하지 않고 숲을 나아갔다.

　홉고블린도 야행성은 아니라서 큰 소동을 벌이지 않는 한 푹 자고 있을 것이다.

　그러니까 고블린과 마찬가지로 잘 때 습격하면 된다.

　아, 있네. 큰 나무에 몸을 기대고 자는 홉고블린은 나와 키가 비슷했다. 체격은 나보다 훨씬 우락부락한 근육질이다.

　밤이라서 피부의 색은 잘 알아볼 수 없긴 하지만…… 역시 고블린의 상위종이라 그런지 녹색 같았다.

　《감정》 스킬 발동.

　홉고블린 파이터 Lv12
　　　체력 : 230
　　　근력 : 340
　　　마력 : 110
　　　정신 : 110
　　　민첩 : 230
　　　스킬 : 양손 검기

　홉고블린 파이터라. 발치에 놓아둔 커다란 검을 휘두르며 공격하는 것 같다. 스킬도 그에 맞게 양손 검기다.

　스테이터스는 신경이 쓰일 정도가 아니었다.

　조용히 다가가자 어이쿠, 큰 나무 뒤에 한 마리 더.

　걸쳐둔 방패를 보니 예상이 되긴 하지만 《감정》해두자.

홉고블린 가드 Lv12

　　체력 : 440

　　근력 : 220

　　마력 : 110

　　정신 : 110

　　민첩 : 110

　　스킬 : 체력 강화 (중)

　오오, 체력 강화 (중)을 가지고 있네. 저번에 내가 예상했던 대로 스테이터스 강화 계열에는 단계가 있는 것 같다. (소)와 (중)이 있으니 (대)도 분명히 존재할 것이다.

　나는 확인을 마치고 우선 자고 있는 홉고블린 가드의 목을 날렸다. 푹 잠든 채 죽었으니 괴롭지 않게 갔을 것이다.

　《폭식 스킬이 발동됩니다.》

　《스테이터스에 체력+440, 근력+220, 마력+110, 정신+110, 민첩+110이 가산됩니다.》

　《스킬에 체력 강화 (중)이 추가됩니다.》

　자, 나머지 한 마리를…… 아, 깨어나 버렸구나.

　목을 자른 소리를 듣고 깨어난 홉고블린 파이터가 이변을 느끼고 소리를 치려 했다. 동료를 부를 셈일 것이다.

그런 짓을 하게 내버려 둘 수는 없다. 나는 그 노란 이빨이 늘어서 있는 입에 흑검 그리드를 찔러넣었다.

《폭식 스킬이 발동됩니다.》

《스테이터스에 체력+230, 근력+340, 마력+110, 정신+110, 민첩+230이 가산됩니다.》

《스킬에 양손 검기가 추가됩니다.》

홉 고블린은 고블린과 비교해서 배가 꽤 차는 것 같은 느낌이었다.

이럴 줄 알았다면 고블린을 상대하지 않고 숲으로 들어와 바로 홉고블린을 잡을 걸 그랬다.

아직 배고프다는 것을 느끼며 내 현재 스테이터스를 알아보기 위해《감정》스킬을 사용했다.

페이트 그래파이트 Lv1

　　체력 : 8041

　　근력 : 8011

　　마력 : 2501

　　정신 : 2501

　　민첩 : 5591

　　스킬 : 폭식, 감정, 독심, 은폐, 한 손 검기, 양손 검기, 근력 강화 (소), 체력 강화 (소), 체력 강화 (중)

아직 밤은 길다. 나는 다음 먹잇감을 찾아 숲을 돌아다니기 시작했다.

제10화 제1위계

잠든 표정이 멋지군. 그럼 잘 가라.

또 홉고블린 한 마리를 흑검 그리드로 베었다.

《폭식 스킬이 발동됩니다.》

《스테이터스에 체력+440, 근력+220, 마력+110, 정신+110, 민첩+110이 가산됩니다.》

이제 45마리째. 오오오?!

갑자기 몸속이 가득 차는 느낌이 들었다. 그렇게 먹고 싶어서 견딜 수 없던 충동이 썰물이 빠져나가는 것처럼 사라졌다.

겨우 기아 상태에서 해방된 것이다. 어둑어둑한 숲속에서 숨을 돌리며 근처에 있던 큰 나무에 몸을 기댔다.

『페이트. 쉬려면 이 나무 위로 올라가라. 우연히 밤중에 깨어나서 돌아다니는 홉고블린이 있을지도 모른다. 기아 상태의 신체능력 부스트 효과가 사라졌다. 냄새로 마물을 감지할 수도 없고, 밤에도 잘 보이는 붉은 눈도 없으니까.』

"그렇지, 영차!"

그리드가 한 말대로 몸을 기대고 있던 나무를 타고 올라가 커다란 가지에 앉았다.

"여기서 숨어 있으면 괜찮을 것 같네. 그런데 기아 상태에서 벗어나려면 마물을 꽤 많이 쓰러뜨려야 하는구나."

『그렇지. 기아 상태는 상황에 따라 머리가 이상해져서 누구든 상관없이 덮쳐버릴 수도 있다. 그렇게 간단히 해제할 수는 없지. 그게 싫다면 정기적으로 마물을 사냥해서 폭식 스킬에게 혼을 먹이라고.』

"그래, 그렇게 할게. 이렇게 굶주리는 건 이제 사양이야."

나는 큰 가지 위에 누워 잠시 쉬기 시작했다.

나뭇가지 사이로 군데군데 달빛이 스며드는 숲. 축축하고 약간 싸늘한 느낌이 계속 돌아다니다 지친 내게는 기분이 좋게 느껴졌다.

아래쪽 지면을 바라보고 있자니 가끔 홉고블린이 지나갔다. 야행성이 아니긴 하지만 순찰 같은 걸 하면서 밤중에도 활발하게 움직이는 개체도 있는 것 같았다.

그리드의 조언을 따르기를 잘했다.

그리고 휴식을 끝내고 아래로 내려오려 했을 때 지면을 조금씩 울리면서 뭔가 커다란 것이 다가왔다.

발소리가 커지면서 모습을 드러낸 것은 커다란 고블린이었다. 내 키의 두 배 정도는 되었다. 피부색은 아마 청록색일 것이다.

손에는 이 숲의 큰 나무에서 뜯어낸 것 같은 흉측한 곤봉을 쥐고 있었다.

"?!"

그 곤봉이 달빛을 받았을 때, 나도 모르게 표정이 굳었다.

피와 살점이 잔뜩 묻어 있었던 것이다.

그리고 반대쪽 손으로 쥐고 있던 것을 보니 기분이 나빠졌다.

원래 형태가 남아 있지는 않았지만, 사람이었던 물체다. 아마도 저 곤봉으로 여러 번 두들겨 맞은 모양이다.

일반인이 이렇게 늦은 밤에 홉고블린의 숲에 올 일은 없다. 그러니 끌려 온 시체는 이곳에 오기 전에 상업구 외문에서 만난 숙련 무인 중 한 명일 것이다. 그렇게 잘난 척하더니 죽어버렸잖아!

그건 그렇고 위험한 야간 사냥에 익숙할 숙련 무인이 저런 꼴이 된 걸 보니 저 커다란 고블린은 꽤 강한 것 같다.

내가 있는 나무 아래를 지나갔다.

커다란 고블린이 얼마나 강한지 신경 쓰여서 《감정》 스킬로 조사해보았다.

고블린 킹 Lv30
  체력 : 21000
  근력 : 24000
  마력 : 5230
  정신 : 4560
  민첩 : 11200
  스킬 : 자동 회복

고블린 킹?! 저게 그건가…….

하트 가문의 동료 하인이 이야기를 해준 적이 있다. 고블린 킹은 이 일대에 있는 고블린들의 보스 같은 존재이며 엄청나게 강하다고 한다. 숲에 몇 마리밖에 없기 때문에 마주칠 확률은 매우 낮지만, 마주치게 되면 죽음을 각오해야만 한다고. 물론 성기사라면 간단히 쓰러뜨릴 수 있는 마물. 하지만 평범한 무인은 일격에 즉사라고…….

스테이터스를 보니 홉고블린과 비교하면 차원이 달랐다.

스킬도 유용할 것 같다. 자동 회복을 《감정》해 보았다.

자동 회복 : 일정 시간마다 상처가 낫는다. 치명적인 상처는 낫지 않는다.

오오오오, 좋은 스킬이다. 저게 있으면 약간 상처를 입어도 계속 싸울 수 있다.

가지고 싶다!

지금 내 스테이터스라면 전혀 당해내지 못하는 상대는 아니다. 어떻게 할지 망설이다가는 저 고블린 킹이 숲속 안쪽으로 가버리게 된다.

몇 마리밖에 없는 희귀한 마물이다. 더 강해진 뒤에 도전하려 해도 찾아내지 못하면 소용이 없다.

좋았어. 결심했다.

나는 큰 나무에서 조용히 내려온 다음 고블린 킹을 쫓아갔다.

이 숲의 왕이라고 할 만도 했다. 당당히 걸어가는 모습은 그야말로 압권이었다.

고블린 킹 근처에는 홉고블린이 보이지 않았다. 발소리를 감지하고 도망쳤을 것이다.

당당하게 걸어간 그 녀석이 도착한 곳은 숲을 동그랗게 도려낸 것 같은 작은 꽃밭이었다. 가운데에 말라죽은 큰 나무가 한 그루 있었다.

그 녀석은 그 나무에 몸을 기대며 앉은 다음 들고 있던 곤봉을 땅바닥에 내려놓았다.

쩝쩝쩝……. 기분 나쁜 씹는 소리. 나무 사이에 숨어 있던 내게
도 들렸다.

고블린 킹은 쓰러뜨린 무언을 먹고 있다. 그것도 맛있게.

가끔 우득우득, 뼈를 씹어먹는 소리도 들렸다.

우웩……, 구역질을 하다 보니 그리드가 말했다.

『왜 당연한 걸 보고 겁내는 거냐.』

"……그래도."

『너도 마물에게 살해당한 자가 어떻게 되는지 알고 있을 텐데.
저렇게 맛있게 먹히는 거다. 마물에게 인간은 맛있는 음식인 모
양이니까. 특히 인간 아이가…….』

"알았어, 이제 됐다고. 나도 알고는 있었어. 그래도 실제로 본
건 이번이 처음이야."

마물은 사람을 먹는다. 그건 알고 있었다. 하지만 머릿속으로
상상하며 이해하는 것과 실제로 보고 이해하는 것은 전혀 다르다.

저렇게 생생한 식사 모습을 보게 되니 생각했던 것보다 충격이
컸다.

잠시 마음을 가라앉히고 다시 고블린 킹을 바라보았다. 이제
괜찮다.

아직 식사하느라 정신이 없는 모양이었다.

덤비려면 사각인 뒤쪽에서 덤비는 게 정석일 것이다.

탁 트인 곳에 있는 꽃밭이라 몸을 숨길 장애물 같은 것이 없기
때문이다.

고블린 킹을 살펴보면서 나무에서 나무로 몸을 숨기며 나아

갔다.

그리고 뒤쪽으로 파고들었다. 기대고 앉아 있는 큰 나무에 가려서 고블린 킹의 모습은 삐져나온 어깨만 보였다.

『지금부터는 천천히 가라.』

"그래."

세심한 주의를 기울이며 꽃밭으로 발을 내디뎠다.

고블린 킹은 여전히 식사하느라 바쁜 모양이었다.

긴장해서 심박수가 올라갔지만 호흡은 조용히, 그렇게 명심했다.

드디어 말라죽은 큰 나무까지 오는데 성공했다. 건너편에서 씹는 소리가 크게 들렸다.

『페이트, 해치워버려라!』

《독심》 스킬을 통해 들린 그리드의 목소리를 신호로 삼아 큰 나무에서 삐져나온 오른쪽 어깨에 흑검을 내리쳤다.

갸아아아악——.

해냈다. 저 통나무 같은 오른팔을 잘라냈다고.

선제공격이 성공하자 안심해버린 내게 그리드가 주의를 주었다.

『저 녀석은 아직 죽지 않았다. 어서 후퇴해라!』

몸을 뒤로 날려 물러나자 고블린 킹이 곤봉을 들어 올린 뒤 말라죽은 나무와 함께 내가 방금까지 있던 곳을 후려쳤다.

그 위력은 지면이 크게 함몰되고 돌멩이가 여러 개 날아올 정도였다.

저걸 맞았다면 아마 죽었을 것이다.

"위험했어. 덕분에 살았네."

『안심하기는 아직 이르다. 온다.』

고블린 킹은 오른팔을 잃고 피를 잔뜩 흘리면서도 포효한 다음 남은 손으로 곤봉을 들어 올렸다.

　또 피해야 하나라는 생각이 들었을 때, 그리드가.

『이 몸을 믿어라. 저런 곤봉 정도는 아무것도 아니다.』

"그렇다면!"

　나는 그리드를 믿고 발을 앞으로 내디디며 휘둘렀다. 고블린 킹의 곤봉 손잡이가 잘려나갔다.

　엄청나게 날카롭다. 이대로 단숨에 해치워주지.

　그리고 뛰어오르며 흑검을 위쪽으로 휘둘렀다.

　갸아아악──. 고블린 킹은 소리를 지르며 무릎을 꿇었다.

　남아 있던 왼손도 잘라낸 것이다.

　만신창이가 되어서도 나를 노려보는 그 녀석의 얼굴에 흑검을 찔러넣었다.

　찐득찐득해서 기분 나쁜 느낌이 손에 느껴졌지만 아랑곳하지 않고 밀어 넣었다.

　그리고 뽑아서 검신에 묻었던 고블린 킹의 피를 털어냈다.

《폭식 스킬이 발동됩니다.》

《스테이터스에 체력+21000, 근력+24000, 마력+5230, 정신+4560, 민첩+11200이 가산됩니다.》

《스킬에 자동 회복이 추가됩니다.》

　거의 비슷한 수준인 상대와의 싸움. 지금까지 했던 마물 사냥 때는 느껴보지 못했던 긴장감이 들었다. 혹시나 죽는 게 아닐까 하는 감정이 끊임없이 싸우는 도중에 소용돌이치고 있었다.

　그래서 싸움에 이겨서 살아남았다는 달성감이 훨씬 더 컸다.

이것도 마물 사냥의 묘미 중 하나일지도 모르겠다.

긴장이 풀려서 그 자리에 주저앉은 내게 그리드가 말했다.

『잘했다. 이제 스테이터스가 괜찮게 모였군. 이 정도면 이 몸의 제1위계를 열 수 있겠지.』

"제1위계?"

『이 몸의 새로운 모습이다. 이 몸은 사용자의 스테이터스를 제물로 삼아서 형태를 늘릴 수 있다. 어떻게 할 거냐? 해볼 테냐?』

"스테이터스가 얼마나 필요한데?"

『이 몸과 만났을 때를 기점으로 삼는다. 그 이후로 얻은 힘을 전부 내놓으면 이 몸은 제1위계에 눈을 뜰 수 있게 되지.』

다시 말해 모처럼 이렇게 강해졌는데 흑검 그리드를 강화시키려면 이 녀석과 만났던 시작 지점으로 돌아가야만 한다는 건가?

그리고 이야기를 더 들어보니 제1위계는 지금 스테이터스 정도면 되지만 제2위계, 제3위계…… 그렇게 올라갈 때마다 더 많은 스테이터스를 바쳐야만 하는 모양이다.

그리고 사용자의 특수한 정신상태가 계기로 작용하기 때문에 위계 해방을 선택하지 않으면 그리드의 사용 자격을 잃게 된다고 한다. 지금 바로 그리드를 강하게 만들거나, 아니면 버리는 선택을 해야만 하는 것이다.

"지금밖에 못 한다고……."

『그래. 이 몸의 사용자가 된 이상 피할 수는 없다. 네가 폭식 스킬의 굶주림에서 벗어날 수 없는 것처럼 말이야.』

정말, 힘을 얼마나 빨아들일 셈이냐고 그리드에게 물으니 『이 몸은 탐욕스러우니까 거의 통째로 가져가는 편이다』라고 대답해주었다.

『너만 강해질 건지, 이 몸도 강하게 만들어서 함께 나아갈 것인지 선택해라! 미리 말해두지만 강해진 이 몸은 너를 후회하지 않게 만들 거다.』

뭐, 굳이 생각할 필요도 없다. 내 파트너는 그리드뿐이다. 함께 강해질 수 있다면 더할 나위 없이 든든하다.

"알았어. 해줘."

『그렇게 나오셔야지. 그럼 간다!』

내 허락이 계약으로 작용했는지 흑검이 빛나기 시작했다. 그와 동시에 몸속에서 솟구치던 힘이 사라지기 시작한 것이 느껴졌다.

그리고 빛이 사그라들자 들고 있던 것은 흑궁이었다.

『이것이 이 몸의 제1위계 모습, 타입 : 마궁이다. 앞으로는 한 손 검과 마궁, 두 종류로 네 힘이 되어주마.』

나는 《감정》으로 내 스테이터스를 보았다.

제물로 바치고 나니 내 스테이터스는 그리드와 만났을 때로 돌아가 있었다.

페이트 그래파이트 Lv1
　　체력 : 121
　　근력 : 151
　　마력 : 101
　　정신 : 101
　　민첩 : 131
　　스킬 : 폭식, 감정, 독심, 은폐, 한 손 검기, 양손 검기, 근력

강화 (소), 체력 강화 (소), 체력 강화 (중), 자동 회복

제11화 **한때의 휴식**

우아한 곡선을 그리는 검은 대궁. 하지만 보기와는 달리 직접 들어보니 그렇게까지 무겁지는 않았다.

그리드는 이 형태를 마궁이라고 했다.

"이봐, 화살이 없는데. 따로 구입해야 하는 거야?"

『필요없다. 이건 마궁이다. 마력으로 화살을 만들어 사용하지. 시험 삼아 쏴봐라. 마침 왼쪽 나무가 있는 곳에서 이쪽으로 노리고 있는 녀석 한 마리가 있다.』

그런 건 좀 미리 말해줬으면 좋겠다. 왼쪽을 돌아보자 코가 삐뚤어질 정도로 심한 냄새가 나는 화살이 내 얼굴을 스쳐갔다. 만약 머리를 움직이지 않았다면 대변 화살이 얼굴에 박혔을 것이다.

이렇게 냄새나는 공격을 하는 것은 그 녀석밖에 없다. 홉고블린 아처, 왕도의 무인들이 대변 아처라 부르는 골치 아픈 마물이다.

아마도 나와 고블린 킹이 전투를 벌이면서 홉고블린 아처를 깨워버린 것 같다.

일정한 거리를 유지하며 공격하기 때문에 접근전용 무기와는 상성이 나쁜 직이다. 스테이디스도 약해졌기 때문에 더더욱 껄끄럽다.

그러니 이번에 손에 넣은 그리드의 힘, '흑궁'이 나설 차례다.

다시 날아오는 대변 화살을 피하며 고블린 킹의 시체를 방패삼아 숨었다.

"어두워서 홉고블린 아처의 정확한 위치를 알 수가 없는데."

『문제없다. 대충 위치만 알면 화살이 알아서 명중할 거다. 초보도 안심할 수 있는 성능이지. 적당히 쏘면 알아서 맞는다.』

그렇다면 활을 써본 적이 없는 나도 할 수 있을 것 같다. 분명…… 저 나무 틈새로 대변 화살이 날아왔지. 그렇다면 저 안쪽에 고블린 아처가 숨어 있을 테고.

나는 고블린 킹의 시체 너머로 흑궁을 당겼다. 그러자 당긴 시위에 메긴 것처럼 검은 화살이 생겨나기 시작했다. 이것이 그리드가 말했던 마력의 화살인가?

그리고 정확히 조준하지 않고 대충 날렸다.

검은 화살은 궤도 수정을 거듭하면서 홉고블린 아처가 있을 것으로 예상되는 나무 사이로 사라졌다.

《폭식 스킬이 발동됩니다.》

《스테이터스에 체력+170, 근력+230, 마력+110, 정신+110, 민첩+350이 가산됩니다.》

《스킬에 암시가 추가됩니다.》

무기질적인 목소리가 머릿속에 들렸다. 홉고블린 아처를 쉽사리 쓰러뜨린 모양이었다.

그건 그렇고 이 흑궁은 꽤 쓸 만하다. 화살을 쳐내지 않는 이상 백발백중이다.

마물에 따라서는 마법을 사용하여 원거리 공격을 하는 것도 있다고 한다. 흑검만 쓰다 보면 다가가기 전에 벌집이 될 테니 흑궁처럼 원거리 공격이 가능한 무기는 유용할 것 같다.

나는 혼자서 사냥하기 때문에 스스로 뭐든지 해내지 못하면 살

아남지 못하기 때문이다. 공격 수단이 많으면 많을수록 좋을 것이다.

그리고 뜻밖에도 홉고블린 아처에게서《암시》스킬을 얻은 나는 어둠 속에서도 낮처럼 걸어 다닐 수 있게 되었다. 이제 밤에 활동하는 것도 더 편해질 것이다.

자, 목적은 달성했으니 돌아갈까.

문득 고블린 킹의 시체를 보고 좋은 생각이 났다. 나는 그 녀석의 양쪽 귀를 잘라냈다.

고블린 킹은 이 숲에 몇 마리밖에 없는 희귀한 마물이다. 왕도의 교환시설에 가지고 가면 토벌 상금으로 꽤 많은 돈을 받을 수 있다.

만약 내가 이걸 가지고 가면 여러모로 곤란해진다. 하지만 다른 누군가에게 정체를 숨기고 양도하면…… 예를 들어 고아원에 기부한다면 정체를 들킬 염려는 없을 것이다.

내가 하트 가문의 저택에 신세를 지기 전에 살았던 슬럼가에는 가난한 고아원이 있다. 그렇다, 전에 유괴당했던 소녀를 구해서 데려다준 그 고아원이다.

기부라고 적은 주머니에 고블린 킹의 귀를 넣고 그곳의 깨진 창문에 던져 넣으면 될 것 같다. 굶주림으로 고생하던 내가 주는 자그마한 선물이다.

이걸 받고 고아원 아이들이 배부르게 밥을 먹었으면 좋겠다. 그 소녀도 분명 기뻐해줄 것이다.

밤이 새기 전에 전부 다 끝내야지.

나는 조용히 홉고블린 숲에서 고블린 초원, 그리고 왕도 세이파트로 이동했다.

*

아침이 되었다. 나는 하트 가문 저택에 몰래 돌아와 내 방의 침대 위에 있다. ……정말 졸리다.

결국 그 이후로 밤을 새워버렸다.

고아원에 고블린 킹의 양쪽 귀를 던져 넣다가 수녀님에게 들킬 뻔했기에 큰일이었다. 겨우 도망쳐서 오는 길에 상업구에 있는 그 고급 가게를 살펴보러 가기도 했다.

라팔 남매는 이미 가게에서 나온 모양인지 창문의 커튼이 다 열려 있었다. 그렇게 많은 성기사들과 무슨 이야기를 했는지 신경 쓰였다.

그래서 또 같은 시간에 가보자는 생각이 들었다.

그러기 위해서라도 잠을 푹 자두어야만 한다. 오늘은 록시 님에게 휴가를 받았으니 바로 자버리자.

기아 상태와 고블린 사냥, 그밖에도 여러 가지 일을 겪은 나는 매우 지쳤다.

눈을 감으니 빨려들어 가는 듯한 졸음이 밀려왔다.

똑똑, 똑똑.

누군가가…… 문을 노크하는 소리가 들렸다.

그 소리를 듣고 눈을 뜬 나는 방으로 들어온 사람을 보고 놀랐다. 그녀가 내 방에 온 것은 처음이었다.

"실례합니다. 몸 상태는 어떤가요?"

록시 님이다. 시계를 보니 정오가 넘었다. 꽤 오랫동안 자고 있었던 것 같다.

그녀가 하얀 겉갑을 입고 있는 걸 보니 성에서 일하다가 시간을 내서 몸 상태를 보러 와준 것 같았다. 하인을 위해 일부러 그렇게 해주다니…… 자상한 사람이다.

푹 자서 그런지 쌓여 있던 피로는 전부 다 가셨다.

"네, 좋아졌습니다."

"그거 다행이네요. 그래도 무리는 금물이에요. 아, 과일을 가져왔어요. 드실래요?"

그녀는 아까부터 계속 들고 있던 바구니에서 쟁반에 담은 포도를 꺼내 보였다. 커다란 보라색 열매가 잔뜩 달려 있었다.

"이건 하트 가문의 영지에서 딴 포도예요. 오늘 아침에 저택에 도착했어요."

"좋은 포도네요. 록시 님의 영지에서는 포도를 많이 재배하나요?"

포도가 유명하다는 이야기는 하인들에게 들었다. 하지만 록시 님이 이야기를 들려줬으면 하는 표정을 짓고 있으니 주인을 봐서 모르는 척하는 게 나을 것 같다.

"그래요. 그래서 와인도 많이 만들고 있죠. 저택에서 식사할 때 나오는 와인은 영지에서 만든 거예요. 정말 아름다운 곳이죠. 그렇지, 조만간 영지로 돌아갈 예정이 있으니 함께 가요."

"그래도 되나요?!"

이렇게 맛있을 것 같은 포도가 자라는 곳이니까 분명 멋진 영지일 것이다.

　꼭 가보고 싶다. 그리고 내 주인인 록시 님이 초대했으니 가지 않을 수는 없다.

　침대에 둘이서 앉아 잠시 포도를 먹고 있자니 다시 문을 노크하는 소리가 들렸다. 하지만 안으로는 들어오지 않고 문 너머로 목소리만 들렸다.

　"록시 님, 슬슬 직무를 보러 가실 시간입니다."

　이 목소리는 동료 하인들 중에서 가장 높은── 상장 씨다. 젊은 그녀는 록시 님의 비서도 맡고 있다. 평소에는 자상한 사람이지만 시간에 매우 엄격해서 나도 자주 혼나곤 했다.

　그 말을 들은 록시 님은 허둥대며 손수건을 꺼내 입가를 닦았다.

　"아, 이제 가야지. 남은 포도는 페이가 먹고 싶은 만큼 드세요. 그럼 일하러 다녀오겠습니다!"

　록시 님은 손을 살짝 들어 흔들고는 방에서 나갔다.

　그녀는 아버지에게 당주 신분을 이어받은 뒤 정말 바쁘다.

　이건 상장 씨에게 들은 이야기인데.

　왕도 5대 명가의 당주 중에서도 록시 님이 가장 어리다고 한다.

　그래서 성기사로서의 숙련도── 레벨도 주위에 비해 낮기 때문에 여러모로 고생하고 있다고 한다.

　상류 계급으로서의 고생이겠지만…… 아무런 권력도 없는 평민인 나와는 사는 세계가 너무 다르다. 내가 할 수 있는 일은 록시 님과 그렇게 이야기를 나누면서 조금이나마 기분을 풀어주는 것뿐이다.

　만약 내가 높은 사람이 되면…… 아니, 불가능하지.

답답한 기분을 전환하기 위해서 나는 오랜만에 단골 술집에 가기로 했다.

계속 얼굴을 내밀지 않았기에 가게의 마스터는 내가 문지기 일(브레릭 가문의 집요한 괴롭힘과 가혹한 노동시간)을 하다가 죽어버렸을 거라고 생각할지도 모른다.

살아 있다는 보고만이라도 해두어야겠지.

그리고 오늘은 휴가다. 록시 님에게 혼날지도 모르겠지만 술을 잔뜩 먹어야지!

제12화 술집의 소문

나는 옷을 갈아입고 내 방에서 나온 뒤 동료 하인에게 몸 상태가 좋아져서 외출을 하고 오겠다고 말했다. 그러자 록시 님께는 비밀로 해줄 테니 확실하게 기분전환을 하고 오라고 말해주었다. 하트 가문의 하인들은 다들 좋은 사람들뿐이다.

그리고 성기사구에서 상업구로 갔다. 이제 정오를 넘은 시간이라 바로 술집으로 가지 않고 시간을 때우기로 했다.

하지만 가지고 있는 돈은 은화 1개와 동화 20개. 아직 하트 가문에서 급료를 받는 날이 되지 않았기에 비싼 것을 살 수는 없다.

술집에서 쓸 돈을 빼면 더 적어지기에 나는 저번에 흑검 그리드를 산 벼룩시장에 왔다.

그때는 꾀죄죄한 옷을 입고 있었기 때문에 거만한 노점 주인이 제대로 된 손님으로 봐주지 않았다.

하지만 지금은 하트 가문의 하인으로서 괜찮은 옷차림을 하고 있다. 그런 녀석의 가게에 가더라도 그때처럼 바보 취급당하지는 않을 것이다.

나는 노점을 둘러보면서 괜찮은 물건이 나오지 않았는지 살펴보았다. 이럴 때는 감정 스킬이 정말 유용하다. 물건을 알아보는 지식이 없어도 가치를 알아낼 수 있기 때문이다.

이것을 잘 써먹으면 좋은 물건을 싸게 사서 다시 팔 수도 있을 것 같다. 뭐 나는 다시 팔 만한 사람── 거래처가 없기 때문에 그렇게 잘 되진 않겠지만.

그건 그렇다 치고 정말 여러 가지 물건들이 있다. 시험 삼아 예쁜 접시를 들고《감정》해보았다.

"오, 이거 대단하네. 깨진 접시를 깔끔하게 수리했구나. 이 정도면 못 알아보지. 훌륭하네. 다른 접시도 그런 것 같고."

마침 내 옆에서 가게 주인이 손님과 교섭 중이었는지 엄청나게 험상궂게 노려보았다.

그리고 손님도 내 목소리를 들었는지 화를 내며 사려던 접시를 가게 주인에게 내밀었다. 그리고 속았다. 속이지 않았다. 그렇게 말다툼을 시작해버렸다.

왠지…… 껄끄러운 분위기다. 나는 휘말리기 전에 그 노점을 떠났다.

"아, 위험했네."

『앞으로는 조심해라. 감정 스킬을 가지고 있는 사람들은 장사꾼에게 미움받곤 하니까.』

그리드가 내 경솔한 행동에 대해 주의를 주었다.

"거짓말로 다른 사람을 속여서 장사를 하는 녀석이 잘못한 거잖아."

『뭐, 정론만으로는 먹고 살 수가 없으니까. 거짓말도 방편이라는 거지.』

형편이 안 좋은 상인들이 모여드는 벼룩시장에서는 그 정도는 당연한 모양이었다.

마음을 다잡고 다시 노점을 돌아다니다가 재미있는 것을 발견했다.

모자나 투구와 함께 그것이 선반에 놓여 있었다. 척 보기에는 꽤 무서웠지만 끌리는 부분이 있었다.

나는 그것을 들고 《감정》해보았다.

해골 마스크 내구도 : 20 장착한 사람에 대한 인식을 저해하고 다른 사람으로 보이게 만든다.

이거 쓸 만할 것 같은데!

그러자 그리드도 맞장구를 쳐주었다.

『좋은 걸 찾아냈군. 이건 예전에 가면무도회용으로 만들어진 마도구다. 골동품이긴 하지만 마력을 담으면 기능을 발휘할 것 같은데.』

가격은 동화 40개 정도, 그리 비싸지도 않다. 나는 이 해골 마스크를 사기로 했다.

이건 야간에 마물 사냥을 할 때 쓰면 유용할 거 같다. 사냥을 매일같이 하러 갈 텐데 얼굴을 다 드러내고 가면 조만간 무인들 사이에서 소문이 나게 될 것이다.

정체를 숨기고 사냥하고 싶은 내게 해골 마스크가 지니고 있는 인식 저해 능력이 매우 도움이 될 것이다.

나이든 노점 주인에게 동화 40개를 주고 구입했다.

나는 너덜너덜한 천에 그것을 싸서 품속에 넣었다.

좋은 물건을 샀다. 왕도라서 그런지 이런 벼룩시장에도 희귀한 물건이 들어오는 모양이다.

앞으로도 정기적으로 들러서 좋은 물건을 찾아보는 것도 괜찮을 것 같다. 그럼 슬슬 술집에 가야지. 여기에 계속 있다가는 또 가지고 싶은 물건을 찾아내서 돈을 낭비해버릴 지도 모르겠다.

단골 술집으로 들어가자 땀내 나는 남자들이 잔뜩 있었다.

이봐, 이봐, 이렇게 대낮부터 술을 마시다니.

평소에는 이 시간대에 텅 비었을 텐데.

신기하기도 하지. 나는 지정석인 카운터 구석으로 갔다.

오, 왠지 모르겠지만 여기만 비어 있었다. 그리고 카운터 위에는 꽃 한 송이가 컵에 담겨 있었다.

이게 뭐지? 그렇게 생각하면서 앉으려 하자.

"잠깐, 거기는 안 돼. 죽은 단골의……."

그렇게 말하면서 카운터석으로 달려온 가게 주인이 내 얼굴을 보고 깜짝 놀랐다.

"살아 있었나?! 난 또 죽은 줄 알고."

아…… 역시, 1주일 정도 들르지 않는 바람에 가게 주인이 내가 과로사한 줄 알았던 모양이다.

그렇구나, 이 꽃은 내게 바친 거였나?

"보시는 대로 살아 있어요. 그러니 여기 앉아도 되죠?"

"물론이지. 자, 앉아."

나는 꽃 한 송이가 담긴 컵을 치우고 자리에 앉았다.

"마스터, 비싼 와인하고 맛있는 밥요."

"이봐, 이봐. 어떻게 된 거야? 죽은 줄 알았는데 갑자기 형편이 좋아져서 돌아왔네."

"이직했거든요. 여기에 들르지 못했던 건 배울 게 많아서 바빴기 때문이고요."

"그렇군, 잘됐어…… 정말."

살짝 눈물을 머금은 가게 주인은 요리를 가지러 주방으로 들어갔다.

잠시 후 잔에 듬뿍 담은 와인과 커다란 생선 뫼니에르를 가지고 왔다.

"자, 이직 축하 선물이다. 오늘은 반값만 내."

"그래도 되나요?!"

"되고말고. 오랫동안 알고 지냈는데."

그렇게 나를 생각해줄 줄은 몰랐다. 여기로 오길 잘했다.

나는 나온 생선을 먹으면서 이 술집이 지금 시간에 장사가 잘되는 이유를 물어보았다.

"그건 그렇고 오늘은 어떻게 된 거예요?"

"아, 저 사람들은 다들 무인이야."

호오, 오늘은 사냥을 쉬나?

무인은 일반적인 직업과 다르게 마물에게 맞춰서 변칙적으로 움직인다. 비가 오는 날은 마물이 숨어버리기 때문에 쉬기도 하고, 번식기에는 사나워지기에 상황을 지켜보기도 한다.

그런데 이번에는 그게 아닌 모양이었다. 가게 주인이 이유를 가르쳐주있다.

"오늘 이른 아침에 고블린을 사냥하러 가보니 이곳저곳에 고블린 시체가 흩어져 있었다는군. 게다가 귀를 잘라내지 않고 방치했다는 모양이야. 그걸 잘라내서 돈을 잔뜩 벌었다는데. 참 이상한 일도 다 있지."

"……하하하하하…… 그렇네요……."

원인은 나네!! 하마터면 마시던 와인을 뿜을 뻔했다.

뭐, 나쁜 짓을 한 건 아니니까. 그렇게 생각했지만 가게 주인의 표정은 밝지 않았다.

"그래도 말이야……."

"왜 그러세요?"

"그것 때문에 말이지, 그럼 누가 고블린들을 쓰러뜨렸는지 문제가 되고 있거든. 아마 다른 지역에서 흘러들어 온 외톨이 마물이 그랬다는 설이 유력하다는데."

"외톨이 마물?!"

저기서 떠들고 있는 무인들에게 가게 주인이 들었다고 한다.

내가 한 행동이 문제가 되었다! 내가 외톨이 마물이라고?!

"그래, 10년에 한 번 정도는 있거든. 그래서 이번 건은 성기사님이 직접 움직이려는 모양이야. 그렇게 해주면 우리는 안심할 수 있지."

정체를 알 수 없는 마물이 왕도로 이어지는 길에 나타났다면 행상인들도 죽고 싶지 않기에 장사를 피하려 할 것이다.

그 결과 왕도로 들어오는 물류에 영향이 생겨서 물가가 올라가게 되고, 술집을 경영하기 힘들어진다고 한다.

나 때문인가…… 하지만 그만둘 수는……. 그긴 그렇고 성기사님이 등장하신다고.

"어떤 성기사님이 담당하는데요?"

"네가 싫어하는 브레릭 가문의 차남, 하드 님이라는군. 그분은 아직 가리아에서 전투를 경험한 적이 없으니까, 그렇게 편한 조사로 점수를 따려는 거겠지."

그 이름을 듣고 나는 생선 가운데를 포크로 찔렀다.

설마 명가의 성기사님이 이런 일을 맡으려 하다니, 불에 뛰어드는 나방이나 마찬가지지.

끓어오르는 감정을 억누르기 위해 와인을 단숨에 마셨다.

그러자 이번에는 가게 주인이 다른 이야기를 꺼냈다.

"이건 다른 이야기인데. 이상한 이야기가 있거든."

"어떤 이야기인데요?"

"네가 살던 슬럼가에 고아원이 있잖아? 거기에서 밤에 수녀님들이 신에게 기도를 올리고 있었던 모양이야. 그런데 누가 깨진 창문으로 피가 묻은 작은 주머니를 던져 넣었다는군. 발치에 그게 떨어진 수녀님은 실신했고. 이렇게 심한 장난을 칠 수 있느냐고 다른 수녀님들이 그 녀석을 쫓아갔다는데. 결국은 놓쳤다는군."

가게 주인은 배를 잡고 웃었다.

그거, 설마……. 가게 주인은 내가 동요하는 것도 눈치채지 못하고 계속 말했다.

"그런데 이야기는 아직 끝나지 않았어. 이런 장난을 칠 수 있냐면서 화가 난 수녀님들이 그 주머니를 버리려다가 뭔가가 적혀 있다는 걸 눈치챈 모양이야. 기부합니다라고 적혀 있었다는군. 그래서 조심조심 안을 열어보니 놀랍게도 고블린 킹의 귀가 들어 있었다는데. 그러니까 이번에는 수녀님들이 눈물을 흘리면서 기뻐했다는데. 지금은 기부해준 사람을 열심히 찾고 있다고."

……그것도 틀림없이 나다. 그 고아 소녀가 배부르게 밥을 먹

을 수 있게 되면 좋겠는데.

그런데 수녀님들이 나를 찾고 있단 말이지. 뭐, 들키지만 않으면 괜찮을 테니까.

그리고 지금 내게는 해골 마스크가 있다. 어떻게든 될 거다.

"재미있는 이야기였어요. 마스터, 와인 한 잔 더!"

"그래! 또 재미있는 이야기를 들으면 알려주마."

나는 태연한 척하며 와인을 마시고 밥을 먹었다. 역시 이 가게의 요리는 맛있어!

제13화 록시의 시찰

 그로부터 며칠이 지났다. 나는 여전히 낮에는 하트 가문의 하인. 밤에는 폭식 스킬에게 혼을 먹이기 위해 고블린 사냥, 이렇게 이중 생활을 하고 있다.

 그리고 라팔 남매의 동향도 신경 쓰였다. 그 뒤로 그 녀석들을 본 고급 가게에 여러 번 가 보았다. 하지만 그 이후로는 가게에 나타나지 않았다. 혹시 모이는 곳을 계속 변경하고 있는지도 모르겠다. 무슨 음모를 꾸미고 있는지 모르는데 그저 시간만 흘러 갔다.

 이 건을 록시 님에게 알릴 수도 있겠지만 그 녀석들이 어떤 음모를 꾸미고 있는지 모르니 정보로서 가치가 없다. 그녀도 라팔 남매가 좋지 않은 생각을 품고 있다는 것은 알고 있다. 중요한 것은 내용이다.

 정보가 없는데 생각해봤자 답은 나오지 않는다. 알고 싶으면 관계자에게 직접 듣는 게 빠를 것 같다.

 나는 며칠에 걸쳐 그런 결론을 내리게 되었다.

 마침 내가 날뛰고 있는 고블린 초원과 홉고블린의 숲에 브레리 가문의 차남이 외톨이 마물을 조사하러 나선다고 한다.

 그래서 나는 후드가 달린 검은 외투를 입고 해골 마스크를 쓴 뒤 왕도의 무인들이 두려워하기 시작한 외톨이 마물 행세를 하기로 했다. 조만간 어떤 별명으로 부르게 될지도 모르겠다.

앞으로 어떻게 할지 방침을 생각하며 견습 정원사 일을 열심히 했다.

날씨가 좋아서 잔디를 깎기에 딱 좋은 날이다. 어제는 비가 와서 아무것도 하지 못했다. 그래서 오늘은 그만큼 더 깎을 생각이다.

아침부터 스승 정원사분들의 지도를 받으며 잔디와 맞서고 있다. 하트 가문의 정원은 정말 넓어서 이번 주는 남쪽, 다음 주는 동쪽, 그다음 주는 북쪽…… 이런 느낌으로 돌아가며 작업을 진행하고 있다. 잔디의 생명력이 꽤 강해서 한 바퀴 돌면 무럭무럭 자라나 있기에 이 작업은 끝나지 않는다.

내가 정원수를 손질하기에는 아직도 가야 할 길이 먼 것 같다.

스승 정원사분들이 자신의 일을 하러 갔기에 혼자서 조용히 잔디를 깎고 있자니.

"저건……, 혹시……."

음~. 저건 아무리 봐도 록시 님인데.

그녀는 저택 뒷문을 통해 정원으로 몰래 나왔다. 그런데 옷차림이 평소와는 달랐다.

변장해서 마을 소녀 같은 옷차림이다. 록시 님은 보통 씩씩한 성기사 차림인데 저런 서민의 옷을 입다니, 어떻게 된 거지?

나는 저택을 몰래 나가려 하는 그녀 뒤에서 말을 걸었다.

"다녀오십시오! 록시 님!"

하인답게 주인님에게 말을 걸었다고 생각했는데.

"꺄악…………. 정말, 깜짝 놀랐잖아요!"

그러자 그녀는 깜짝 놀라 귀여운 목소리를 냈다.

돌아보고 나라는 것을 알자 안심했다는 표정을 지었다. 그리고 이번에는 볼을 부풀리고 있던 그녀에게 아까부터 내가 궁금했던 점에 대해 물어보았다.

"록시 님은 뭐하고 계신 건가요? 평소와는 다른 차림이신 것 같은데……."

"으……, 이건, 기분전환……, 아니, 이건 극비 시찰입니다. 마을 소녀 같은 차림으로 백성들 속에 파고들어 어떻게 살고 있는지 조사하는 거죠."

오오! 역시 록시 님은 대단하다.

다른 성기사는 이런 행동을 절대로 하지 않을 것이다. 역시 다르다.

"훌륭하신 생각이십니다. 그럼 저는 방해되지 않게끔 제 일을 하러 가겠습니다. 다녀오십시오!"

내가 재빨리 떠나려 하자 록시 님이 잠깐 기다리라며 불러세웠다. 정확히는 어느새 내 뒤로 다가온 그녀가 내 목덜미를 붙잡은 것이다.

"페이, 기다리세요. 좋은 생각이 났어요."

대체 뭘까……, 좋은 일 같긴 한데 록시 님은 장난을 좋아하는 어린아이 같은 표정을 짓고 있다.

정말 좋은 일을 하려는 건지 불안해졌다.

"뭐, 뭔가요?"

"후후후……, 극비 임무예요. 페이에게 극비 임무를 주겠어요."

"네에에에에에?"

성기사님이 극비 임무를? 잔디를 깎는 능력밖에 없는 내가 할 수 있을까?

불안해하는 내게 록시 님이 잘 알 수 없는 멋진 포즈를 취하며 말했다. 억지로 익숙지 않은 포즈를 취하는 그녀의 모습이 귀엽긴 하지만, 나는 너무 깜짝 놀란 나머지 아무런 말도 할 수 없게 되었다.

그런 나를 보고 록시 님은 다시 포즈를 취하며 말했다.

"저하고 함께 백성들을 시찰하러 가는 거예요! 페이가 가지고 있는 지식을 살려서 저를 에스코트하세요!"

다시 마음 속으로 '네에에에에에?'라고 해버렸잖아?!

내가 할 수 있을까…… 여자를 에스코트한다니, 태어나서 한 번도 해본 적이 없는데. 게다가 록시 님을 에스코트한다니…… 난이도가 너무 높다.

만약 그녀의 기대에 부응하지 못하고 실망하게 만든다면 나는 더 이상 살아갈 수가 없다.

나는 대답도 하지 못하고 굳어버렸다. 보다 못한 록시 님이 억지로 내 손을 잡았다.

"자, 가요. 여기에 계속 있다가는 다른 사람들에게 들킬 테니까요."

"잠깐만요. 저는 정원사 일이…… 스승님들에게 혼날 텐데요."

"그건 문제없어요. 나중에 제가 이유를 만들어서 말해둘 테니까요. 자, 이제 문제 해결!"

진짜 억지스러운데?! 마을 소녀로 변장한 록시 님은 평소보다 더 나를 휘두르고 있었다.

그런가?! 그 정도로 백성들을 시찰하는데 신경을 쓰고 있는 건가?

이렇게 된 이상 나도 온 힘을 다해 보조할 수밖에 없다. 록시 님에게 백성들의 삶을 잘 알려주고 앞으로 잘 살리게끔 해야지.

"알겠습니다, 록시 님. 열심히 하겠습니다!"

"정말로요?! 기대되네요. 그럼 가요!"

"네!"

마을 소녀로 변장한 록시 님을 따라 저택 뒷문으로 나갔다.

주위를 경계하면서 앞으로 나아가는 그녀는 꽤 익숙한 것 같았다. 보아하니 처음이 아닌 것 같았다.

그런 건지 물어봐야지.

"록시 님은 이런 걸 자주 하시나요?"

"저기, 그러니까, 그렇게 자주 하진 않아요."

"정말로요?"

시찰이라 해도 이렇게 신분을 숨기고 백성들의 거리를 돌아다니다니, 다른 하인들이 알면 어떻게 생각할까.

그리고 록시 님은 하트 가문의 당주다. 입장상 문제가 생길지도 모른다.

하지만 그녀는 그런 걱정은 아랑곳하지 않고 시원스러운 표정으로 말했다.

"이번 일은 다른 사람들에게 비밀이에요. 특히 그 사람에게 말해서는 안 됩니다."

"그 사람에게…… 앗, 알겠습니다."

록시 님이 말한 그 사람이란 저택의 하인들을 관리하고 있는 상장 씨다. 그녀는 록시 님의 비서도 겸하고 있으니까.

그녀의 진지한 성격을 생각하면 록시 님이 마을 소녀 같은 차림으로 시찰에 나선다는 것을 용납할 리가 없다. 분명 이렇게 말할 것이다.

"그렇겠죠. 만약 알게 되면 '하트 가문의 당주답게 행동해주십시오'라고 할 것 같으니까요."

상장 씨가 자주 하는 안경을 고쳐 쓰는 동작과 함께 흉내를 내보았다.

그러자 록시 님이 입에 손을 대고 웃음을 터뜨렸다.

"후후후후후……, 정말. 갑자기 그녀의 흉내를 내지 말아주세요. 웃음소리 때문에 들키잖아요."

"죄송합니다. 너무 나섰네요."

"좋아요. 우선 얼른 성기사구에서 나가죠."

숨어서 나아가다 보니 록시 님이 갑자기 골목으로 끌어당겼다.

뭐지?! 무슨 일이지?! 그녀가 억지로 나를 끌어안았다. 성기사의 압도적인 스테이터스 때문에 꿈쩍도 할 수가 없었다.

피부가 닿아서 《독심》 스킬이 발동되어버렸다.

(아직…… 날뛰고 있는 것 같네요……. 더 꽉 안아야지…….)

골목 그늘 아래에서 뭘 당하고 있는 거지? 그렇게 바보 같은 생각을 하고 있자니.

"쉿, 조용히. 건너편에서 우리 메이드들이 걸어가고 있어요."

그 말을 듣고 록시 님이 손가락으로 가리킨 곳을 보았다. 젊은 메이드 두 사람이 이야기를 나누며 걸어왔다.

전혀 눈치채지 못했다.

그게, 나는 지금 왠지 들떴으니까. 동경하던 록시 님과 단둘이서 극비 시찰을 나서는데 들뜨지 않을 남자는 없다.

하지만 이건 중요한 임무다. 나는 지나가는 메이드를 보면서 마음을 다잡았다.

부정한 감정을 버려야만 이 임무를 완수할 수 있다.

우선…….

"록시 님, 슬슬 놓아주시겠어요?"

"네? 벌써요?"

다시 《독심》 스킬이 발동되어서 록시 님의 마음의 소리가 흘러 들어 왔다.

(……아쉽네요. 그럼 마지막으로 착하다, 착해.)

어?! 왠지 모르겠지만 록시 님이 내 머리를 쓰다듬었다.

아니, 아니. 그런 것보다 메이드들은 이미 하트 가문의 저택 안으로 들어갔는데.

더 이상 잡아둘 필요는 없을 것 같다.

그런 내 지적을 듣고 록시 님은 마음에 안 든다는 듯이 입을 삐죽댔다.

"됐다고요~. 흥."

왠지 화가 난 록시 님은 나를 놓아주었다. 어라~, 뭔가 잘못을 해버린 건가?

나는 먼저 걸어가기 시작한 그녀를 쫓아갔다.

왠지 록시 님은 오늘 평소와는 전혀 다르다.

"기다려주세요, 록시 님!"

"스토옵~이에요!"

"뭐, 뭐가요! 록시 님! 록시 님!!"

"그러니까 스토오오오옵~이에요!! 저를 록시라고 부르면 들켜버려요."

"앗, 그렇지 참."

이런 실수를 저지르다니.

모처럼 록시 님이 마을 소녀 같은 차림으로 변장했는데 이름을 부르면 의미가 없다.

그런데 뭐라고 부르면 되지?

"정말, 그렇게 강아지 같은 표정으로 바라보지 마세요. 알겠어요. 저를, 음…… 로키라고 불러주세요. 그리고 님이라고 부를 필요도 없어요. 저는 지금 마을 소녀니까요."

그렇게 말하며 가슴을 펴는 록시 님. 이렇게 당당한 마을 소녀는 본 적이 없는데…… 말해두는 게 나으려나?

그러지는 말자.

요즘 그녀는 아버지 대신 하트 가문의 당주가 되어 격무에 시달리고 있다. 이렇게 활기찬 표정을 본 것은 오랜만이다.

이 세상 물정을 모르는 느낌은 내가 보조하면 어떻게든 될 것 같다.

그런 생각을 하고 있자니 록시 님이 내게 뭔가를 요구하는 듯이 바라보았다.

혹시 가짜 이름으로 자신을 부르라는 건가……, 응, 분명 그럴 거다.

"저기…… 로키. 가죠."

"네."

이게 록시 님이 말했던 에스코트인가? 이제 막 나선 참인데 앞날이 걱정되기만 했다.

내가 살아 돌아올 수 있을지 걱정이 된다…….

불안해하면서도 발걸음은 멈추지 않고 나아갔다.

우선 성기사구의 문을 지나 상업구로 향하기로 했다.

"통행증을 보이도록."

문지기 병사들이 우리 얼굴을 보며 말했다.

아차. 내 통행증은 저택 방에 놓아두고 왔다.

돌아가서 통행증을 가지고 올까? 그렇게 생각하고 있자니 록시 님이 파우치에서 종이 한 장을 꺼냈다.

그것을 본 순간, 문지기들이 무릎을 꿇었다.

그게 뭐야?! 효과가 엄청난데요?!

아마 그녀가 보여준 것은 단순한 통행증이 아닐 것이다. 내 통행증을 보여줬을 때는 이렇게 되지 않았으니까.

"자, 가요. 페이, 얼른!"

"앗, 네."

놀랍게도 통행증을 가지고 있지 않은 나까지 지나갈 수 있었다.

문을 지나가는 록시 님을 따라잡아서 뭘 보여주었는지 물어보았다.

그러자 그녀는 의기양양하게 말했다.

"이건 말이죠. 통행증 중에서도 최상급에 해당되는 거예요. 이걸 가지고 있는 자는 성기사급 대우를 받을 수 있어요. 대단하죠!"

대단하긴 한데…… 그러면 자신이 매우 신분이 높은 사람이라는 걸 들키지 않나요.

극비 임무는 어디로 간 걸까.

뭐, 상관없지. 록시 님이 저렇게 즐거워 보이니까. 물을 끼얹을 정도로 눈치가 없지는 않다.

그리고 그 덕분에 통행증을 놓아두고 온 나도 나올 수 있었고.

"응, 로키는 대단해요. 저는 통행증이 없어서 곤란했는데 덕분에 살았어요."

"그렇죠? 응, 응."

그리고 우리는 상업구에 들어선 뒤 바로 멍하게 멈춰 섰다.

"페이. 바로 에스코트를 해줄 수 있나요?"

"그랬죠. 참. 우선 상업구 안을 돌아다녀 보죠."

사실 아직 아무런 생각도 하지 않았다.

뭐, 딱히 목적지 없이 산책하는 것도 나쁘지 않을 것 같다. 가는 곳마다 록시 님이 흥미를 보이는 것에 대해 내가 나름대로 에스코트를 하기만 하면 된다.

내가 일방적으로 이거다 저거다 나서는 것보다 이러는 편이 더 시찰에 맞는 것 같다.

우리는 걸어가기 시작했지만 록시 님이 생각했던 대로 앞으로 나아가기 힘든 모양이었다.

상업구는 평소에 이 시간이 되면 오가는 사람들이 많아진다. 큰길에서는 사람들을 헤치고 나아갈 용기가 필요하다.

그럼에도 불구하고 록시 님은 성기사 같은 느낌으로 나아가 버리기에 다른 사람들과 부딪힐 뻔하곤 했다.

성기사는 이 왕도에서 가장 지위가 높다. 그 때문에 길을 걷다 보면 상대방이 길을 양보하곤 한다. 오랫동안 몸에 밴 버릇이라 좀처럼 고쳐지지 않는지 록시 님은 당당하게 가슴을 펴고 걸어갔다.

"이 큰길은 몇 번을 와도 익숙해지지 않네요. 오늘은 사람들이 한층 더 많은 것 같고……, 이래선 피하면서 갈 수도 없겠어요."

"그렇다면 제 뒤로 오세요."

"그래도 되나요"

"물론이죠, 오늘은 로키를 에스코트하기로 했으니까."

"어머, 믿음직스럽네요."

자, 말을 꺼내버렸으니 할 수밖에 없다.

스테이터스도 나름대로 높아졌으니 밀리지는 않을 것이다.

밀쳐내기까지는 하지 않았지만, 헤치는 듯이 앞으로 나아갔다.

그런 내 어깨에 록시 님이 손을 얹고 따라왔다.《독심》스킬로 인해 그녀의 마음이 흘러들어 왔다.

(고~! 고~! 편하네요……, 자, 길을 헤쳐나가세요!)

마음에 든 것 같아 다행이다. 사람이 제일 많은 곳을 지나갔다.

휴우~, 뒤에 있는 록시 님을 신경 쓰면서 지나오느라 정말 힘들었다.

그녀가 정말 기뻐하는 것을 보니 그렇게 한 보람이 있었다.《독심》스킬을 통해 들린 마음의 소리로도 알아버렸다.

(흐음, 흐음. 앗, 저건 뭘까요?!)

그것을 마지막으로 록시 님의 목소리가 들리지 않게 되었다. 뭔가 신경 쓰이는 것을 발견했는지 내게서 멀어져버렸기 때문이다.

너무 그녀의 속마음을 많이 들어버리는 것 아닌가 하는 생각이 들었기에 덕분에 살았다.

"페이, 이걸 봐주세요. 얼른!"

"……오오오오."

예쁜 돌이네. 그것도 많이 진열돼있다.

보아하니 보석상이 가게 앞에 노점을 낸 것 같다. 가게 안의 고급품과는 다르게 서민이라도 살 수 있을 정도로 저렴한 가격에 팔고 있었다.

그래도 제일 싼 것이 은화 1개라서 내가 보기에는 비쌌다.

록시 님은 그것들을 보면서 눈을 반짝이고 있었다. 그러고 보니 그녀는 이런 보석을 달고 있는 모습을 본 적이 없었다.

내 마음속 이미지는 하얀 경갑을 입고 성검을 차고 있는 모습뿐이다. 그 이상 꾸미지 않는 것이 록시 님이었다. 하지만 그건 록시 님의 본심은 아닌 것 같다.

내가 그런 생각을 하면서 그녀를 보고 있자니.

"이래 봬도 저는 여자니까요. 흥미 정도는 있다고요!"

내 시선이 신경 쓰였는지 록시 님은 쑥스러운 듯이 그렇게 말했다.

보석을 들고 보는 그녀의 모습은 신선했다. 항상 기사도 정신 속에서 살아가는 사람인 줄 알았는데, 지금 그녀는 마을 소녀처럼 보였다.

혹시 평소의 그녀는 자신을 속이며 무리하고 있는지도 모르겠다. 기우라면 좋겠는데…….

내가 그렇게 불안한 줄도 모르고 록시 님이 미소를 지었다.

"좋은 걸 봤네요. 그럼 다른 곳으로 가죠."

"어? 안 사시나요?"

"제게는 필요가 없는 거니까요."

정말 그렇게 생각하는 걸까. 먼저 떠나려 하는 그녀를 불러 세웠다.

주머니에 들어 있던 돈은 겨우 동화 10개. 그것을 쥐면서 밑져야 본전이라는 생각으로 판매원에게 물어보았다.

"이걸로 살 수 있는 건 없나요?"

판매원은 곤란하다는 표정을 짓다가 뭔가 좋은 생각이 났다는 듯이 손뼉을 쳤다.

응?! 뭐지?

뒤쪽에 있는 가게 안으로 들어간 판매원. 그리고 돌멩이가 열 개 정도 들어 있는 나무 상자를 가지고 왔다. 돌의 크기는 주먹 정도.

"이건 보석의 원석이에요. 갈라보면 보석이 들어 있을지도 모르고, 아닐지도 몰라요. 이 중 하나를 사시면 동화 10개에 드릴게요. 어떻게 하시겠어요?"

신경을 써준 모양이긴 하지만 록시 님에게 줄 물건으로는 안 될 것 같다. 선물로 준 돌 안이 텅 비어 있으면 그냥 돌멩이를 준 게 되니까.

이렇게까지 해줬는데 미안하지만 거절할까?

그렇게 말하려다 록시 님이 기쁜 듯한 표정을 짓고 있다는 것을 깨달았다.

"혹시 제게 사주시려는 건가요?"

"저번에 라팔 남매에게서 구해준 보답으로. 그래도 이런 건데."

"아뇨, 정말 기뻐요. 어떤 게 좋을까…… 앗, 페이가 골라주는 게 더 낫겠네요."

……책임이 막중한데. 이 열 개의 돌 중에서 보석이 들어 있는

걸 뽑아야 한다!

아니, 이 안에 보석이 들어 있는 돌이 반드시 있을 거라는 보장은 없다. 이제 나 자신의 운을 믿을 수밖에 없다.

음~, 이거다!!

나는 다른 것과 비교해서 크지도 않고 작지도 않은 돌을 골랐다.

"이거 주세요."

"정말 그걸로 하시겠어요? 다시 고르실 수도 있는데요."

그러지 말아줄래? 모처럼 각오하고 골랐는데 말이야.

왠지 이 판매원은 재미있어 하는 것 같은데.

아, 그렇지. 록시 님하고 함께 지내면서 들떠서 감정 스킬을 가지고 있다는 걸 깜빡했네.

이걸 사용하면 한 방에 해결되잖아! 바로 판매원에게 건넨 원석을 《감정》했다.

아무래도 운은 내 편이었던 것 같다.

"그걸로 주세요."

"알겠습니다. 동화 10개입니다. 보석이 들어 있으면 좋겠네요."

돈을 지불하고 돌멩이를 받았다. 어떻게 할까, 여기에 리본이라도 감아서 록시 님에게 줄까?

그런 생각을 하고 있자니 이미 록시 님이 두 손을 내민 채 기다리고 있었다.

아무래도 바로 드려야 할 것 같다. 그녀의 손 위에 이제 막 산 돌멩이를 올려놓았다.

"받으세요. 저번에는 감사했습니다. 별것 아니지만 보답입니다."

"아뇨, 아뇨. 저야말로 감사합니다."

돌멩이를 받고 기뻐하는 록시 님. 그리고 곧바로 돌멩이를 부수려 했다.

"그럼 안에 뭐가 들어 있는지 보죠."

"여기서 하려고요?!"

"네, 돌아갈 때까지 기다릴 수가 없어요."

그녀는 그렇게 말하고 맨손으로 보석의 원석을 재주도 좋게 부수기 시작했다. 성기사의 스테이터스는 장난이 아니구나.

판매원도 그 광경을 보고 어이가 없어했다. 그야 그렇겠지.

마을 소녀 같은 차림인 여자애가 보통은 도구로 할 작업을 맨손으로 해내고 있으니까.

이렇게 힘으로 해결할 수 있는 건 성기사밖에 없을 것이다. 이런, 록시 님의 정체가 들키게 되는 것 아닐까?

전전긍긍하며 지켜보고 있자니.

"페이, 보석이에요! 푸른 보석이 나왔어요!"

엄지손가락 크기. 반투명한 푸른 보석이 나왔다. 감정 스킬대로 당첨!

나도 모르게 록시 님과 하이파이브를 해버렸다. 《독심》 스킬로 들린 그녀의 마음은 기쁨으로 가득 차 있었다.

"소중하게 여길게요."

록시 님은 손수건을 꺼낸 다음 꼼꼼하게 싸서 파우치 안에 넣었다.

기뻐하는 것 같아서 다행이다. 감정 스킬 만만세.

신이 난 록시 님이 내게 제안했다.

"좋은 선물을 받았으니 이번에는 제가 페이에게 뭔가 해줄게요. 뭐가 좋을까요…….”

나를 빤히 바라보면서 생각에 잠긴 록시 님. 기다리고 있자니 내 배에서 꼬르르르륵, 소리가 울려버렸다.

그 소리를 들은 그녀는 방긋 웃으면서 좋은 생각을 떠올린 모양이었다. 대충 예상이 되긴 하는데.

“페이는 금방 배가 고파지나 보네요. 그렇다면 뭔가 맛있는 걸 먹으러 가요.”

정말 매력적인 제안이다. 이건 거절할 수가 없지!

어떤 걸 먹고 싶냐고 물어보는 록시 님이 천사처럼 보인다. 뭐가 좋을까……, 고기? 아니, 아니, 내 취향대로 정하면 안 되지.

저번에 단둘이 다과회를 가졌을 때 그녀는 생선을 좋아한다고 했었다.

그렇다면 거기가 좋으려나……, 아니, 내가 알고 있는 식당 중에 생선 요리를 잘 하는 가게는 그 술집밖에 없다.

“제가 안내할 수 있는 곳은 자주 가는 술집 정도밖에 없어요. 그곳은 생선 요리가 맛있죠.”

“어머, 그거 좋네요!”

“그래도 저 같은 사람이 다니는 술집이라……. 저기, 시끄럽기도 하고, 우아한 곳은 아닌데요.”

“그서 좋네요.”

“네?!”

록시 님은 두 손을 가슴 앞에 모으고 기뻐했다. 나는 그녀의 뜻밖의 반응에 당황했다.

“페이는 잊어버렸나요? 이번에는 백성들의 생활을 시찰하려는 목적도 있는데요."

"아, 그랬지 참. 어라……, 시찰하려는 목적도?"

"으윽."

록시 님과 함께 들떠서 원래 목적을 까맣게 잊고 있었다.

그건 그렇고 왜 록시 님은 시찰하려는 목적도 있다고 한 거지? 그게 주된 목적일 텐데.

고개를 갸웃거리는 내게 그녀는 헛기침을 하면서 말했다.

"그런 건 됐고, 그 술집으로 안내해주시겠어요? 자, 자!"

"안내해드릴 테니까 밀지 말아주세요."

"좋아요! 그럼 가죠."

그리고 록시 님은 안내할 나보다 먼저 가버렸다.

"로키, 그쪽은 반대쪽. 이쪽이에요!"

"어머, 그런 건 미리 말해주세요."

왜 그렇게 허둥대는 걸까. 그렇게 급하게 가지 않더라도 낮이라 술집이 붐비지는 않을 텐데.

혹시 록시 님도 배가 고파서 얼른 생선 요리를 먹고 싶은 건가? 아니면 서민들이 다니는 술집이 어떤 곳인지 신경 쓰여서 어쩔 수 없는 걸까?

뭐, 안내를 해보면 알 수 있겠지.

"이쪽입니다. 가죠."

"네."

이번에는 방긋방긋 웃으면서 내 뒤를 따라왔다. 지금 가고 있는 술집이 많이 기대되는 모양이었다.

술집에 도착하면 가게 주인에게 싱싱한 생선을 써서 요리해달라고 해야겠다. 정말 기대된다.

맛있는 음식을 생각하니 다시 배에서 소리가 났다. 아, 뒤에서 걸어오던 록시 님도 듣고 또 웃어버리잖아.

"후후후, 페이는 참을 수가 없는 모양이네요. 뛰어갈까요?"

"아뇨, 아뇨. 그렇게까지 해주실 필요는 없죠. 괜찮아요, 참을 수 있어요!"

하지만 그렇게 말한 뒤에 바로 배에서 소리가 났다. 젠장! 폭식 스킬아, 말 좀 들으라고.

록시 님 앞에서 더 이상 창피해지지 않게!

꼬르르르르르르르르륵…….

멈추질 않네.

보다 못한 록시 님이 미소를 지으며 내 손을 잡았다.

"뛰어가요! 이쪽 맞죠?"

"맞긴 한데요, 그렇게 잡아당기지 말아주세요."

"괜찮잖아요, 자."

정말 억지스럽네…… 이래선 내가 안내하고 있는 건지, 안내를 받고 있는 건지 모르겠잖아.

고민하는 내게 또 시련이.

꼬르르르르르르르르륵…….

이렇게 배에서 소리가 나면 마치 얼른 가게에 가고 싶어서 어쩔 줄 모르는 것 같잖아. 나는 머리를 감싸쥐었다.

록시 님은 배를 잡고 크게 웃는다. 즐거운 것 같아 다행이네……

그녀의 손에서 《독심》 스킬을 통해 전해지는 마음의 소리도 비슷했다.

이렇게 된 이상, 록시 님을 웃기고 싶을 때는 배에서 소리를 낼까? 그런 생각이 들 정도로 록시 님은 술집에 도착할 때까지 계속 웃었다.

"아아, 정말 재미있었어요."

"저는 그냥 배에서 소리를 냈을 뿐인데요……."

"죄송해요. 페이처럼 배에서 소리를 크게 내는 사람은 처음 봐서 웃음이 터져버렸네요. 자, 그렇게 토라지지 말고 식사를 하죠."

마음을 다잡고 가게 안으로 들어섰다. 안에는 아직 낮이라 그렇게까지 붐비지 않았다.

식사를 마친 여행자와 상인, 무인들── 여러 명이 이야기를 나누고 있는 정도였다.

자, 어디에 앉을까. 평소라면 카운터 구석이 내 지정석인데. 하지만 이번에는 록시 님을 데리고 왔으니 테이블석이 좋을 것 같다.

비어 있는 테이블을 찾아보았다. 음…… 한 군데가 비었네.

"로키, 저 자리에 앉죠."

"어떻게 할까요…… 페이는 항상 어떤 자리에 앉죠?"

"저쪽 카운터 구석인데요."

"그럼 거기에 앉아요. 그리고 카운터석에서는 점원분들의 모습도 볼 수 있으니까."

그렇구나. 손님뿐만이 아니라 가게의 상황까지 시찰하려는 건가?

그렇다면 카운터석이 안성맞춤이겠다. 나는 아무런 의심도 없이 록시 님을 카운터석으로 안내했다.

그리고 그녀가 앉은 곳은 내가 항상 앉던 곳이었다. 5년 동안 계속 지켜왔던 곳을 뺏겼다!

"왜 그러세요? 자, 페이는 제 옆자리에 앉아요."

"으, 응."

기뻐하는 록시 님을 곁눈질하며 나는 할 수 없이 옆자리에 앉았다. 왠지 익숙하지 않은 자리라 진정이 되지 않았다.

"흐음, 흐음. 페이는 가게에 오면 항상 이 자리에서 식사를 하는군요……. 확인해둘 필요가 있겠어요."

어? 어째서 확인할 필요가?!

나중에 술집에 와보니 록시 님이 이 자리에 앉아 있거나 그러진 않겠지. 그렇게 되면 긴장해서 마음 편히 식사를 하지 못하게 될 것이다.

"딱히 저를 확인하실 필요는 없을 텐데요."

"안 돼요. 페이는 하트 가문의 하인이니까 주인으로서 알아두는 게 좋죠. 아마도……."

나는 그녀가 마지막에 '아마도'라는 말만 정말 작은 목소리로 말했다는 것을 놓치지 않았다.

그 이유를 물어보는 게 나을지도 모르겠다. 하지만 술집 주인이 가로막아버렸다.

"어시 와. 어리?! 오늘은 혼자 온 게 아닌 모양이네. 여기 아름다운 여자분은 혹시 자네 애인인가?"

이 가게 주인은 무슨 말을 하는 거야? 신분을 숨기고 있다고는 하지만 그녀는 성기사다. 그것도 왕도에서 다섯 손가락에 들어가는 명가라고.

고귀한 록시 님과 평민인 내가 애인?! 말도 안 된다.

만약 록시 님이 그 말을 듣고 기분이 상했다면 불경죄로 사형당한다 해도 불평할 수는 없다. 그 정도로 강력한 폭탄 발언이었다.

겁을 먹고 지켜보고 있자니 록시 님은 주인이 내준 목제 컵을 쥐어서 부숴버렸다.

그 모습을 보고 나는 벌어진 입을 다물 수가 없었다. 혹시 화가 나셨나…… 그렇게 생각하고 있자니.

"어머, 손이 미끄러져서 컵을 부숴버렸네요. 죄송합니다."

"상관없어. 아가씨는 보기와는 다르게 강하군. 가끔 스테이터스를 컨트롤하지 못해서 컵을 부수는 무인이 있으니까 신경 쓸 필요 없어. 하지만 돈은 확실하게 청구할 테니까."

휴~. 록시 님은 화를 내기는커녕 기분이 더 좋아진 것 같다.

가게 주인도 컵을 부순 것을 따지고 들 생각이 없는 모양이었다. 여기는 술집이니 취한 무인이 가게의 기물을 부수는 일이 자주 있는 모양이다. 그래서 목제 컵 하나 정도는 별다른 문제가 되지 않는 것 같다.

나는 더 이상 가게 주인이 쓸데없는 말을 하지 않게끔 재빠르게 주문을 마쳤다.

"마스터, 이 가게에서 제일 싱싱한 생선을 쓴 요리로 부탁해요. 그리고 빵."

"뭐야. 바로 주문하기는. 그렇게 방해받고 싶지 않았던 거야?"

"진짜, 그런 말은 됐다니까요. 얼른 요리를 가져다주세요."

"뭐냐고…… 오늘은 와인 안 마시나? 왠지 긴장한 것 같은데 마시는 게 낫지 않아?"

"그러니까, 그런 말은 진짜 됐다고요!"

가게 주인은 나를 마음껏 놀린 다음 가게 안으로 들어갔다. 보아하니 나중에 어떻게 되었는지 끝까지 캐물을 것 같다. 절대로 말하지 않을 거지만.

옆에 앉아 있던 록시 님은 싱글싱글 웃으면서 어느새 가져간 내 목제 컵까지 쥐어서 부수고 있었다. 그리고 조용히 중얼거리고 있었다.

"그렇게 보였나요……, 이거 곤란하게 되었네요. ……곤란해요."

카운터 위에 나무 부스러기로 변한 컵이 쌓이기 시작했다.

평소 때 록시 님이라면 성기사의 스테이터스를 완전히 컨트롤했을 텐데, 왜 오늘은 이렇게 힘이 넘치는 거지?

우선 컵을 보충해야겠다.

"마스터! 컵 하나 더 추가요! 아니, 예비로 두 개!"

내 예상은 들어맞았고, 주문한 요리가 나온 뒤에도 록시 님은 컵을 부쉈다.

이제 식사를 하러 온 건지 컵을 부수러 온 건지 알 수가 없을 정도다. 가게 주인도 쓴웃음을 지으며 다른 컵을 가져다주었다.

생선 요리가 정말 맛있어서 우리는 잘 먹었다. 나는 록시 님이 음식을 먹는 모습을 보고 안심했다.

왜냐하면 요즘 격무에 시달리는 그녀가 밥을 적게 먹는다고 걱정하던 메이드들의 이야기를 들었기 때문이다.

저렇게 먹는 걸 보니 괜찮을 것 같다.

"왜 그러세요? 계속 저를 보고."

"안심했거든요. 요즘에 피곤하신 것 같아서."

"아, 역시…… 다들 알아버렸군요. 저는 평소대로 행동했는데."

"다들 로키를 정말 좋아하니까 항상 신경 쓰는 거예요."

그렇게 말하자 록시 님은 들고 있던 포크를 접어 나비로 만들었다.

어라?! 금속은 찰흙처럼 부드럽지 않을 텐데요!

"페이도……, 저기……, 저를……."

록시 님이 말을 계속하려고 했을 때, 가게 주인이 다른 컵을 가지고 왔다.

"기다렸지. 그래도 이제 컵을 부수지 말아줘."

"앗, 네. 감사합니다."

가게 주인이 끼어들어서 이야기가 다른 곳으로 빠졌고, 록시 님은 더 이상 그 이야기를 하지 않았다.

신경 쓰인다. 하지만 얼굴을 붉게 물들이고 요리를 조용히 먹기 시작한 그녀를 보고 있자니 뭐라도 상관없을 것 같다는 생각이 들었다.

즐거운 식사 시간은 눈 깜짝할 새에 지나갔다.

가끔 가게 주인이 나와 록시 님이 껄끄러워하지 않게끔 쓸데없는 참견을 하곤 했다. 자주 하던 근황 이야기다. 최근에 건너편 상점 주인이 애를 낳았다든가, 동쪽에서 온 단골 상인이 고블린의 습격을 받고 죽을 뻔했다든가.

내가 항상 듣던 이야기뿐이다.

하지만 마을 소녀로 변장한 록시 님은 흥미진진하게 들었다. 아마 이렇게 별것 아닌 이야기야말로 그녀가 알고 싶었던 이야기였던 것 같다. 왕도의 백성들이 평소에 뭘 하고 무슨 생각을 하고 있는지 직접 들을 수 있는 기회는 성기사인 그녀가 쉽게 가질 수 있는 것이 아니다.

왕도의 백성에게 성기사는 구름 위에 있는 존재이기에 마음 편히 말할 수는 없다.

하인인 우리도 평소에 록시 님에게 예의를 차린다. 그녀와 잡담을 한다는 건 말도 안 된다.

록시 님은 신경 쓰지 않지만 하인들을 관리하는 상장 씨가 그것을 용납하지 않는다. 엄한 잔소리가 기다리고 있을 것이다.

"왜 그래요? 페이. 슬슬 나갈까요?"

"그러죠. 해가 지기 전에는 돌아가야 하니까."

뭐, 왠지…… 나만은 이렇게 별것 아닌 이야기를 나누곤 하지만……. 그렇게 따지면 저택에서 단둘이서 다과회를 가지는 것도 비슷한 경우다.

왠지 이해가 될 것 같기도 하다. 록시 님의 입장 때문에 비슷한 나이 또래와 마음 편히 이야기를 할 수 있는 사람이 없기 때문이다. 그래서 한 살 연하인 나를 지목한 건지도 모르겠다. 왜 나냐고 물으면 대답하기 곤란하다. 하지만 록시 님이 좋다면 나도 더 이상 바랄 게 없다.

나도 록시 님과 함께 지내는 시간이 매우 즐거우니까.

계산을 마치고 술집을 나서려 하자 가게 주인이 말을 걸었다.

"또 오라고, 그녀하고 같이."

만약 또 그럴 기회가 생기면 이번처럼 쓸데없이 참견을 할 생각이 가득한 것 같다. 다른 가게로 가야겠네, 그렇게 생각하고 있자니 록시 님이 손을 흔들면서.

"네, 꼭 올게요. 그때도 이야기를 해주세요."

"하하하하하하, 이야기가 잘 통하는 아가씨로군. 이거 이야기 거리를 확실하게 준비해야겠는데."

록시 님이 그런 소리를 하니까 가게 주인도 신나버렸네. 내일 쯤 술집에 가서 못을 박아둬야겠다.

우리는 가게 주인의 배웅을 받으며 술집을 나섰다.

배가 불러서 행복한 기분이다. 이러쿵저러쿵하다 술집에서 네 시간 넘게 있었던 것 같다. 너무 오래 있었다.

"로키, 이제 어떻게 하실래요?"

"그래요. 해가 지기 전에는 저택으로 돌아가는 게 낫겠죠. 그 사람에게 아무런 말도 하지 않고 나와버렸으니까요."

록시 님이 말한 그 사람이란 당연히 저택의 하인들을 관리하는 상장 씨다. 그녀는 록시 님의 비서이기도 하기에 갑자기 사라진 주인을 찾고 있을 것이다.

지금도 찾고 있을지 모른다. 안경을 고쳐 쓰면서 짜증을 내는 상장 씨가 눈에 선하다.

"아아아, 저는 몰라요."

"페이만 혼자 도망치다니, 너무해요……, 들키면 같이 혼나 주세요."

"으으으으으……, 저 어제…… 일하다가 실수해서 혼난 지 얼마 안 되었는데요. 연달아 혼나는 건 싫다고요."

"괜찮잖아요."

"싫다니까요!"

"조금 혼나는 것 정도는 괜찮을 것 같은데."

"조금 혼나는 것도 마찬가지예요."

"정말."

화난 척하면서 미소를 짓는 록시 님.

그런 이야기를 주고받으면서 하트 가문의 저택이 있는 성기사 구로 걸어갔다.

제14화 달밤에 숨어드는 시체

　록시 님과 함께 돌아오던 도중에 큰길에서 거리가 좀 있는 구석 그늘에서 울고 있던 아이가 우연히 눈에 들어왔다. 왜 그러지? 근처에 부모님이 있는 것 같지도 않았다.

　저번에 유괴사건을 목격하기도 했다. 말을 거는 게 나을 것이다.

"로키, 잠깐만 시간을 내주시겠어요?"

"왜 그러세요?"

"저기 있는 아이 말인데요, 미아인 것 같아요."

"어머, 얼른 가보죠."

　록시 님은 정의감이 강하다. 곤란해하는 사람이 있으면 내버려두지 않는다.

　울고 있던 아이―― 소년을 향해 재빨리 달려간다. 그 모습을 보니 마을 소녀 같은 차림을 하고 있어도 몸에서 내뿜는 오라는 성기사 그 자체였다. 길을 가던 사람들이 압도당해 길을 비켜줄 정도였다.

　나도 그녀를 따라 소년이 있는 곳으로 다가갔다.

　록시 님은 이미 소년에게 말을 걸고 있었다.

"혹시 미아인가요? 어머니나 아버지는 어디 계신지 아시나요?"

"…………."

"겁내지 않아도 괜찮아요. 누나한테 맡겨주세요!"

"……………으아아아아아아아앙."

큰 소리로 운다. 록시 님이 말을 걸면 걸수록 소년이 더 울어버
렸다.

뭐라고 해야 하나, 소년은 록시 님의 미처 숨기지 못한 성기사
의 기백에 겁을 먹은 것 같았다. 불안하던 참에 매우 강해 보이는
사람이 말을 걸어서 견디지 못했던 모양이다. 그 사람이 매우 예
쁜 누나라 해도 마찬가지다.

어쩔 수 없지. 이번에는 고귀한 오라가 아니라 평범하다고 소
문이 난 내가 나설 차례인 것 같다.

"이봐, 부모님을 놓쳐버렸어?"

소년에게 말을 걸자 잠시 나를 빤히 본 뒤 천천히 고개를 끄덕
였다.

"……응. 엄마하고 같이 장을 보러 왔다가…… 놓쳐버렸어."

"그렇구나, 그럼 같이 찾을래?"

"그래도 돼?"

"그래! 괜찮지. 저번에도 미아가 된 여자애를 집에 데려다준 적
이 있거든. 금방 찾아줄게."

"와아, 고마워! 형."

좋았어, 접촉은 성공이다. 어머니를 같이 찾는다고 하니 울음
도 그쳤고.

어디서 어머니와 헤어졌는지 물어보려 하자 록시 님이 내 소매
를 붙잡았다.

엄청나게 불만이라는 표정을 짓고 있다. 혹시 그녀가 나설 차
례를 빼앗아서 그런가?

"페이는 좋겠네요. 아이들이 잘 따르니까……."

"저는 그…… 어린애 같으니까 잘 따르는 거예요."

"그런가요?"

"아마도…….."

나도 잘 모른다. 굳이 말하자면 록시 님은 힘을 조금 빼고 부드러운 태도를 취하는 게 나을지도 모르겠다.

힘을 너무 주면 상대방도 긴장한다. 민감한 어린애들은 특히 그럴 것이다.

그런 부분은 록시 님이 태어나 자란 환경 때문에 힘들기도 할 테니 뭐라 할 수는 없다.

"그건 됐고 이 아이의 어머니를 찾아보죠. 해가 지면 찾기 힘들어질 테니까요."

"그렇죠…… 알겠어요. 하지만 나중에 아이들하고 금방 친해지는 방법을 말해줘야 해요."

"그때는 잘 부탁드립니다."

이미 답은 나온 것 같은데.

록시 님이 소년과 사이좋게 지내고 싶다면 그 마음이 말과 행동에 나타나서 전해질 것이다.

의외로 어머니를 찾기 전에 소년과 친해질지도 모른다.

록시 님은 포기하지 않고 소년과 손을 잡으려 했지만, 소년이 피해버렸다.

그리고 소년은 내게 와서 나와 손을 잡았다.

"페이, 치사해요……, 나도……"

"그렇게 말씀하셔도."

삐진 록시 님을 달래면서 바로 소년에게 어머니와 헤어진 곳을 물어보았다.

확실하지가 않네. 저쪽이라느니, 사람이 많이 있던 곳이라고 해도 알아내기가 힘들다. 역시 어린아이와 확실한 이야기를 주고받긴 힘들 것 같다.

머리를 감싸 쥐는 내게 록시 님이 방긋 웃었다. 저 자신만만한 표정은…… 대체 뭘까.

"어린아이이니까 그렇게 멀리 오진 못했을 거예요. 그리고 이 아이의 이야기를 들어보니 헤어진 뒤에 시간이 그리 오래 지나진 않았을 것 같네요."

"그렇군요……."

"다시 말해 헤어진 곳은 사람들이 많이 오가는 이 큰길 근처겠죠. 그렇다면 이 아이를 데리고 돌아다니다 보면 아이를 찾는 어머니와 만날 가능성이 클 거예요."

"역시 로키는 대단하네요!"

"에헤헤."

이제야 도움이 된 것이 정말 기뻤는지 록시 님은 미소를 지었다.

소년은 우리가 그렇게 이야기를 주고받는 것을 듣고 어머니를 찾을 수 있지 않을까 하는 생각에 희망을 품기 시작했다. 그 마음을 나타내는 듯이 록시 님의 손을 받아들였다.

내가 소년의 왼손을 잡았고, 오른손은 록시 님의 손을 잡았다. 이러면 부모 자식으로 보이려나……, 아니지. 삼남매라고 해야 하나?

"페이, 왜 그러세요? 얼른 가죠."

"앗, 네. 좋아, 어머니를 찾자!"

"응!"

소년은 기운을 되찾고 우리와 함께 어머니를 찾겠다며 의욕을 보였다.

사람들을 헤치며 나아갔다. 어머니의 이름을 소년에게 물어본 다음 부르면서 걸어가 보았지만…… 찾지 못했다.

두 시간 정도 지났을까.

"엄마……, 엄마아아아…………."

그렇게 기운이 넘치던 소년도 점점 지친 기색을 보이기 시작했다. 우리와 만나기 전부터 어머니를 찾고 있었기 때문이다.

이렇게 어린데 용케도 기운을 낸 것 같다.

그러면 어떻게 할까.

혹시 어머니는 소년이 큰길에서 다른 곳으로 갔다고 생각하고 다른 곳을 찾으러 갔을지도 모른다.

그렇다면 큰길에서 어머니를 찾으려 해봤자 소용이 없다.

"곤란하네요."

"해가 지려면 아직 시간이 남았어요. 조금만 더 힘내서 찾아봐요, 페이."

록시 님의 말을 듣고 나는 생각을 고쳐먹었다. 가장 불안한 것은 이 아이다.

그런데 우리가 곤란해하면 뭐하러 이 아이에게 말을 걸었는지 알 수가 없게 된다.

나는 소년의 머리를 쓰다듬으면서.

"한 번만 더 큰 길을 찾아볼까? 이번에는 반드시 찾을 수 있을 거야."

"응……"

반드시라고 해놓고 찾지 못하면 어떻게 할 거예요?! 록시 님이 그런 느낌으로 나를 바라보고 있었다. 그렇게 보지 마세요.

이 정도는 말해야 이 아이도 기운을 낼 테니 어쩔 수 없다고.

잡고 있던 손에서 《독심》 스킬을 통해 읽어낸 마음의 소리는 좀 전보다 더 긍정적으로 변했으니까.

소년의 손을 잡고 걸어가려 했는데, '꼬르르르륵……'이라는 소리가 들렸다.

록시 님이 바로 나를 혼내려는 듯한 눈초리로 보았다. 이렇게 중요한 상황에 무슨 짓이냐는 느낌이다.

아니. 아니. 이건 제가 낸 소리가 아니라고요. 그렇다면 한 사람밖에 없다.

소년이 우리의 손을 놓고 자신의 배를 만졌다.

"배고파……."

나와 록시 님은 서로 얼굴을 마주 보고 어머니를 찾는 것을 잠시 중단하기로 했다. 금강산도 식후경이라고. 배가 고픈 상태에서는 어머니를 찾을 기운이 나지 않을 것 같기 때문이었다.

폭식 스킬을 가지고 있는 나는 그 기분을 잘 이해할 수 있었다. 밥은 기운의 원천이니까.

"배가 고프면 먹고 나서 어머니를 찾죠. 뭘 먹고 싶나요?"

"……어? ……그래도 돼? 정말?"

그 말을 들은 소년은 매우 기뻐했다. 정말 배가 많이 고팠는데 참고 있었던 모양이다.

미소를 지은 록시 님은 소년에게 뭘 먹일지 생각하기 시작했다. 하지만 뭐가 좋을지 정하기 힘든 눈치였다.

소년에게 물어봤지만 우리 눈치를 봐서 그런지 뭐든 좋다는 대답만 했다.

곤란해하던 록시 님은 결국 내게 도움을 요청했다. 뭐, 성기사와 서민은 식문화가 너무 많이 다르니까.

나는 소년의 옷차림을 보았다. 빈말로도 괜찮다고 할 수는 없다. 군데군데 기운 흔적이 있는 큼직한 옷.

이 아이의 집은 분명히 유복한 편이 아닐 것이다. 얼마 전의 나와 비슷한 느낌이 든다.

그렇다면 이런 아이가 좋아할 음식은 그것밖에 없다.

"고기로 하자."

"앗싸아아아아아아!"

소년이 내 두 손을 잡고 매우 기뻐했다. 나도 덩달아 소년과 둘이서 고기 노래를 부르기 시작했다.

록시 님은 그런 우리를 쓴웃음을 지으며 보고 있었다.

그러자 내 배에서도 소리가 났고, 소년과 록시 님이 웃어버렸다.

"어머, 페이도 배가 고파진 모양이네요."

"형도 나랑 똑같네."

"하하하하하하, 똑같구나."

"응."

《독심》 스킬을 통해 전해진 소년의 마음은 전보다 훨씬 씩씩해진 상태였다. 이 정도면 괜찮다, 고개를 다 먹고 나면 더 기운이 날 것이다.

가게는 어디가 좋을까……, 록시 님과 함께 찾아보았다.

소년의 어머니가 지나갔을 때를 고려하면 가게 안으로 들어가서 식사를 하는 건 피하는 게 나을 것 같다.

그렇다면 노점에서 꼬치구이를 먹는 것이 제일이다. 조금 가면 꼬치구이를 파는 노점이 있었을 텐데.

"저쪽에 괜찮은 노점이 있으니까 거기서 먹자."

"네에~."

소년은 내 손을 잡아당기면서 바로 가자고 재촉했다. 쓴웃음을 짓고 있자니 록시 님이 귓가에 말을 걸었다.

"덕분에 살았어요. 감사합니다!"

"아뇨……, 원래 로키가 제안한 거였잖아요."

"그걸 형태로 만들어준 건 페이예요."

부드러운 목소리로 칭찬해주니 얼굴이 뜨거워지는 것을 느꼈다. 어렸을 때부터 남에게 칭찬받는 것에 익숙하지 못했던 나는 묘하게 쑥스러웠다.

록시 님은 나와 소년보다 먼저 가서 상황을 보고 오겠다고 했다.

상황이고 뭐고, 그 노점은 거의 쉬는 날도 없이 영업을 할 텐데. 오늘만 문을 닫았을 리는 없다.

내가 예상했던 대로 나와 소년이 노점에 도착하자 영업을 하고 있었다. 저녁 식사를 하기에는 아직 이른 시간이라 그런지 줄을 선 사람은 별로 없었다.

음, 록시 님은 어디…… 오오, 저기 있다.

벌써 줄을 서고 있잖아. 그녀도 우리를 발견했는지 손을 흔들었다.

"페이! 이쪽이에요."

저렇게 손을 크게 흔드는 그녀는 본 적이 없다. 평소에는 손을 가슴까지 올려 우아하게 살짝 흔들기만 했기 때문이다.

마을 소녀로 변장해서 마음도 개방적으로 변한 모양이다.

그러니 나도 제대로 손을 흔들면서 대답해야겠다.

"지금 갑니다!"

"누나!"

달려가서 록시 님과 합류했다. 앞에 서 있는 사람은 세 명 정도밖에 없으니 금방 꼬치구이를 먹을 수 있을 것 같다.

좋은 냄새가 풍긴다. 그러자 또 배에서 '꼬르르르르륵' 소리가 나버렸다.

"앗, 형. 또 소리 났어."

"정말…… 페이는 먹보네요. 후후후후."

"하하하하하하."

그렇게 웃을 필요까지는 없잖아.

배에서 소리를 내며 기다리다 보니 드디어 우리 차례가 되었다.

"손님, 뭘로 하시겠어요?"

한 사람당 하나씩 주문하기로 했다. 문제는 양념을 어떻게 할 것인가인데.

일반적인 소스로 할까, 깔끔하게 소금과 향신료로 할까. 아니면 향기로운 허브구이로 할까.

그러자 록시 님이 매우 매력적인 제안을 했다.

"그럼 세 종류 다 사서 나누어 먹어요."

"괜찮네요."

"와~, 찬성!!"

주문 내용이 정해졌기에 노점 아저씨에게 말했다.

"세 종류를 하나씩 부탁할게요."

"네……………, 오래 기다리셨습니다!"

요리된 꼬치구이 세 개를 받아들고 나서야 내게 돈이 없다는 사실을 깨달았다.

록시 님이 그런 건 이미 알고 있다는 듯이 가게 주인에게 돈을 지불했다.

"감사합니다……."

그러자 주위를 신경 쓰면서 록시 님이 몰래 속삭였다.

"괜찮아요. 저는 페이의 주인이니까 이 정도는 당연하죠."

노점 옆으로 가서 바로 먹기로 했다.

나는 소스 꼬치구이, 소년은 소금과 향신료 꼬치구이, 록시 님은 허브 꼬치구이다. 전부 다 정말 맛있을 것 같았다.

""""잘 먹겠습니다!""""

우선 한 입! 응, 고기가 부드러워서 살살 녹는 것 같다. 그리고 고기 맛을 잘 살려주는 소스가 최고다. 이 노점이 인기가 있을 만도 하다.

소년을 보니 꼬치구이를 맛있게 먹고 있었다. 살짝 눈물까지 맺힌 걸 보니 어지간히 맛있는 모양이다.

록시 님은……, 어라? 아직 먹지 않고 있었다.

"왜 그러세요?"

"아니……, 저기……, 접시에 담겨 있지 않은 음식은 처음 먹어 보는 거라 어떻게 먹어야 할지 몰라서요."

록시 님은 입을 크게 벌리는 것이 창피한 모양이었다. 뭐, 서민의 음식이니까. 성기사가 먹는 우아한 요리와는 전혀 다르다.

노점 같은 곳에서 파는 요리는 기본적으로 빠르다, 맛있다, 싸다, 이게 장점이니까. 우아함 같은 건 없다.

"이렇게 입을 크게 벌리고 먹을 수밖에 없어요."

"으으으…… 열심히 먹어볼게요."

역시 창피한 모양인지 록시 님은 얼굴을 반대쪽으로 돌리고 먹기 시작했다.

한입에 베어물면 될 텐데, 시간이 오래 걸리는 걸 보니 고생하고 있는 것 같다.

그리고 나와 소년이 지켜보고 있자니.

"으윽?! ……정말 맛있네요."

우물우물 입을 움직인 록시 님이 이쪽을 돌아보고 말했다. 생각했던 것보다 취향에 맞는 맛이었던 모양이다.

"이 부드러운 고기…… 입속을 돌아다니는 향초의 풍미…… 멋져요. 한 입 더……."

"로키, 깜빡했나요? 모두 함께 나눠 먹기로 했는데."

"아, 죄송해요. 페이처럼 먹보가 되어버렸네요."

혀를 살짝 내밀며 반성하는 록시 님. 그리고 들고 있던 허브 꼬치구이를 내게 내밀었다.

"자, 드세요."

"네……? 저 혼자 먹을 수 있는데요."

"싫으신가요?"

"그렇지는 않아요."

"그럼, 자요."

반쯤 억지로 허브구이를 입안에 넣었다. 이제 먹을 수밖에 없다.

냠냠…… 이것도 맛있다! 록시 님이 말했던 것처럼 입안에 시원한 향초의 풍미가 퍼져나갔다.

찐득한 육즙이 그 향기로 인해 뒷맛을 깔끔하게 만들어주고 있었다.

"정말 맛있네요!"

"그렇죠! 후후후후후."

그리고 웃기 시작한 록시님을 보고 나는 고개를 갸웃거렸다.

혹시 입에 육즙 같은 게 묻었나? 입가를 벅벅 닦고 있자니.

"아, 아니에요. 페이는 항상 식사를 할 때 정말 맛있게 먹잖아요. 바로 앞에서 보니까, 후후후후후."

"제가 그렇게 맛있게 먹나요?"

"그래요. 그럼 한 번 더, 확인해보죠."

"좀 봐주세요."

"안 돼요."

록시 님이 다시 내게 꼬치구이를 먹여주려고 하던 참에 왠지……
미지근한 시선이 느껴졌다.

문득 보니 소년이 우리들을 보고 어이없다는 표정을 짓고 있었다.

금방 정신을 차린 나와 록시 님은 일부러 그러는 듯이 헛기침을 하면서.

"저만 먹여주지 마시고 이 아이에게도 주세요."

"그, 그렇죠."

소년이 배가 고프다고 해서 꼬치구이 노점에 온 건데 뭐하고 있었던 건지……, 우리는 반성했다.

그 뒤로는 소년까지 함께 맛이 다른 꼬치구이 세 개를 나눠서 먹었다.

배가 조금 부른 소년은 기운을 되찾았고, 다시 어머니를 찾을 힘이 솟는 것 같았다.

"형, 누나, 나…… 열심히 찾을게."

"그래, 그래야지."

"그래요. 열심히 찾아봐요!"

다시 큰길을 돌아다니면서 소녀의 어머니를 찾기 시작했다. 두 시간 정도 필사적으로 찾아보았다.

하지만 찾지 못했다. 모처럼 열심히 찾았는데, 이래서는…….

"엄마……."

되찾은 기운도 바닥나기 시작하고 있었다. 우리가 소년을 불러도 별다른 반응을 보이지 않게 되었다.

그저 중얼거리는 듯이 어머니를 부르기만 했다.

기어코 해가 지기 시작했다. 저 저녁놀이 사라지면 어머니를 찾는 걸 중단할 수밖에 없을 것이다.

어떻게 할까……, 일단 하트 가문의 저택에서 맡는 것이 제일 좋은 방법일 것이다.

소년에게 들키지 않게끔 록시 님에게 눈짓하자 그녀는 내 의도를 파악했는지 조용히 고개를 끄덕였다.

처음부터 어머니를 찾지 못하게 되면 그렇게 할 생각이었던 모양이다. 나는 그녀의 얼굴을 보고 안심이 되었다.

"이제…… 못 걷겠어, 형."

내 손을 힘없이 끌어당기는 소년.

소년은 매우 지쳐서 더 이상 걸을 수 없는 모양이라 내가 업고 가게 되었다.

"죄송해요."

"괜찮아. 그렇지. 마침 잘됐네. 저기 광장에 있는 분수에서 쉴까?"

"응."

큰길을 너머에 있는 광장. 그곳의 가운데에는 커다란 분수가 있다. 끊임없이 흘러넘치는 물거품은 지하 깊은 곳에서 물을 끌어다가 내뿜고 있다고 했다.

나는 가끔 목이 마르면 이 분수에서 목을 축이곤 했다. 그 정도로 이 분수의 물은 맑았다.

우리는 분수 가장자리에 앉았다. 물이 튀는 소리를 들으면서 소년에게 말을 어떻게 꺼내야 할지 타이밍을 살피고 있자니 그 미묘한 분위기를 보고 소년도 왠지 뭔가가 있다는 걸 이해한 모양이었다.

"이제 곧 해가 질 거야. 그러니까 어머니는 내일 다시 찾아보자. 반드시 찾아낼 수 있다고 말해놓고, 미안해."

"아니, 형하고 누나가 있어줘서 다행이야. 나 혼자서는…… 찾을 수가 없었을 테니까."

그 뒤로는 록시 님에게 맡겼다. 소년을 맞이할 하트 가문의 저택은 그녀의 집이니 지금부터는 내가 할 말은 없었다.

"오늘은 저희 집에서 자요. 대접도 잘 해줄게요."

"……응."

어떻게 할까, 그렇게 잠시 고민한 끝에 소년은 힘없이 대답했다. 뭐, 한나절 정도 함께 지냈다고 해도 오늘 만난 남남이다. 불안해서 견딜 수 없다는 심정도 이해가 된다.

하지만 이대로 이곳에 혼자 있을 수는 없다. 그렇게 하면 저번처럼 유괴범을 만날지도 모른다.

대답을 하긴 했지만 분수에서 움직이려 하지 않는 소년을 우리는 느긋하게 기다리기로 했다. 내일 찾는 게 낫겠다고 생각하면서도 억지로 강요할 수는 없었다.

소년이 이게 마지막이라는 듯이 하늘을 올려다보며 어머니를 불렀다.

그렇게 오랫동안 찾아다녔다. 그 목소리가 닿을 거라는 생각은 들지 않았다. 하지만──.

"애야아아아아아, 애야아아아아아아아아."

여자 목소리가 우리 뒤에서 들렸다. 몇 번이고, 몇 번이고 들렸다.

"엄마아아아아아아아아!"

소년이 눈을 크게 뜨고 뛰어갔다. 역시 마지막엔 이렇게 되어야지!

얼싸안는 모자를 보고 있자니 그런 생각이 들었다.

나는 록시 님과 함께 기뻐했다.

"다행이네요."

"네, 한때는 어떻게 되나 싶었는데 잘 풀렸네요."

우리는 모자의 재회를 지켜보았다.

록시 님의 손이 내 왼손과 살며시 겹쳐졌다. 그녀는 아무런 말도 하지 않았지만《독심》스킬을 통해 흘러들어 왔다.

그 감정은 따스했고, 내게는 아까울 정도로 부드러운 감정이었다.

잠시 껴안고 있던 모자는 시간이 지나자 진정이 된 모양이었다. 그리고 소년이 어머니에게 이야기를 하기 시작했다.

우리를 손가락으로 가리키면서 말하고 있었기에 대충 짐작은 되었다.

그 말을 듣자마자 어머니가 우리 쪽으로 다가왔다.

"이 아이가 신세를 진 모양이네요⋯⋯, 감사합니다. 미아가 되었을 때 돌봐주셔서 정말 고맙습니다."

"형, 누나, 고마워!"

"이제 미아가 되면 안 돼."

"엄마 손을 꼭 붙잡고 가요."

"응."

어머니의 이야기를 들어보니 부업으로 만든 상품을 상점에 가져다주다가 잠깐 눈을 돌린 사이에 헤어져버린 모양이었다.

정신을 차리고 보니 아들이 없어져서 허둥대며 찾으러 돌아다녔다고 한다.

처음에는 큰길을 찾다가 혹시나 골목으로 들어간 게 아닐까 하는 생각이 들어 지금까지 우리와는 다른 곳을 찾아다녔던 모양이었다.

그러니 그렇게 찾아봐도 만날 수가 없었던 거지⋯⋯, 납득이 된다.

그리고 아들을 찾지 못해 매우 지친 어머니는 분수에서 목을 축

이기 위해 이곳으로 왔다고 한다.

우리는 우연히 분수에서 휴식을 취하고 있었을 뿐이었기에 이 재회는 그저 우연에 불과했다. 하지만 소년과 어머니의 마음이 마지막에 서로 통한 결과라고 생각하고 싶어졌다.

어머니가 계속 고맙다는 인사를 하던 동안 소년은 피곤해서 그런지…… 어머니의 품속에서 잠들어 버렸다.

집으로 돌아가는 모자를 배웅하며 우리는 겨우 숨을 돌렸다. 일부러 미아에게 말을 걸었는데 찾아주지 못하면 역시 뒷맛이 씁쓸할 것이다. 내일 다시 찾아보자고 생각해도 마찬가지다.

익숙하지 않은 일은 할 게 못 되는구나. 저번에 고아 소녀를 구해줬을 때도 그렇고, 조금 강해졌다고 해서 너무 설쳐댄 건지도 모르겠다. 거만해진 건지도 모르겠다.

이번에는 록시 님이 있어줘서 다행이다. 만약 나 혼자였다면 말을 걸고 나서 어머니를 찾지 못해 당황하기만 했을지도 모른다.

그때, 소년을 하트 가문의 저택에서 맡아도 된다고 해줘서 얼마나 든든했는지.

록시 님은 이미 보이지 않게 된 모자가 걸어간 길을 계속 바라보고 있었다. 눈에 눈물을 조금 머금고 있는 그녀의 모습이 매우 숭고해 보였다.

그리고 눈물 한줄기가 볼을 타고 떨어져 내렸다. 가라앉고 있는 저녁놀을 반사하며 빛났다.

문득 내 시선을 눈치챈 록시 님이 돌아보고 방긋 웃었다.

"다행이네요."

나는 아무런 말도 할 수 없게 되어버렸다. 그녀의 모습이 내 가습을 꽉 조이게 만들었기 때문이다.

쑥스럽게도 숨을 쉬는 것조차 잊어버리고 그녀에게 넋이 나가 버렸다. 아마 내 얼굴은 새빨갛게 물들었을 것이다. 저녁놀 때문에 눈에 띄지 않았으면 하는 생각밖에 들지 않았다.

하인인 내가 주인에게 이런 표정을 보여줄 수는 없다.

"왜 그러세요? 페이."

"아뇨, 아무것도 아닙니다. 슬슬 돌아가지 않으면 상장 씨에게 혼나겠는데요."

"그때는 같이 혼나요."

"······그건······."

싫다고 하고 싶었지만 그녀의 얼굴을 보고 있자니 아무래도 상관없어져 버렸다.

뭐, 미아 건은 내가 록시 님을 끌어들이게 된 거니까. 그렇게 무서운 상장 씨에게 혼나는 것도 반쯤은 나 때문이기도 하다.

"네, 함께 혼나겠습니다."

"좋아요. 그럼 돌아가죠."

여전히 걸음걸이가 당당하다. 마을 소녀로 변장한다 해도 그녀는 여전히 성기사다.

나는 그런 경애하는 주인── 록시 님과 함께 하트 가문의 저택으로 돌아갔다.

오늘은 여러 가지 일들이 있었는데, 내 마음속에서 잊을 수 없는 하루가 되어버렸다.

그녀는 멋진 사람이다. 진심으로 록시 님의 하인이 되어서 다행이라 생각한다.

"페이, 왜 그렇게 기쁜 듯한 표정을 짓고 있는 건가요?"

"비밀입니다."

"어? 괜찮잖아요…… 알려줘요."

"그것만은 안 됩니다."

"정말."

볼을 부풀리며 어떻게든 알아내려 하는 록시 님. 나는 당황해 버렸다.

계속 이런 나날이 계속되었으면 좋겠다.

*

항상 하던 야간 사냥. 나는 무인 파티에게 일부러 모습을 살짝 보여주곤 했다.

그리고 모인 목격정보를 통해 나를 리치라는 흉악한 마물로 추측하게 되었다.

그 마물은 검은 후드가 달린 누더기를 걸치고 있고, 몸에는 살점이 없다고 한다. 그야말로 내가 변장하고 있는 모습 그대로였다.

오늘도 밤하늘에는 구름이 한 점도 없어서 나이트 헌팅을 하기에는 따 좋은 날씨다. 실력에 자신이 있는 용감한 무인들이 고블린 초원과 홉고블린의 숲으로 나와 있다.

그런 와중에 리치로 변장한 나는 달밤의 고블린 초원을 이리저리 내달렸다.

고블린을 찾아낸 뒤에 목을 치고, 무인을 발견하면 일부러 모습을 살짝 보여준다.

이렇게 계속 반복하다 보면 점점 무인들 사이에서 내 존재를 문제시하는 목소리가 커질 것이다.

내가 고블린 열 마리를 해치운 뒤 숨을 돌리고 있자니 풀숲에서 비명소리가 들렸다.

"리치다아아! 무쿠로가 나왔다! 다들 도망쳐!"

험상궂게 생긴 무인 남자가 해골 마스크를 낀 나를 본 순간 새파랗게 질려 도망쳤다.

요즘 나는 무쿠로(시체)라 불리게 되었다. 왜냐하면 산더미처럼 쌓인 고블린들의 시체(무쿠로) 위에서 서 있는 모습을 자주 보여주곤 했기 때문이다.

무인들 중에서는 고블린을 좋아하는 리치── 무쿠로가 조만간 사람을 습격할 거라는 이야기가 돌고 있다. 왜냐하면 원래 마물들이 가장 좋아하는 음식은 인간이기 때문이다.

특이한 마물이긴 하지만 그것은 반드시 사람을 노릴 것이다……
단골 술집에서도 옆에 앉은 무인들이 그렇게 말하며 불안한 표정으로 횟술을 마시고 있었다.

술집 주인도 지금은 무쿠로가 나타나는 시간대가 늦은 밤으로 한정되어 있기에 아직 물류에 눈에 띄는 영향이 나타나지는 않았다고는 하지만 소문이 왕도 바깥까지 퍼지면 변화가 생길지도 모르겠다며 곤란해했다. 물류가 정체돼버리면 매입 가격이 올라서 술집의 경영을 압박할지도 모른다.

나는 가게 주인에게 마음속으로 사과를 하면서도 성기사님이 등장하기를 기다리고 있었다.

하지만 다음 날, 얼마 남지 않은 상황에서 피할 수 없는 일이 생겨버렸다.

록시 님이 예전에 말했던 하트 가문의 영지로 함께 귀성하게 된 것이다.

모처럼 브레릭 가문의 차남인 하드를 끌어낼 수 있을 것 같았는데…… 매우 아쉽다.

*

"탐탁지 않은 표정이네요. 페이는 영지로 가는 게 싫었나요……."

마차 안에서 입을 삐죽대는 록시 님이 나를 바라보았다. 이 안에는 나와 그녀밖에 없다.

그럼에도 불구하고 나는 다른 생각을 하고 있었다. 브레릭 가문의 하드를 끌어낼 작전을 계속 진행할 수 없게 되었다는 생각이다.

안 되지, 안 되지. 이러면 귀성을 기대하는 록시 님의 기분을 망쳐버리게 된다.

"그렇지 않습니다. 정말 기대하고 있었는걸요!"

"정말인가요오?"

매우 의심스러운 눈초리로 나를 바라본다. 그렇게까지 탐탁지 않은 표정을 짓고 있었던 건가?

"정말이라니까요! 지금은 포도를 수확할 시기죠? 함께 포도를 따는 게 기대되어서 견딜 수가 없습니다!"

"어머, 기억해주셨군요."

"당연하죠."

그녀는 매년 이 시기에 영지로 돌아가서 주민들과 함께 포도를 수확한다. 록시 님에게는 주민들과 교류할 수 있는 몇 안 되는 이벤트인 모양이었다. 마차를 탔을 때부터 신이 나 보였기에 얼마나 소중히 여기고 있는지 알 수 있었다.

록시 님의 영지는 왕도 북쪽에 있는 산간 지대다. 지금은 가을이지만 겨울이 되면 온통 흰색으로 뒤덮여 꽤 살기 힘든 곳인 모양이다.

하지만 주민들과 한데 뭉쳐 여러 세대에 걸쳐 토양 개량을 거듭한 결과 풍요로운 토지가 되었다. 지금은 힘든 겨울을 대비해 농작물을 수확해서 비축하는 것뿐만이 아니라 왕도에 대량으로 내다팔기까지 하고 있다.

와인 말고도 여러 가지 농작물로 왕도에 공헌할 수 있다는 것이 하트 가문의 자랑거리라고 한다.

"록시 님께 이야기를 듣기만 해도 멋진 곳이라는 걸 알 수 있어요. 음식이 맛있을 것 같고요!"

"후후후, 페이는 툭하면 음식 이야기군요. 풍요로워진 건 좋은데…… 그 농작물을 노리고 이 시기에 마물들이 다가오게 되었어요. 제가 영지로 돌아가는 목적 중 하나는 그 마물들을 토벌하기 위해서예요."

"마물이라고요……, 정말 어디에든 나오는군요."

내가 눈살을 찌푸리며 그렇게 말하자 록시 님은 입가에 손을 대고 웃었다.

"곤란하죠. 하지만 이 시기에 쫓아내면 내년까지는 안 와요. 일단 저도 성기사니까 그 정도는 아무것도 아니죠."

"역시 대단하시네요. 저기…… 그 마물은 어떤 마물인가요?"

"코볼트예요."

코볼트……, 이족보행을 하는 개 같은 느낌인 마물이다. 체격은 나보다 큰 걸로 알고 있다.

고블린보다 강한 마물이라 무인 중에서도 꽤 실력이 있는 사람이 아니면 해치우기 힘들다고 들었다.

그리고 무리의식이 강해서 동료가 공격을 받으면 소리를 질러서 원군을 부른다. 냄새도 잘 맡아서 풀숲 같은 곳에 숨더라도 금방 들켜버리는 모양이다. 게다가 성격도 집요하다고.

싸울 상대로는 꽤 골치 아픈 마물이다.

그런 생각을 하고 있자니 배에서 소리가 났다.

꼬르르륵…….

"페이, 왜 그러세요? 배가 고파졌나요? 먹은 지 얼마 안 되었는데."

요즘에 록시 님 앞에서 계속 꼬르륵거리고 있다……, 창피하다.

분명 폭식 스킬이 혼을 원해서 그럴 것이다. 계속 고블린만 먹였으니까.

슬슬 다른 혼을 먹여달라고 내게 재촉하고 있는 것 같다.

나는 쓴웃음을 짓고 둘러대면서.

"죄송합니다. 그렇게 많이 먹었는데…… 또 배가 고파졌네요."

"페이는 정말 잘 먹네요. 바람직한 거라 생각해요. 이제 곧 영지에 도착할 테니 조금만 참아요."

록시 님은 그렇게 말하고 마차의 창문 너머로 바깥을 보았다.

산 건너편까지 펼쳐져 있는 포도밭이다. 모든 나무에 보라색 열매가 잔뜩 열려 있었다.

그리고 마차가 조금 나아가자 커다란 저택이 보였다. 왕도에 있는 하트 가문의 저택에 버금가는 크기였다.

제15화 사각문(邪刻紋)을 지닌 소녀

마차가 저택 앞에 도착하자 어떤 여자가 양쪽에 서 있는 메이드의 부축을 받으며 나타났다.

척 보기에도 허약해 보이는 인상이었다. 그리고 록시 님과 많이 닮아서 매우 아름다웠다.

그녀는 아마──.

"어머님, 마중을 나오실 필요는 없다고 항상 말씀드렸잖아요!"

아, 역시 록시 님의 어머님이시다.

평소에 록시 님과 다과회를 가지면서 알게 된 사실인데, 그녀의 어머니가 큰 병을 앓고 계신다는 말을 들었다. 그런 분이 설마 마중을 나올지 누가 예상했을까.

당장에라도 피를 토할 것 같을 정도로 안색이 안 좋고, 언제 쓰러지더라도 이상할 게 없다는 느낌이다.

내가 보기에도 그러니 가족인 록시 님은 더 허둥댔다.

마지막으로 남은 가족이니 당연한가……. 그건 그렇고 5대 명가인 하트 가문의 지위와 재력으로도 고치지 못하는 큰 병이라니…….

"부탁이니 무리하지 말아주세요."

"괜찮아, 록시. 오늘은 평소보다 몸 상태가 좋으니까……, 어머?!"

어머니 앞에서 안절부절못하고 있던 록시 님. 어머니는 그런 그녀를 달래며 나를 바라보았다.

그 표정은 마치…… 매우 재미있는 장난감을 받은 아이 같았다.

"어머, 어머, 이분은 누구시죠?"

"이 사람은…… 페이트 그래파이트. 제가 새로 고용한 하인이에요. 어머님께 소개하려 데리고 왔어요."

나는 록시 님의 소개에 맞춰 고개를 숙였다.

"저는 아이샤 하트예요. 잘 왔어요. 환영할게요."

"감사합니다. 잘 부탁드립니다!"

"네, 저야말로 잘 부탁해요. 자, 안으로 들어와요."

아이샤 님의 지시에 따라 대기하고 있던 메이드들이 나를 반쯤 억지로 저택 안으로 끌고 들어갔다. 어어, 환영받고 있는 거겠지…….

내가 끌려가는 바람에 록시 님만 바깥에 남겨지게 되었다.

"잠깐만요! 어머님! 제 하인이라고요!"

억지로 끌려가게 된 곳은 호화로운 응접실이었다. 그곳의 창가에 있는 테이블 앞에 앉고 나서야 겨우 메이드들에게서 풀려났다.

내 앞자리에 앉은 록시 님의 어머니, 아이샤 님은 꽤 억지스러운 사람 같다.

잠시 후 록시 님이 왔다. 볼을 부풀리고 있는 것을 보니 멋대로 구는 어머니를 보고 조금 화가 난 것 같다.

"어머님!"

"어머, 록시도 와줬군요. 자, 이쪽에 앉아요."

"정말."

록시 님은 그렇게 말하면서도 순순히 자리에 앉았다. 보아하니 귀성한 다음에는 바로 다과회를 가지는 것이 하트 가문의 정기 행사인 모양이었다.

록시 님이 다과회를 좋아하는 것은 어머니의 영향일지도 모르겠다.

그렇게 생각하고 미소를 짓고 있자니 아이샤 님이.

"페이트 씨는 록시를 좋아하나요?"

네에에?! 마시던 차를 뿜을 뻔했다. 아니, 조금 뿜어버렸다.

입을 열자마자 그런 질문을 하시는 바람에 매우 당황하고 있자니 록시 님이 얼굴을 붉히면서 마구 화를 냈다.

"갑자기 무슨 소리를 하시는 거예요!"

"어머, 그러면 안 되나? 저는 그냥 고용주로서 좋아하는지 물어봤을 뿐인데요. 혹시 싫은데 억지로 일하고 있는 거라면 행복하다고는 할 수 없잖아요?"

아, 그런 거구나…… 깜짝 놀랐네. 다른 의미로 생각해버렸다. 평민하고 성기사니까. 신분 차이가 너무 심하다. 만약 그런 마음을 품더라도 이룰 수는 없다.

아이샤 님은 방긋 웃으면서 다시 물었다.

내 대답은 그때부터 이미 정해져 있었다.

"록시 님을 매우 흠모하고 있습니다. 만약 그럴 수만 있다면 제 목숨이 다할 때까지 모시려 합니다."

"어머?!"

내가 록시 님에 대한 충성심을 나타내자 아이샤 님은 우아하게 손뼉을 치면서 기뻐해주었다.

이건 내 솔직한 마음이다.

그 말을 듣고 차를 마시던 록시 님이 심하게 기침하기 시작했다. 그리고 나를 본 뒤 얼굴을 붉게 물들이고는 "잠시 방에서 쉬겠습니다. 그럼"이라고 말한 다음 도망치듯이 방에서 나가버렸다.

뭔가 말실수를 해버렸나? 불안해진 내게 아이샤 님이 기쁜 듯이 말했다.

"보아하니 여기까지 오느라 피곤한 모양이네요. 왕도에서 직무를 보느라 바빴을 테고요. 푹 쉬면 평소의 록시로 돌아올 테니 안심해요."

"……네."

록시 님이 갑자기 나가버려 나만 남아버렸다. 하지만 아이샤 님은 말재주가 좋은 사람이라 영지 안에서 새로운 포도의 품종개량에 힘을 쓰고 있다는 이야기나 록시 님의 어린 시절에 대해서도 가르쳐주었다.

"그런 일이 있었나요?"

"그래. 록시는 어렸을 때 정말 울보였어. 이렇게 작은 벌레를 보기만 해도 울어버릴 정도로. 지금은 성기사라는 게 믿기지 않을 정도야."

그때 아이샤 님이 한순간 보여주었던 표정은 슬퍼 보였다. 소중한 남편을 잃고 그 무거운 책임을 딸이 짊어지게 된 것이 걱정되는 모양이었다.

그래서 나는 가슴을 펴고 말했다.

"록시 님은 훌륭한 성기사님입니다. 왕도에서도 많은 백성들이 신뢰하고 있습니다. 저는 록시 님이 하트 가문의 당주로서 어엿

하게 임무를 다하고 계신다고 생각합니다."

"그래……, 안심이 되네. ……고마워."

아이샤 님은 눈물을 조금 머금고 있었다. 역시 전 당주를 잃은 것이 하트 가문에게 큰 상처를 입혔고 아직 다 낫지 않은 건지도 모르겠다. 적어도 나는 그렇게 느꼈다.

우울해진 다과회는 그렇게 끝났다. 아이샤 님의 몸 상태가 좋지 않았기에 구석에서 대기하고 있던 메이드들이 슬슬 쉴 시간이라고 했기 때문이다.

나는 아이샤 님에게 다과회를 열어주셔서 고맙다고 한 뒤 할 일이 따로 없었기에 하트 가문의 영지를 산책해보기로 했다. 일단 메이드 중 한 사람에게 영내를 산책해도 되는지 확인하자, 미아가 되지 않게끔 조심하라는 말을 들어버렸다.

나는 '그렇게 멀리는 안 나가요'라고 대답한 다음 흑검 그리드를 메이드에게 맡기고 저택을 나서기로 했다.

아…… 그건 그렇고 포도밭이 참 넓기도 하다. 코를 간질이는 달콤한 향기가 뭐라 표현할 수 없는 느낌이다.

푸른 하늘과 녹색으로 가득 찬 대지가 멋진 대조를 이루고 있었다.

기분 좋게 걷고 있자니 포도를 열심히 수확하고 있는 사람들이 보였다. 정말 바빠 보였다.

그러고 보니 내일은 록시 님과 함께 주민들과 포도 수확을 할 예정이었다. 나는 포도를 수확한 적이 없어서 요령을 잘 모른다. 무턱대고 시작했다가 실수하거나 서투르게 하면 록시 님의 하인으로서 주인님을 부끄럽게 만들게 된다.

미리 예행연습을 해둬야겠지. 나는 마음을 굳게 먹고 포도를 따고 있던 사람들에게 말을 걸었다.

"안녕하세요, 하트 가문에서 새로 하인을 하게 된 페이트 그래파이트라고 합니다. 혹시 괜찮으시면 포도를 수확하는 법을 가르쳐주실 수 있을까요?"

잠시 침묵이 이어졌다.

혹시 안 되나……? 내가 실수해버렸나?

그렇게 생각했는데.

"오오오오, 도와주려고?! 그거 고맙지. 역시 하트 가문의 하인이야."

아저씨와 아주머니들이 작업을 멈추고 모여들었다. 그리고 포도를 따는 법이나 수확한 포도를 어디로 가져가는지 꼼꼼하게 가르쳐주었다.

역시 하트 가문 영지의 주민들이라 그런지 싹싹한 사람들만 있는 것 같다.

……처음에는 그렇게 생각했지만, 정신을 차리고 보니 나는 저녁이 될 때까지 마차를 끄는 말처럼 일해버렸다.

다들 너무 열심히 일하니까 중간에 빠져나올 수가 없었던 것이다.

밭 구석에서 숨을 돌리고 있자니 아저씨들이 와서 갓 짠 포도주스를 대접해주었다.

"덕분에 살았다. 자, 이걸 먹으면 피로가 가실 거야."

"감사합니다."

신맛이 약간 들어간 단맛이 입안에 퍼져서 포도를 따다 쌓인 피로가 가시게 해주었다. 이렇게 맛있는 주스는 마셔본 적이 없다.

"정말 맛있네요."

"하하하, 그렇지? 우리가 자랑하는 포도로 짠 주스니까. 뭐, 예전에는 이렇게 맛있는 포도를 따지는 못했지만."

"그런가요?"

"그래, 돌아가신 선대 당주님께서 토양개량에 힘을 많이 쓰셨거든. 다른 지역에서 지식을 가지고 있는 사람들을 불러서 주민들과 한데 뭉쳐 배웠지. 지금은 정겨운 추억이 되었군. 그 덕분에 이렇게 대단한 포도 과수원이 만들어졌지."

아저씨들은 울적하게 포도 주스를 술처럼 단숨에 마셨다.

"록시 님은 어때? 우리는 선대 당주님께서 가리아에서 돌아가셨다는 소식을 듣고 걱정했는데. 자상하신 분이시니 분명 가슴 아파하셨을 거야."

"충격을 받긴 하셨겠죠. 하지만 록시 님은 매우 강한 분이세요. 왕도에서 공무도 확실하게 보고 계시고요. 저는 그분이라면 괜찮을 거라고, 뛰어넘을 수 있을 거라고 믿습니다."

나는 마음속으로 생각하던 것을 그대로 그들에게 전했다. 그러자 그 말을 듣고 있던 사람들이 깜짝 놀란 표정을 지은 다음 방긋 웃었다.

그리고 차례차례 포도 주스를 내 컵에 따르기 시작했다.

"잠깐만요, 이제 더 못 마셔요!"

"괜찮아. 마셔, 마셔."

"네에에에?"

따스한 분위기 속에서 잠시 이야기를 나눈 뒤 나는 하트 가문의 저택에 돌아가기로 했다.

저녁놀을 등지고 걷다 보니 건너편에서 낯선 소녀가 걸어왔다.

길고 하얀 머리카락, 갈색 피부. 척 보기에도 이 나라 사람이 아니다. 게다가 어린애는 들고 다닐 수 없을 것 같을 정도로 큼직한 도끼를 어깨에 걸치고 있었다.

그리고 신경 쓰인 것은 몸 전체에 퍼져 있는 하얀 문신이었다. 뭔가 의식 같은 의미가 있는 건가?

그러자 시선을 눈치챈 그녀는 무표정하게 내 옆에서 멈춰 섰다.

"저기, 당신."

어린애 같아서 귀여운 목소리다. 그리고 나를 본 그녀의 눈은 섬뜩할 정도로 붉었다.

저 눈은 본 적이 있다. 저건…… 설마. 나는 확인하기 위해《감정》스킬을 발동시켰다.

응? 이상하다, 아무것도 보이지 않는다.

지금까지 이런 적은 없었다. 어째서지?

"저기, 듣고 있어?"

그녀는 내 생각을 방해하려는 듯이 계속 말했다. 얌전해 보이는 외모와는 달리 기가 센 것 같다.

붉은 눈으로 나를 노려보는 듯이 바라보았다.

"나한테 무슨 볼일 있어?"

"…………아니, 아무것도 아니야. 아직 이른 모양이네."

"뭐가?"

내가 무슨 질문을 해도 전부 무시당했다. 계속 일방적인 대화다.

"난 코볼트를 사냥하러 왔는데, 당신에게 줄게. 빚 하나."

"그러니까 무슨 소리야?"

"조만간, 또 봐."

그렇게 이야기가 끝났다는 듯이 소녀가 떠나갔다.

대체…… 뭐지? 그리고 저 붉은 눈은…… 내 폭식 스킬이 폭주해서 기아 상태가 되었을 때와 똑같다.

갑자기 심장이 빠르게 뛰기 시작했다. 역시…… 저 소녀와 나는 동류인가?

그렇다면 지금이라도 쫓아가서 불러세워야 하나?

저녁놀 안으로 사라져가는 그녀를 보고 있자니 뒤에서 나를 부르는 사람이 있었다.

정신이 번쩍 들어 돌아보니 록시 님이었다.

"계속 찾아다녔어요. 그런데 무슨 일이 있었나요? 무서운 표정인데."

"네? 그런가요? 하하하하하."

웃으면서 기분을 전환했다. 돌아가서 그리드에게 물어보면 된다.

이건 록시 님과는 상관없는 내 문제다. ……그녀에게만은 알리고 싶지 않았다.

록시 님은 고개를 갸웃거리면서 내 시선 끝에 있는 소녀를 보고 놀랐다.

"어째서 이런 곳에 가리아인이."

"가리아인? 저 사람이…….'

지금은 마물이 우글대고 있는 가리아 대륙.

하지만 예전에는 거대한 군사력을 지닌 대국이 있었다고 한다. 번영을 누리던 대국에 살던 가리아인은 가랑눈처럼 하얀 머리카락, 건강한 갈색 피부를 지닌 민족이었다. 그리고 어떤 계기로 발생한 마물의 대번식으로 인해 대부분 죽어버렸다고 한다.

살아남은 소수의 가리아인들도 다른 민족들과 섞여서 저렇게 순혈 가리아인처럼 생긴 사람은 이제 없다고 한다.

"저렇게 가리아인의 특징이 뚜렷하게 남은 사람은 처음 봤어요. 페이의 지인인가요?"

"아뇨, 잠깐 이야기를 나눴을 뿐이에요."

"그런가요……."

잠시 둘이서 가리아인 소녀를 보고 있었다. 그리고 그녀가 보이지 않게 되자 록시 님이 "신기하기도 하네요"라고 하면서 웃었다.

"페이는 뭐하고 있었나요?"

"포도를 따는 법 같은 걸 배웠어요. 그러다 보니 끝까지 돕게…… 되어버렸네요."

"후후후, 그랬나요? 내일도 수확을 해야 하니 무리하지 마세요. 자, 가죠."

제16화 군것질

록시 님과 하트 가문의 저택으로 돌아오자 다들 저녁 식사 준비를 바쁘게 하고 있었다. 나도 도울 것 없냐고 메이드들에게 물어보았지만 "아니, 괜찮아"라고 거절당했다.

그리고 진흙투성이가 된 옷을 지적하며 목욕하고 오라고 했다.

하긴, 포도 수확을 저녁까지 열심히 해서 그런지 옷과 내가 매우 더러워져 있었다. 젊은 메이드── 마야 씨를 따라 나는 하인 전용 목욕탕으로 갔다.

한 사람이 겨우 들어갈 수 있을 정도로 작은 목욕탕에는 뜨거운 물이 넘실넘실 가득 차 있었다. 그냥 물과는 다른 독특한 향기.

"이거, 혹시!"

"후후, 온천이야. 하트 가문의 영지 안에는 온천이 몇 군데 있거든. 그걸 저택까지 이어놓은 거지. 이건 하트 가문의 하인들이 기대하는 것들 중 하나야."

"멋지네요. 이게 소문으로만 듣던 온천인가요……."

처음 보는 온천이다.

나는 끊임없이 나오는 뜨거운 물을 손으로 떠 보았다.

"투명한데 왠지 끈적거리네요."

"그렇지. 이 온천은 피부에 좋다니까, 네 진흙투성이 몸도 반짝반짝하게 씻어줄 거야. 벗은 옷은 이 바구니에 넣어줘. 갈아입을 옷은 여기에 둘게."

"감사합니다."

여러모로 가르쳐준 그녀가 목욕탕에서 나갔기에 바로 옷을 벗었다.

응? 문 틈새가 약간 벌어져 있는 것이 보였다. 그곳에는 나간 줄 알았던 마야 씨가 있었다. 미소를 지으며 조용히 이쪽을 들여다보고 있었다.

"뭔데요!"

"등을 밀어줄까?"

"돼, 됐거든요! 혼자 할 수 있어요!"

인상을 쓰면서 그렇게 말하자 그녀는 실망했다는 듯이 문을 닫고 가버렸다. 깜짝 놀랐네……, 신경을 써준 건가?

뭐, 그런 농담을 할 수 있을 정도로 하인들이 밝다는 건 바람직한 것 같다. 이곳은 왕도에 있는 하트 가문의 저택과 비슷하게 부드러운 분위기가 느껴진다.

몸에 묻은 진흙을 씻어내고 탕에 들어갔다.

흐아아아아아아…… 살 것 같다.

몸을 감싸주는 듯이 따뜻한 물이 기분 좋다. 이 집에서 살고 싶다는 생각까지 들 정도였다. 뭐, 안 되겠지만.

목욕을 하고 나와서 바로 저녁 식사 준비를 도우려 했더니 전부 끝난 상태였다.

하트 가문의 하인으로서 그럴 순 없다. 메이드 중 한 사람을 붙잡고 뭔가 할 일이 없냐고 물어보니 딱히 없다고 했다. 나는 록시 님이 데리고 온 손님 같은 취급인 모양이었다.

겨우 그런 나를 부르는 사람이 있었다.

"록시 님께서 부르셔. 안쪽에 있는 큰 방으로 가."

"알겠습니다."

터벅터벅 걸어가서 막다른 곳에 있는 큼직한 문을 열었다.

방 가운데에 있는 커다란 테이블에는 요리가 잔뜩 놓여 있었다.

그리고 록시 님이 혼자 테이블 앞에 앉아 있었다. 메이드들은 구석에서 대기하며 언제든 나설 수 있는 태세를 취하고 있었다.

그렇구나…… 그런 건가?

나는 망설이지 않고 메이드들 옆에 섰다. 손님 같은 대우를 받는다고 해도 나는 록시 님의 하인이다.

주인님을 챙기는 것은 내 역할이다.

후후후후, 왕도의 저택에서 고생하며 배운 기술을 선보이도록 하지. 와인인가요? 아니면 수프……, 자!

드디어 하인으로서도 진가를 보여줄 때가 온 것이다. 그렇게 생각했는데.

"페이트, 당신은 여기 앉으세요. 거기가 아니라 여기."

"네에?!"

록시 님이 손가락으로 가리킨 곳은 오른쪽 옆 빈자리였다.

어? 그래도 되나……. 나는 조심조심 옆에 나란히 서 있던 메이드들을 보았다.

그러자 모두가 일제히 그 빈자리를 손가락으로 가리켰다! 얼른 가라는 뜻인 것 같다.

포기하고 록시 님의 오른쪽 옆자리에 앉았다. 왠지 진정이 안 된다. 왕도의 저택에서는 이런 적이 없고 하인들과 함께 식사를 했기 때문이다.

이렇게 넓고 호화로운 곳에서 메이드들의 시선을 받으며 식사를 하는 건 처음이다. 기본 매너는 배웠지만, 일하는 쪽 매너다.

설마…… 이렇게 될 줄이야.

내가 머릿속으로 생각을 열심히 하고 있자니 옆에 있던 록시 님이 즐겁다는 듯이 말을 걸었다.

"매너는 신경 쓸 필요 없어요. 마음대로 드세요."

"그래도 되나요?!"

"네, 페이트는 잘 먹으니까 매너를 신경 쓰다보면 시간이 오래 걸리잖아요?"

사실 배가 꽤 고프다. 그럼 바로 눈앞에 있는 빵부터 먹는다.

버터의 향기가 입안 가득 퍼져서, 맛있다!

기세가 붙어서 빵만 먹다 보니 대기하고 있던 메이드가 와인을 잔에 따라주었다.

그렇게 목이 멜 것처럼 허겁지겁 먹었나?

따라준 와인을 단숨에 마셨다.

"휴우~, 맛있네요."

"그렇게 말해주니 기쁘네요. 하지만 페이트는 아직 빵밖에 안 먹었잖아요."

"아, 그랬죠."

록시 님이 권해주는 대로 민물고기 소테를 먹었다. ……맛있다!

꿈만 같은 식사인데, 신경 쓰이는 부분이 있었다.

"록시 님, 저기…… 아이샤 님께서는 안 오시나요?"

그러자 그녀는 한숨을 쉬며 말했다.

"항상 그래요. 제가 돌아오면 신이 나서 마중을 나오시는데…… 그것 때문에 저녁이 되면 몸져누우시거든요."

그 말을 듣고 내가 먹다가 멈췄다는 것을 눈치챈 록시 님이.

"페이트가 신경 쓸 필요는 없어요. 괜찮아요, 내일이 되면 기운을 차리실 거예요. 항상 그러니까."

록시 님은 미소를 지으며 그렇게 말해주었지만 사실은 아닌 것 같다는 느낌이 들었다.

지금 그녀의 손을 만지면 독심 스킬로 마음의 소리를 알아낼 수 있다. 알고 싶다는 생각이 들었다. 하지만 알아서 어떻게 하겠냐는 생각이 들어서 닿을 뻔한 손을 거두어들였다.

"자, 어머님께서 안 계시니 페이트가 전부 다 먹어야 해요. 자! 자!"

"아무리 그래도 이걸 다 먹긴 좀……."

"자!"

내가 먹는 모습이 재미있는지 요리가 차례차례 나왔다.

나도 위장의 한계가 와서 중간에 포기할 정도였다.

이렇게 많이 먹은 것은 태어나서 처음일지도 모르겠다.

그래도 즐거웠던 록시 님과의 식사가 끝나고 나는 내가 받은 객실로 안내받았다.

"네가 와줘서 다행이야. 저렇게 즐거워 보이는 록시 님은 오랜만에 봤어."

안내해주던 도중에 마야 씨가 그런 말을 했다.

아버지는 가리아에서 갑작스럽게 전사. 어머니도 큰 병을 앓고 있다. 그리고 왕도에서는 직무 때문에 바쁘다.

메이드들은 이번 귀성 때 록시를 매우 걱정하고 있었다고 한다.

뚜껑을 열어보니 록시님은 기운이 넘쳤기에 안심한 모양이다.

"푹 쉬어."

"네, 안녕히 주무세요."

나는 마야 씨에게 고개를 숙이고 방문을 조용히 닫았다.

하트 가문 하인으로서 하루를 무사히 마쳤다.

자, 지금부터는 또 하나의 시간이 시작된다.

마야 씨가 미리 가져다두었던 흑검 그리드를 잡았다.

『여어, 행복한 표정을 짓고 있는데. 얼빠진 꼴을 보이기는. 그러다가 코볼트에게 당한다.』

"들은 바로는 고블린보다 강한 마물이지만 엄청나게 강한 건 아니래. 지금 스테이터스라면 문제없을 것 같은데."

『방심하면 큰코다친다. 코볼트가 나오는 곳은 조사해왔겠지?』

"그래, 확실하게 조사했어."

나는 낮에 포도 수확을 도우면서 아무렇지도 않게 코볼트에 대해 물었다. 농지를 헤집거나 사람을 습격하는 위험한 마물이다.

다들 잘 알고 있었다.

매년 북쪽에 있는 계곡에서 나타난 그곳에서 내려온다고 한다.

어제 상황을 보러 간 사람이 코볼트 몇 마리를 봤다는 모양이다.

위험하지 않냐고 물어보니 바람이 북쪽에서 남쪽으로 불기 때문에 코볼트에게 들키지 않으니 괜찮다고 했다.

오랫동안 코볼트에게 피해를 입어서 그런 모양이다. 코볼트만 놓고 보면 무인들보다 자세하게 알고 있을지도 모른다.

나는 흑검 그리드를 들고 밤이 깊어지기를 기다렸다.

『시간이 됐다.』

"그래, 가자."

모두가 잠들어 조용해진 하트 가문의 저택을 몰래 나섰다. 오늘도 달이 얼굴을 내밀어서 야간 사냥을 하기에는 딱 좋은 날씨다.

북쪽으로 나아가 좁은 산길을 올라갔다.

"저기, 그리드. 오늘 특이한 가리아인 소녀를 만났어. 내가 기아 상태가 되었을 때하고 눈이 똑같던데."

『흐음~, 그랬단 말이지……. 그런데 이름은 뭐래?』

"모르겠어. 감정 스킬로도 안 보이던데. 어떻게 된 건지 알아?"

『특별한 무언가를 가지고 있는 거겠지. 이름을 알 수 없다면 대답도 못 하겠는데. 그 녀석이 무슨 말을 한 건 없고?』

"조만간, 또 보자고 했어."

『훗, 그럼 반드시 다시 만나겠군. 그때까지는 잊어버리라고.』

"그게 무슨 소리야?"

특기인 침묵을 발동한 그리드. 분명 무언가를 알고 있는 것 같은 느낌이다. 하지만 이렇게 된 그리드는 아무것도 가르쳐주지 않기 때문에 포기할 수밖에 없다.

어쩔 수 없이 앞으로 나아가는데 전념하기로 했다.

가끔 풀숲에서 부스럭거리는 소리가 들렸다. 아마 토끼나 여우 같은 동물일 것이다. 마물이라면 보통 튀어나올 테니까.

"여기가 코볼트가 나온다는 계곡인가?"

『이제야 다른 마물을 쓰러뜨릴 수 있겠군. 고블린만 잡다 보니 따분해서 견딜 수가 없어.』

"오늘은 상황을 보러 온 거지만."

나에게 암시 스킬이 있기에 달빛이 닿지 않는 어둑어둑한 나무 그늘이여도 문제없이 보였다.

어디에서 오더라도 놓치지 않는다.

잠시 후 나무에 몸을 숨기며 코볼트 두 마리가 계곡을 내려왔다.

파랗고 북슬북슬한 털이 나 있고 얼굴이 개처럼 생겼다. 이족 보행을 하는 개라…… 귀엽지 않네.

다가오자《감정》스킬로 살펴보았다. 둘 다 같은 개체인가 보군.

코볼트 주니어 Lv25

　　체력 : 880

　　근력 : 890

　　마력 : 350

　　정신 : 400

　　민첩 : 780

　　스킬 : 근력 강화 (중)

그리드의 형태를 흑궁으로 바꾸어 우선 코볼트 한 마리를 노렸다.

바람을 가르는 소리가 살짝 들린 뒤 마력의 화살이 코볼트의 이마에 명중했다. 우선 한 마리.

《폭식 스킬이 발동 됩니다.》

《스테이터스에 체력+880, 근력+890, 마력+350, 정신+400, 민첩+780이 가산됩니다.》

《스킬에 근력 강화 (중)이 추가됩니다.》

갑작스럽게 동료가 죽자 남은 코볼트가 주위를 두리번거리며 뭔가 하려 했다. 하지만 내가 그걸 내버려 둘 리가 없다. 곧바로 두 번째 마력 화살을 날렸다.

빨려 들어가는 듯이 또 이마에 명중. 코볼트는 지면에 쓰러져서 움직이지 않게 되었다.

《폭식 스킬이 발동됩니다.》

《스테이터스에 체력+880, 근력+890, 마력+350, 정신+400, 민첩+780이 가산됩니다.》

쉽사리 끝났다. 그 뒤로 잠시 기다렸지만 코볼트는 그 이후로 나타나지 않았다. 겨우 두 마리…… 부족하다.

"이 시기가 되면 하트 가문의 영지로 들어오는 거 아니었나? 너무 적은데."

『아마 경계하고 있는 거겠지. 매년 하트 가문의 성기사가 쫓아 내고 있으니까. 저렇게 말단을 보내서 상황을 살펴보고 타이밍을 재고 있을지도 모르겠군.』

"아, 그런 거구나."

척후로 보낸 동료들이 돌아오지 않으면 코볼트들은 이제 오지 않을 것이다.

다음에 사냥할 때는 코볼트를 어느 정도 내버려 둘 필요가 있을 것 같다.

폭식 스킬의 배가 별로 차지 않았지만 참을 수밖에 없다. 나는 사그라지지 않는 배고픔을 견디며 돌아가기 시작했다.

제17화 통곡을 부르는 광견

다음 날, 이른 아침부터 하트 가문 영지의 주민들과 포도 수확을 했다.

록시 님은 아침 식사를 일찌감치 마치고 방으로 돌아갔다. 나는 딱히 옷을 갈아입거나 하는 준비를 할 필요가 없었기에 현관에서 그녀를 기다렸다.

잠시 후 금발을 뒤로 묶은 록시 님이 왔다. 복장은 저택 안에 입던 것과는 다르게 튼튼함을 주시한 느낌이었다. 정말 예쁜 마을 소녀처럼 차려입었다고 해야 하나.

예전에 왕도에서 극비 시찰을 하기 위해 둘이서 상업구에 갔을 때, 록시 님은 마을 소녀로 변장했었다. 그때와 비슷한, 화려하지 않고 어른스러운 복장이었다. 하지만 옷이 수수하기 때문에 그녀의 아름다움이 더 드러나는 것 같았다.

"오래 기다리셨죠. 자, 가요. 모두가 기다리니까."

"네."

나는 의욕이 넘치는 록시 님과 함께 저택을 나섰다.

흑검 그리드는 방에서 대기. 그 녀석은 마물 사냥 전용이라 이번에 포도를 따는 데는 걸리적거리기 때문이다. 그리고 하트 가문의 영지는 치안이 매우 좋아서 도적에게 습격당할 걱정은 전혀 없다.

오늘도 날씨가 정말 좋다. 포도밭을 걸어가다 보니 이미 영지의 주민들이 전부 나와서 수확을 하고 있었다.

록시 님은 그 사람들 중에서 가장 나이가 많이 든 노인에게 말을 걸었다.

"항상 고생이 많으시네요. 올해도 맛있는 포도를 딸 수 있겠어요."

"아, 록시 님. 정말……."

노인은 공손히 고개를 숙였다. 그러자 영주님께서 오셨다며 주위에서 작업하던 사람들이 일제히 모여들었다.

손에는 갓 딴 포도를 들고 있었다.

모두 함께 정성껏 키운 포도를 봐줬으면 하기 때문이다.

"어머, 올해도 잘 키웠네요. 저번에 왕도의 저택으로 보내준 포도를 보고 알 수 있었어요."

"칭찬해주셔서 감사합니다."

관리자 역할을 맡고 있는 노인이 기쁜 듯 갓 딴 포도를 록시 님에게 내밀었다.

"그럼 하나……, 정말 달고 맛있네요."

그 말을 들은 주민들은 매우 기뻐했다. 펄쩍 뛰어오르는 사람까지 있었다. 이 사람들이 록시 님을 얼마나 잘 따르는지 알 수 있었다.

록시 님의 환영이 끝나자 노인은 모여든 사람들에게 다시 일하러 가라고 했다.

그리고 록시 님 옆에 있던 나를 보고 방긋 웃었다.

"자네가 페이트 군이로군. 이야기는 들었다네. 어제부터 포도 수확을 열심히 도와줬다면서. 역시 록시 님의 하인이야."

"그 정도는…… 아닌데요."

칭찬에 익숙하지 않은 나는 쑥스럽기만 했다.

그런 한편 록시 님은 기쁜 표정을 짓고 있었다.

"페이트는 제가 고른 하인이니까요."

"역시 록시 님이시군요. 그럼 시작해볼까요."

"그래요. 페이트도 힘내요!"

"네, 록시 님."

나는 열심히 일했다. 딱히 록시 님 앞이라고 좋은 모습을 보이려는 것은 아니고……. 뭐, 사실 그런 마음도 있긴 했다.

록시 님은 성기사라서 그런지 스테이터스를 이용해 포도가 들어 있는 커다란 바구니를 혼자서 여러 개 옮기고 있었다. 그럴 때마다 영지의 주민들이 환호성을 지를 정도였다.

이렇게 따스한 곳에 있다 보니 나는 갑자기 불안해졌다. 언제까지 여기에 있어도 될까……, 언제까지 있을 수 있을까, 두려워졌다.

폭식 스킬 때문에 나는 앞으로 계속 싸워야만 한다.

평화로운 이곳에 싸움을 불러들이게 될지도 모르는 사람이 있어도 되는 걸까. 그런 사람을 필요하다고 해줄까.

그렇게 생각하니 언젠가는 록시 님의 곁(그녀의 비호)에서 떠나야 할 때가 올 것 같다는 예감이 들었다.

포도 수확이 무사히 끝나고 록시 님과 둘이서 돌아오는 길.

내가 이 영지에 온 뒤로 계속 신경 쓰였던 것을 물어보았다.

"포도 과수원 말인데요, 왜 남쪽에만 집중되어 있나요? 북쪽에는 별로 없던데."

"아…… 그건 예전에 북쪽 포도 과수원이 코볼트에게 피해를 입어서 엉망이 되어버렸기 때문이에요. 제 증조할아버님 대였나.”

그렇게 예전에 그랬다면 포도 과수원을 다시 만들 시간도 있었을 텐데. 그럼에도 불구하고 그러지 못한 이유는 무엇일까.

록시 님은 계속 말했다.

“그때 북쪽 계곡에서 영지로 쳐들어온 것이 은빛 털이 난 위험한 코볼트였다고 해요. 불행히도 증조할아버님께서 영지를 비우셨을 때 나타났다는 점 또한 피해가 커진 원인 중 하나였고요. 저 북쪽 땅에는 영민들의 피가 많이 흘려져버린 거죠.”

록시 님은 그저 북쪽 땅을 보고 있었다. 그녀와 함께 잘 살펴보니 여러 가지 색 꽃들이 심어져 있었다.

아, 그렇구나……. 저기는 이미 농경지가 아니라 공동묘지 같은 곳인가.

그런 곳에 다시 포도 과수원을 만들 수는 없겠지.

록시 님은 말했다. 같은 실수를 반복하고 싶지 않다고…….

*

오늘 밤에도 나는 어두워진 저택을 몰래 빠져나왔다. 죄책감이 없다고 하면 거짓말일 것이다. 하지만 내가 나로 존재하기 위해 꼭 필요한 일이다.

마물을 쓰러뜨려서 혼을 섭취하는 것을 게을리하면 나는 1주일도 지나지 않아 기아 상태에 빠져버리게 될 것이다. 그렇게 되면 최악의 경우 누구든 아랑곳하지 않고 습격할지도 모른다.

괴물이 되지 않기 위해서라도 언제든 마물 사냥을 해야 한다.

구름이 달을 가려서 주위가 어두웠지만 《암시》 스킬 덕분에 시야는 양호했다.

서두르던 내게 그리드가 말을 걸었다.

『왜 그러냐, 페이트. 오늘은 마음이 어지러운 것 같은데.』

"어떻게 안 거야? 그리드에게는 독심 스킬도 없으면서."

『이 몸은 쥐고 있는 사람의 맥박수를 통해 알 수 있지. 그래서, 왜 그래?』

말하고 싶지 않았다. 폭식 스킬 때문에 내가 언젠가 록시 님과 함께 있을 수 없게 되지 않을까. 그런 생각이 머릿속에서 떠나지 않는다는 사실을.

소리 내어 말하면 그게 사실이 되어버릴 것 같았기 때문이다.

『말하고 싶지 않다면 됐다. 그건 그렇고 내일부터 그 성기사가 코볼트를 쫓아내기 위해 움직이기 시작한다면서. 그렇다면 오늘은 잔뜩 먹어둬야지.』

"애초에 그럴 생각이야."

어제는 두 마리밖에 못 잡았다. 오늘 제대로 먹어두지 않으면 록시 님이 쫓아낸 뒤에 먹을 혼이 없게 된다.

그리고 코볼트를 쫓아내도 이틀 정도는 상황을 보며 영지에 머무르는 모양이니 그동안에는 단식 상태가 되어버린다.

뭐, 어떻게든 견뎌내도 왕도로 돌아가면 바로 고블린 사냥을 해서 배를 채워야만 하니 꽤 위험하다.

『이 몸은 페이트가 굶주림을 견디지 못하고 왕도로 돌아가는 길에 발광하는 쪽에 걸도록 하지.』

"재수 없는 소리 하지 마!"

말버릇이 나쁜 흑검 그리드에게 불평하면서 어제와 같은 곳에 도착했다.

이곳이라면 북쪽 계곡을 잘 내다볼 수 있고, 바람이 불어오는 곳이기에 코볼트에게 들키지도 않는다.

오랜 시간이 지나갔다. 혹시 어제 척후를 쓰러뜨려 버려서 아직 경계하고 있는지도 모르겠다. 나도 모르게 하품이 나올 것 같았는데.

『왔군.』

그리드의 목소리를 듣고 계곡을 잘 살펴보았다. 그러자 푸른 털이 난 코볼트 두 마리가 주위를 경계하며 내려왔다.

척후다. 어제처럼 저 두 마리를 죽여버리면 다른 코볼트가 오지 않는다.

나는 숨을 죽이고 기다렸다.

코볼트 두 마리는 안전하다는 것을 확인했는지 계곡을 올라갔다.

"본대가 오려나?"

『그래, 틀림없이.』

그리드가 예상했던 대로 코볼트들이 계곡에 흐르는 강물처럼 푸른 털을 일렁이며 내려왔다.

숫자는 50마리 정도인가?

거의 대부분이 코볼트 주니어였지만 척 보기에도 체격이 큰 녀석들이 다섯 마리 정도 있었다.

그중에서도 특히 한 마리가 더 컸다. 털도 푸른색이 아니라 은색이었다.

가장 먼저 위기라는 것을 파악한 것은 그리드였다.

『위험한 게 왔군. 저건 관(冠)이다.』

"관?"

『개체식별명을 지닌 마물이다. 저런 게 태어날 줄이야, 오랜 세월에 걸쳐 헤이트가 상당히 쌓인 모양이로군. 감정 스킬로 보는 게 빠를 거다.』

그리드가 말한 대로 《감정》 스킬을 사용했다.

어어어어?! 이 스테이터스는……, 여섯 자리.

[통곡을 부르는 자]

코볼트 어설트 Lv50

    체력 : 200000

    근력 : 200000

    마력 : 125000

    정신 : 135000

    민첩 : 125000

    스킬 : 격투

혼자만 스테이터스가 매우 높은 코볼트 어설트에게는 다른 코볼트와는 다르게 [통곡을 부르는 자]라는 이름이 붙어 있었다. 저것이 그리드가 말했던 관인 것 같다.

『페이트, 저 녀석이 영내로 들어오면 큰일이다. 그리고 다른 코볼트 어설트를 네 마리나 데리고 있다. 젊은 성기사 한 명에게는 짐이 너무 무겁다.』

"그렇다면."

『지금 네가 막지 않으면 영내가 유린당한다는 뜻이다.』
나는 현재 스테이터스를 확인하며 긴장했다.

페이트 그래파이트 Lv1
    체력 : 50201
    근력 : 50051
    마력 : 23501
    정신 : 23501
    민첩 : 35901
    스킬 : 폭식, 감정, 독심, 은폐, 암시, 한 손 검기, 양손 검기,
근력 강화 (소), 근력 강화 (중), 체력 강화 (소), 체력 강화 (중),
자동 회복

흑검 그리드를 꽉 쥐고…… 각오를 다졌다.
하트 가문 영지의 주민은 지켜야 할 사람들만 있다.

전부 남김없이, 먹어주지.

제18화 폭식에 의한 폭식

나는 코볼트들을 살펴보면서 행동하기 시작했다.

『페이트, 무슨 생각이라도 있나?』

그리드가 흥미롭다는 듯이 물었다. 하지만 내가 어떤 방식으로 싸우려 하는지는 모르는 것 같았다.

"폭식답게 싸우면 그만이지."

『이제야 이해한 것 같군. 슬슬 누구나 할 수 있는 일반적인 전투 방식에서는 졸업해야지. 안 그러면 이 몸도 곤란하니까. 아장아장 걸어 다니면서 싸우는 건 폭식답지 않아.』

나는 바람이 불어오는 방향에 서는 것을 주의하면서 흑궁을 겨누었다. 노리는 것은 코볼트 주니어 한 마리.

정확히 날아간 마력 화살이 코볼트 주니어의 왼쪽 눈에 꽂혔다.

《폭식 스킬이 발동됩니다.》

《스테이터스에 체력+880, 근력+890, 마력+350, 정신+400, 민첩+780이 가산됩니다.》

내 머릿속에 들려오는 무기질적인 목소리를 신호로 삼아 사냥이 시작되었다.

곧바로 코볼트 주니어에게 두 번째, 세 번째 마력 화살을 날렸다. 스테이터스가 올랐다는 안내가 계속 이어졌다.

안전하다고 확인된 곳에서 공격을 받자 코볼트들의 대열이 흐트러지기 시작했다. 하지만 관 코볼트가 소리를 지르며 다른 코볼트들을 진정시켰다.

그리고 마력 화살이 날아온 방향을 파악하고 코볼트들에게 지시를 내렸다.

역시, 그럴 줄 알았지. 저 관 코볼트는 강한 주제에 신중한 성격이다.

그건 어제와 오늘 척후를 보내 안전하다는 것을 확인하고 나서 계곡에서 내려온 걸 봐도 알 수 있다.

관 코볼트는 그 자리에서 움직이지 않고 코볼트 어설트 두 마리와 코볼트 주니어 열 마리를 내가 숨어 있던 방향으로 보냈다.

『온다. 후퇴해라.』

"그래."

나는 곧바로 나무 안쪽으로 조용히 물러났다. 자, 여기에 남긴 내 냄새를 따라오라고.

딱 좋은 거리로 물러났을 때 발견한 커다란 바위 그늘에 숨었다. 뭐, 숨어봤자 여기까지 걸어오느라 냄새가 남아버렸다. 코볼트들은 쉽사리 나를 찾아낼 것이다.

그렇게 해주지 않으면 끌어들인 내가 곤란하다.

『왔다, 페이트.』

바위 그늘에서 고개를 내밀고 우락부락한 근육질인 코볼트 어설트 중 한 마리를 《감정》했다.

코볼트 어설트 Lv40
    체력 : 50000
    근력 : 50000

마력 : 27000

정신 : 28000

민첩 : 45000

스킬 : 민첩 강화 (중)

　지금은 내가 체력, 근력이 조금 높은 정도인가? 그렇다면 먼저 부하들을 먹어야겠다.

　바위 그늘에 숨은 나를 포위하려던 코볼트들을 선제공격한다.

　바위 위로 뛰어오르며 흑궁을 당겨 연사.

　코볼트 주니어를 다섯 마리, 여섯 마리, 일곱 마리…… 놓치지 않는다. 피하려 해도 이 마력 화살은 쫓아가서 반드시 박힌다.

　나를 포위하고 있던 코볼트 주니어 열 마리를 모두 해치웠다.

　머릿속으로 들리는 무기질적인 목소리를 듣자 나도 모르게 웃음이 나와버렸다.

　부하라도 모이면 나름대로 힘이 된다. 이것은 고블린 사냥을 할 때 배운 것이다.

　남은 추격자는 코볼트 어설트 두 마리뿐.

　스테이터스가 올라가긴 했지만 압도적으로 차이가 나지는 않는다.

　하지만 동료를 순식간에 잃어서 동요하고 있을 때 한 마리를 해치우면 그 뒤로는 식은 죽 먹기다.

　나는 큰 바위에서 뛰어내리면서 그리드의 형태를 흑검으로 바꾸었다.

　정신을 차린 코볼트 어설트는 오른팔을 휘두르며 날카로운 발톱으로 나를 찢어발기려 했다.

하지만 움직이는 게 너무 늦었다. 나는 그 공격을 쉽사리 피하고 품속으로 파고들어 커다란 나무 같은 배를 가로로 두 동강 냈다.

피거품을 뿜어내며 코볼트 어설트의 상반신이 흘러내렸다.

《폭식 스킬이 발동됩니다.》

《스테이터스에 체력+50000, 근력+50000, 마력+27000, 정신+28000, 민첩+45000이 가산됩니다.》

《스킬에 민첩 강화 (중)이 추가됩니다.》

이제 한 마리 남은 코볼트 어설트는 별 볼 일 없는 마물이 되었다.

지금 내가 보기에는 코볼트 주니어와 마찬가지인 존재다. 쉽사리 잡을 수 있다.

내가 뿜어내는 살기의 질이 변했다는 것을 본능적으로 알아차렸는지 코볼트 어설트가 천천히 내게서 거리를 벌리기 시작했다.

그리고 갑자기 네 발로 달리면서 마치 개처럼 도망치기 시작했다. 관 코볼트에게 도움을 요청할 생각일 것이다.

『놓치지 마라.』

"말 안 해도 알아."

흑검 그리드를 흑궁으로 바꿔서 도망치는 코볼트 어설트를 향해 마력 화살을 몇 발 날렸다. 전부 뒤통수에 명중했고, 숨이 끊어져 가며 낸 신음소리조차 놓치지 않았다.

《폭식 스킬이 발동됩니다.》

《스테이터스에 체력+50000, 근력+50000, 마력+27000, 정

신+28000, 민첩+45000이 가산됩니다.》

엄청난 기세로 배가 부르기 시작했다. 대체 뭐야……, 이 고양감은 마치 몸속의 폭식 스킬이 기뻐하는 것 같다.

지금까지 느껴보지 못한 들뜬 기분을 억누르며《감정》스킬로 내 스테이터스를 조사해보았다.

　페이트 그래파이트 Lv1
　　체력 : 161641
　　근력 : 161621
　　마력 : 82051
　　정신 : 84701
　　민첩 : 136041
　　스킬 : 폭식, 감정, 독심, 은폐, 암시, 한 손 검기, 양손 검기,
　근력 강화 (소), 근력 강화 (중), 체력 강화 (소), 체력 강화 (중),
　민첩 강화 (중), 자동 회복

관 코볼트의 스테이터스와의 차이를 꽤 줄였다. 이제 코볼트 어설트를 한 마리만 더 먹으면 거의 비슷해진다.

나는 왔던 길과는 다른 루트를 통해 관 코볼트가 있는 계곡으로 돌아가기 시작했다.

살며시 나무 틈새로 들여다보았다. 아직 있다.

관 코볼트를 지키려는 듯이 코볼트들이 둘러싸고 있는 진형이다.

정말 조심성이 많은 녀석이다.

뭐, 네가 보낸 부하 코볼트들을 아무리 기다려봤자 돌아오진 않을 거다. 내가 먹어서 너를 쓰러뜨리기 위한 힘으로 만들었으니까.

그 대신 화살을 날려주지. 나는 더 큰 힘을 얻기 위해 마궁을 당긴 뒤 날렸다.

마력의 화살은 복잡한 궤도를 그리며 코볼트 주니어를 피해 안쪽에 있던 코볼트 어설트에게 날아들었다.

하지만 목에 박히기 직전에 막혔다.

기척을 알아차린 관 코볼트가 마력 화살을 맨손으로 잡은 것이다.

이럴 수가……, 어떻게 저런 짓을. 나는 긴장했다. 이마에서는 땀이 흘러내렸다. 곧바로 풀숲에 숨어서 숨을 죽였지만.

"아오오오오오오오오오오오오."

보이지는 않지만 아마 관 코볼트가 짖고 있는 것 같다. 내 위치를 들켰나?

풀 틈새로 살며시 내다보자 관 코볼트가 귀를 세우고 이리저리 움직이고 있었다. 그것이 내 쪽을 향해 멈췄다.

젠장. 역시 들켰네.

관 코볼트는 다시 짖으면서 멀리 떨어져 있던 나를 노려보았다. 부하 코볼트들도 나를 보았는지 으르렁기리며 위협하기 시작했다.

이거……, 위험하다. 아직 내 스테이터스는 관 코볼트보다 낮다. 이 상태에서 코볼트 주니어 35마리, 코볼트 어설트 2마리, 관 코볼트 1마리와 직접 대결을 벌이기에는 너무 불리하다.

하지만 여기서 물러설 수는 없다. 만약 물러선다면 저 코볼트들은 나를 제친 기세를 살려 하트 가문의 영지로 쳐들어갈 것이다.

머릿속에 오늘 함께 포도를 땄던 사람들의 얼굴이 떠올랐다. 방긋방긋, 정말 즐거워 보이는 미소. 새로 온…… 잘 알지도 못하는 나도 자상하게 받아준 사람들. 그들의 얼굴이 머릿속을 스쳐 갔다.

그리고 사람들 가운데에서 록시 님이 미소를 지으며 내게 손을 내밀고 있었다.

나는 흑궁 그리드를 쥐었다.

절대로 잃고 싶지 않다. 그렇게 생각하니 힘이 솟구쳤다.

"해치우자! 그리드!"

『그렇게 말할 줄 알았지. 관 코볼트를 피하면서 다른 무리들을 없애라!』

물러나라고는 하지 않았다. 그리드에게도 내 마음이 전해진 것 같다.

자, 이기러 가자!

관 코볼트의 양옆에 있는 코볼트 어설트는 쓰러뜨리기 힘들다. 우선 그 주위에 우글거리는 코볼트 주니어를 먹으면서 스테이터스를 올릴 수밖에 없다.

이미 위치를 들킨 이상 숨을 필요도 없다.

나는 풀숲에서 일어섰다. 그리고 흑궁을 당겨 최대한 빠르게 연사를 날렸다.

노린 것은 물론 코볼트 주니어다.

《폭식 스킬이 발동됩니다.》

《스테이터스에 체력+10560, 근력+10680, 마력+4200, 정신+4800, 민첩+9360이 가산됩니다.》

쓰러뜨린 것은 열두 마리. 아직 부족하다. 더!

쳇, 흑궁 공격을 경계하기 시작한 관 코볼트가 코볼트 주니어들을 돌멩이투성이라 탁 트인 곳에서 양쪽 숲으로 대피시켰다.

부스럭거리는 소리가 다가온다. 나무와 풀숲에 숨으며 내게 다가오고 있다. 이대로 멍하게 있다가는 포위당하게 된다.

이제 저기로 갈 수밖에 없다. 당당하게 팔짱을 끼고 있는 관 코볼트, 양옆에서 대기하고 있는 코볼트 어설트에게 달려든다. 걸리적거리는 부하들이 흩어진 지금은 어떤 의미로는 기회다. 아무리 함정이라 해도 여기서 멈춰서서 포위되는 것보다는 낫다.

그리드도 나와 같은 의견인 것 같다. 《독심》 스킬을 통해 기운 찬 목소리가 들렸다.

『페이트, 마궁으로 견제하면서 접근해서 흑검으로 베어라!』

"말은 쉽지. 하는 건 나거든?"

『하하하, 그래도 할 수밖에 없잖아?』

"……당연하지."

나는 흑궁을 당기며 뛰어가기 시작했다. 다리는 멈추지 않고 우선 마력 화살을 한 발. 인사 대신 관 코볼트의 정수리를 노렸다.

그리고 곧바로 오른쪽에 있던 코볼트 어설트의 목에도 마력 화살을 날렸다.

날아간 마력 화살 두 발을 관 코볼트가 모두 막아냈다. 왼손으로 자신의 미간을 향해 날아온 마력 화살을 쳐내고 오른손으로 코볼트 어설트에게 날아간 마력 화살을 잡아냈다.

이봐, 무슨 반사신경이 그래?

관 코볼트가 살짝 웃으며 검은 화살을 박살 냈다. 마력으로 만들어진 화살이 형태를 유지하지 못하고 빛의 입자로 변해 허무하게 사라졌다.

역시 정면으로 마궁 공격을 날리는 건 안 되겠구나. 약한 상대라면 모를까, 관 코볼트는 나보다 스테이터스가 높다. 간단히 간파하여 화살을 막아 내었다.

좀 전에 기습 공격을 가했을 때도 화살을 막아 냈다. 알아채기 쉬운 정면에서 공격하면 더 막아 낼 것이다.

하지만 그만둘 생각은 없다. 마력 화살을 팍팍 날려주지.

관 코볼트는 전부 다 쳐냈다. 커다란 덩치에 어울리지 않게 재주가 좋은 녀석이다.

어차피 이 공격은 견제다. 꽤 많이 접근하자 그리드를 흑검으로 변형시켰다.

노린 것은 관 코볼트의 양쪽 옆에 있는 코볼트 어설트 중 한 마리. 한 마리라도 쓰러뜨려서 혼을 먹으면 스테이터스만으로는 관 코볼트와 비슷⋯⋯ 아니, 조금 더 강해진다.

재빨리 형세를 비등하게 만들려면 이 방법밖에 없다. 그러지 못하면──.

"이ㅇㅇㅇㅇㅇㅇㅇㅇㅇㅇㅇ."

관 코볼트가 갑자기 짖기 시작했다. 그러자 숲으로 숨었던 코볼트 주니어 23마리가 고개를 내밀고 나를 포위하기 위해 움직이기 시작했다.

그래도 이건 예상하고 있었다. 궁지에 몰려서 포위할지, 아니면 이렇게 기회를 노리다가 포위할지, 그 차이다. 그렇다면 공격 태세를 취하고 있는 지금 상황이 더 났다.

그리고 이 타이밍에 코볼트 주니어들이 와준 건 내게 더 유리하다. 왜냐하면 이렇게 써먹을 수 있기 때문이다.

나는 달려든 코볼트 주니어의 가슴을 흑검으로 찌른 채로 곧바로 관 코볼트에게 달려갔다.

《폭식 스킬이 발동됩니다.》

《스테이터스에 체력+880, 근력+890, 마력+350, 정신+400, 민첩+780이 가산됩니다.》

눈앞으로 다가오는 반달 같은 눈동자가 나를 노려보았다. 그것에 맞게끔 흑검을 휘둘러서 코볼트 주니어의 시체를 날려 부딪치게 했다. 그리고 나를 보지 않는 틈에 관 코볼트의 뒤를 향해 나아갔다.

관 코볼트는 짜증 난다는 듯이 으르렁거리며 내던진 시체를 날카로운 발톱으로 찢었다.

그리고 발을 내디디며 뒤에 있던 내게 공격을 가했다.

"큭……."

오른쪽 어깨에 심한 통증이 느껴졌다. 관 코볼트가 왼쪽 발톱으로 살을 찢은 것이다.

하지만 그 상처를 입는 대신, 관 코볼트를 피해 오른쪽 뒤에 있던 코볼트 어설트를 공격할 수 있는 곳까지 다가갈 수 있었다.

먹어주지.

코볼트 어설트는 이빨을 드러내면서 덤벼들었지만 내 상대는 아니었다.

흑검으로 휘두르려 하는 오른팔까지 통째로 비스듬히 베었다.

《폭식 스킬이 발동됩니다.》

《스테이터스에 체력+50000, 근력+50000, 마력+27000, 정신+28000, 민첩+45000이 가산됩니다.》

무기질적인 목소리를 들으면서 스테이터스가 오른 것을 느꼈다.

지금이라면 관 코볼트의 공격을 받아낼 수 있을 것이다. 뒤에서 덤벼드는 그 녀석의 공격을 돌아서면서 흑검으로 막았다.

무겁다……. 스테이터스가 조금 오른 정도로는 큰 차이가 없는 것 같았다. 그렇기 때문에 몸집이 나보다 큰 관 코볼트의 체중을 실은 공격으로 인해 밀려나 버렸다.

막아 내려 했지만 결국에는 뒤쪽에 있던 커다란 바위에 부딪혔다.

커헉. 너무 큰 충격을 받고 숨도 쉬지 못해서 한순간 의식이 새하얘질 뻔했다. 《독심》 스킬을 통해 그리드가 내게 경고했다.

『눈을 떠라! 페이트!』

그 목소리를 듣고 앞을 보니 관 코볼트와 코볼트 어설트가 달려들고 있었다. 숨통을 끊으려고 내게 추격타를 날릴 셈이다.

나는 아슬아슬하게 관 코볼트의 공격을 땅바닥에 구르며 피했다. 그 녀석이 휘두른 주먹은 커다란 바위를 부수고…… 아니, 그렇게 약한 공격이 아니었다. 자잘한 모래로 만들어 날려버렸다.

엄청난 파괴력이다. 맞았다면 틀림없이 죽었을 것이다.

깜짝 놀라서 굴렀지만 내가 간 곳에는 코볼트 어설트의 발차기가 기다리고 있었다. 척추를 부러뜨리겠다는 듯이 여러 번 걷어찼다.

하하하…… 이런 상황인데 브레릭 가문의 라팔 남매가 떠올랐다. 그 녀석들 대신 문지기를 할 때도 트집을 잡아서 나를 폭행하곤 했다. 그것과 비교하면 이 정도는!

나는 코볼트 어설트의 다리에 달라붙은 뒤 근력을 모두 발휘해 잡아 뜯었다. 그리고 곧바로 지면에 굴러다니고 있던 흑검을 들고 숨통을 끊었다.

《폭식 스킬이 발동됩니다.》

《스테이터스에 체력+50000, 근력+50000, 마력+27000, 정신+28000, 민첩+45000이 가산됩니다.》

자, 너를 따라잡고 추월했다.

자동 회복 스킬로 인해 어깨의 상처가 낫기 시작했다. 유용한 스킬이다.

그리고 잔뜩 먹어치워서 얻은── 끊임없이 솟구치는 힘을 《감정》 스킬로 확인했다.

페이트 그래파이트 Lv1

　　체력 : 272201

　　근력 : 272301

　　마력 : 140251

　　정신 : 145501

　　민첩 : 235401

　　스킬 : 폭식, 감정, 독심, 은폐, 암시, 한 손 검기, 양손 검기, 근력 강화 (소), 근력 강화 (중), 체력 강화 (소), 체력 강화 (중), 민첩 강화 (중), 자동 회복

코볼트 어설트를 전부 해치우자 약한 코볼트 주니어들이 동요하며 겁을 먹기 시작했다.

진형은 이미 엉망이다. 어차피 개라서 본능적인 공포에는 저항할 수 없는 모양이다.

나는 관 코볼트와 거리를 두며 맞섰다.

코볼트 주니어들이 도망치는 와중에 단 한 마리, 관 코볼트만이 나를 짜증 난다는 듯이 노려보고 있었다.

제19화 탐욕의 일격

저 관 코볼트는 역시 다른 코볼트와 다르다. 내게서 더 강한 기운을 느끼면서도 투지를 잃지 않는다.

날카로운 반달 같은 눈에서는 만약 동귀어진하게 되더라도 나를 죽이겠다는 강한 증오(헤이트)가 솟구치고 있었다.

관 코볼트는 신중한 성격이었다. 하지만 막상 궁지에 몰리자 변한 모양이었다.

잠시 서로를 노려보았다. 나는 《감정》으로 관 코볼트가 가지고 있는 스킬을 조사해보았다.

격투 : 맨손을 사용한 초접근전의 공격력이 상승한다. 내부를 파괴할 수 있는 아츠, 《촌경》을 사용할 수 있다.

그렇구나……. 저게 비장의 수인 것 같다. 아마 커다란 바위를 모래로 만든 것은 이 스킬일 것이다.

내 스테이터스가 더 높다 해도 근거리에서 촌경을 연달아 맞으면 버틸 수가 없다. 뼈와 내장이 박살 나서 저세상에 가게 될 것이다.

뭐, 그 간격 안으로 들어가지만 않으면 되지.

『페이트, 단숨에 해치우자. 지금 스테이터스라면 이 몸의 제1위계 오의, 《블러디 터미건》을 날릴 수 있다.』

"오의?!"

『그래, 오의다. 그것을 사용하면 이런 따분한 밀고 당기기 같은 상황을 전부 다 날려버릴 수 있지.』

나는 관 코볼트를 견제하면서 어떻게 하면 되는지 그리드에게 물었고.

『간단하다. 네 모든 스테이터스 중 10퍼센트를 이 몸에게 바쳐라.』

오의라는 것을 사용하기 위해서는 모든 스테이터스 중 10퍼센트를 그리드에게 흡수당하는 건가…….

제1위계를 끌어낼 때는 거의 모든 스테이터스를 빼앗겼다. 그리고 오의를 사용할 때는 또 모든 스테이터스의 일부를 빼앗긴다고 한다. 너도 참 탐욕스러운 무기구나.

"5퍼센트로 깎아줘."

『안 되지. 최소한 10퍼센트다. 위력을 강하게 만들고 싶으면 더 내놔라.』

"짠돌이."

『이 몸은 탐욕이니까, 크하하하하.』

이 흑검 그리드는 내게서 스테이터스를 얼마나 빼앗아야 성이 찰까. 이 녀석의 욕심은 바닥 없는 늪 같다.

그래도 관 코볼트와 전투를 벌이면서 접근전은 최대한 피하고 싶다. 전투 경험은 녀석이 더 많은 것 같으니 몸을 사리지 않고 공격에 나서면 피하지 못하고 촌경에 몸 안이 파괴될 가능성도 있기 때문이다.

그렇다고 해서 거리를 벌리며 화살을 날리면 쳐낸다. 그건 좀 전에 싸우면서 질릴 정도로 보았다.

이제 이것밖에 없다. 흑검을 흑궁으로 변형시켰다. 그리고 위협할 겸 관 코볼트에게 마력 화살을 날렸다.

관 코볼트는 근처에 있던 코볼트 주니어의 목덜미를 잡고 화살을 막을 방패로 썼다. 고기방패가 된 코볼트 주니어는 하얀 거품을 뿜어내며 숨을 거두었다.

《폭식 스킬이 발동됩니다.》

《스테이터스에 체력+880, 근력+890, 마력+350, 정신+400, 민첩+780이 가산됩니다.》

나는 무기질적인 목소리를 들으면서 제1위계 오의라는 것을 쓸 각오를 다졌다.

"알았어. 해줘, 그리드!"

『말 잘했다! 페이트! 네 10퍼센트를 가져가마!』

흑궁을 들고 있던 왼손에서 힘이 빨려 들어가는 것이 확실하게 느껴졌다.

그 느낌과 동시에 흑궁의 형태에 극적인 변화가 나타났다.

보다 크게, 보다 무시무시하게 변하기 시작했다.

내 힘을 빨아들여 일시적으로 확장된 흑궁은 쥐고 있던 나조차 정체를 알 수 없는 위압감이 들었다.

이것은 이미 무기가 아니다, 병기다. 그런 생각이 들 정도로 압도적인 존재감.

『왜 얼빠진 표정을 짓고 있는 거야? 얼른 끝내자고. 관은 기다려주지 않는다고.』

"그래, 해치워주겠어."

『사용하는 요령은 항상 그랬듯이, 그냥 당기고, 그냥 날려라! 그 뒤로는 전부 자동으로 보정된다.』

척 보기에도 강력할 것 같은 병기다. 보정이 없다면 도저히 다룰 수 있을 것 같지 않다.

그리드가 지적한 대로 관 코볼트가 움직였다. 흑궁이 크게 변한 것을 보자마자 공격하게 두지 않겠다며 두꺼운 두 팔을 앞으로 내밀어 막으면서 달려들었다.

팔을 잃어도 저 날카로운 이빨로 내 목덜미를 물고 늘어질 셈인지도 모른다. 아니면 발차기로 촌경을 날리거나. 어찌 됐든 몸을 사리지 않는 공격인 건 분명하다.

그렇다면 관 코볼트가 병기로 변한 흑궁을 견뎌낼 수 있을지, 시험해주지.

『날려라! 페이트!』

그리드의 목소리에 맞춰서 검은 화살──《블러디 터미건》을 날렸다.

내가 뒤로 크게 밀려날 정도 엄청난 반동이었다.

번개가 치는 것 같은 소리와 함께 날아간 마력 화살이 검은 탁류로 변해 관 코볼트를 집어삼켰다. 그리고 뒤쪽에서 허둥대던 코볼트 주니어들까지 휩쓸기 시작했다.

그야말로 계곡에 까맣고 거대한 강이 나타난 것처럼 보였다.

남은 것은 깊게 파인 대지의 상처뿐. 코볼트의 코도 보이지 않았다. 털 한오라기조차 남지 않고 소실된 모양이었다.

《폭식 스킬이 발동됩니다.》

《스테이터스에 체력+218480, 근력+218690, 마력+132350,

정신+143400, 민첩+141380이 가산됩니다.》

《스킬에 격투가 추가됩니다.》

무기질적인 목소리를 통해서도 코볼트들이 관과 함께 전멸했다는 것을 알 수 있었다.

병기로 변했던 흑궁은 힘을 다 사용한 뒤 천천히 원래 형태로 돌아가기 시작했다. 그리고 자주 사용하던 원래 흑궁이 되었다.

끝났다……, 그렇게 안심했을 때 방금 얻은 혼에 의해 엄청난 고양감이 밀어닥쳤다.

끄아아아아아아아아아아……, 어째서…….

목을 쥐어뜯고 싶어질 정도로, 땅바닥을 뒹굴고 싶어질 정도로 배가 부르다는 환희. 아니, 광희라고 할 만한 것이 몸속에서 솟구쳤다.

폭식 스킬이 관을 지닌 마물의 혼을 먹음으로써 나를 괴롭게 만들 정도로 기뻐하며 미쳐 날뛰고 있었다.

몽롱해지는 의식 속에서 그리드의 마음의 소리가 울렸다.

『페이트! 억눌러라! 그러지 않으면 기아 상태와 비슷해진다. 아니, 더 심한 상태가 된다. 견뎌라, 집어삼켜!』

"그렇게 말해봤자, 이건……."

나는 근처에 있던 바위에 머리를 몇 번 박아 의식을 겨우 유지하여 폭식의 큰 파도가 잦아들기까지 계속 기다렸다.

『진정된 모양이군.』

"그래, 진짜 너무하네. 관을 먹으면 항상 그런 느낌이 드나?"

나는 진저리를 치면서 입에서 흘러내린 침을 소매로 닦고 이마에 난 상처를 확인했다.

자동 회복 스킬로 인해 깔끔하게 나았다.

가지고 있으면 안심이 되는 스킬이다.

『뭐, 처음으로 질이 좋은 혼을 먹은 반동이겠지. 이제 익숙해졌을 테니 다음부터는 폭식 스킬도 그렇게까지 기뻐서 날뛰며 폭주하진 않을 거다. 솔직히 천룡 클래스를 먹으면 어떻게 될지 모르겠지만.』

"살아 있는 천재지변 같은 걸 어떻게 먹어!"

『하하하, 그럴지도 모르지.』

그 자리에 주저앉아 밤하늘을 바라보았다. 구름에 가려져 있던 달이 고개를 내밀어 주위를 비추기 시작하고 있었다.

코볼트들의 진격은 완전히 막아냈다. 하지만 달빛으로 인해 모습을 드러낸 계곡을 보고 나는 깜짝 놀랐다.

"너무 심하게 했네! 그렇게 아름답던 계곡이……."

『그 정도는 신경 쓰지 마라. 이기려면 압도적인 승리를 거두어야지. 그게 제일이다. 안 그래? 페이트.』

"이거 어떻게 할 거냐고……. 아침이 되면 분명 큰 소동이 벌어질 텐데."

『문제없다. 지형조차 천 년이 지나면 바뀌어버리는 법이다. 계곡 가장자리를 민둥산으로 만든 것 정도로 유난을 떨기는. 백 년 정도 지나면 다시 돌아올 거다.』

그리드는 무기물이라 그런지 몰라도, 나와 다른 시간의 흐름 속에서 사는 모양인가 보다. 백 년 정도라니…….

진짜 이 참상을 어떻게 할 거냐고.

나무는 뿌리째 뽑혀서 쓰러졌고, 풍요로운 자연을 과시하던 계곡은 무참하게 변해버렸다.

록시 님이 다스리는 영지의 위기는 해결했다. 하지만 이걸 대체…… 어떻게 해결할지. 나는 좋은 생각이 전혀 떠오르지 않았다.

제20화 약속이라는 서약

나는 아침이 되기 전에 겨우 하트 가문의 저택으로 돌아왔다.

관 코볼트와 전투를 벌이고 그 뒤에 일어난 폭식 스킬의 환희로 인해 축 늘어질 정도로 지쳤다.

흑검 그리드를 방에 있던 책상에 세워두고 침대에 쓰러지자 순식간에 의식이 멀어졌다.

……창문으로 스며드는 눈부신 햇살에 눈을 떴다.

응? 해가 뜬 높이를 보니 벌써 시간이 낮인 것 같은데.

혹시 계속 자버린 건가? 나는 급하게 옷차림을 바로잡고는 방에서 뛰쳐나왔다.

그러자 지나가던 마야 씨가 웃으면서 내게 말했다.

"잠꾸러기가 이제야 일어났네. 그러다가 록시 님이 해고해버릴지도 몰라."

"네에에에? 그것만은……. 록시 님은 어디 계신가요? 이런 실수를 했으니 사죄를 해야 하는데……."

안절부절못하는 나를 보고 마야 씨는 신이 난 것 같다. 뭐야, 내가 해고당할지도 모르는데 웃을 필요는 없잖아! 그렇게 생각하고 있자니.

"웃어서 미안해. 버림받은 강아지 같은 표정을 하길래. 우스워서, 후후. 어머나, 또 웃었네. 미안해. 그래도 안심해. 방금 한 말은 거짓말이야."

"그게 무슨 소리예요?"

"푹 잠든 널 그냥 내버려 두라고 지시하신 분이 록시 님이니까."

깜짝 놀란 내게 마야 씨가 계속 말했다.

아침이 되어도 내가 일어나지 않자 걱정이 된 록시 님이 직접 확인하러 왔다고 한다. 방문을 노크해도 대답이 없어서 무슨 일이 생겼는지 불안해진 그녀가 문을 열어보니 내가 입을 크게 벌린 채 푹 자고 있었다고 한다.

그런 나를 보고 록시 님은 어제 포도 수확을 하느라 피곤했던 모양이라고 생각했는지 메이드들에게 마음대로 자게 하라고 말했다고 한다.

사실 관 코볼트와 전투를 벌였기 때문에 지친 거지만, 그런 말을 할 수는 없었기에 조용히 있었다.

"그랬군요."

"록시 님의 허가를 받았으니까 뭐하면 다시 자도 돼."

"아뇨, 아뇨. 괜찮아요. 푹 잤으니까요."

다시 자다니, 대담한 것도 정도가 있다. 우선 록시 님에게 사죄를 해야지.

"그런데 록시 님은 어디 계신가요?"

"어제 말했잖아. 실력에 자신이 있는 남자들을 데리고 코볼트를 사냥하러 가셨어."

가버렸구나. 자연이 그렇게 엉망진창으로 파괴된 계곡으로.

지금쯤 그 경치를 본 록시 님은 깜짝 놀랐겠지. 그리고 어떤 결론을 내릴지 신경 쓰인다. 뭐, 내가 했다는 증거는 없겠지. 태연한 척하자.

"언제쯤 돌아오실 것 같나요?"

"그래. 평소와 같으면 내일 아침 정도려나? 코볼트는 야행성이 잖아? 그래서 낮에 함정을 쳐두고 아침이 될 때까지 계속 사냥을 하는 모양이야."

"내일이라고요……."

나는 그렇게 말하면서도 오늘 안으로 돌아올 것이라 확신하고 있었다.

계곡의 참상을 보면 누군가가 그곳에서 코볼트들과 싸웠다는 것 정도는 알 수 있을 것이다.

그리고 만약 코볼트가 계곡 너머에 아직 남아 있다 해도 그렇게 치열하게 싸웠으니 다시 하트 가문의 영지로 올 것 같지는 않았다. 매년 코볼트들을 쫓아내고 있는 록시 님이라면 경험을 통해 알 수 있을 것이다.

뭐, 돌아오면 소동이 벌어지긴 하겠지. 미리 마음의 준비를 해둬야겠다.

그런 생각을 하고 있자니.

"너는 정말 록시 님을 좋아하는구나."

"네에?!"

갑자기 그런 말을 하니까 이상한 소리가 나와버렸잖아. 나는 하인으로서 주인님을 생각하고 있을 뿐인데……, 그렇지.

"갑자기 무슨 말씀을 하시는 거예요!"

"너무 초조해하는 것 같은데. 후후후…… 뭐, 됐어."

마야 씨는 내 반응이 정말 재미있었는지 손으로 입을 막고 웃음을 참으면서 다시 일하러 가려 했다.

"잠깐만요. 제가 뭐 할 수 있는 거 없을까요?"

잠꾸러기라는 불명예스러운 칭호를 없앨 기회를 얻고 싶다. 이 저택에서는 손님처럼 대우받고 있긴 하지만 나는 록시 님의 하인이다.

아무 일도 하지 않고 급료를 받을 수는 없다.

그러자 내 의욕이 전해졌는지 마야 씨가 고개를 갸웃거리다가.

"그래, 그럼 아이샤 님을 상대해줄래? 심심하신 것 같으니까."

"알겠습니다! 열심히 할게요!"

나는 아이샤 님이 있는 곳을 듣고 마야 씨에게 인사를 하자마자 뛰어가기 시작했다.

"이놈! 복도에서 뛰지 마! 다른 사람하고 부딪히면 위험하잖니!"

"죄송합니다!"

하인으로서 해선 안 되는 행동을 해버렸다.

나를 혼낸 마야 씨에게 고개를 숙이고 저벅저벅 걸어가기 시작했다.

아이샤 님이 있는 곳은 그녀의 방. 객실인 내 방과는 달리 척 보기에도 훨씬 좋아 보이는 문을 노크했다.

잠시 후 안에서 대답이 들렸다.

"실례합니다."

"어머, 페이트. 마침 잘됐네. 창문으로 경치를 보기만 해서 따분했었는데."

소녀처럼 순진무구한 미소를 지으며 아이샤 님이 나를 맞이해주었다.

오늘 그녀는 몸 상태가 좋지 않은지 침대 위에서 윗몸만 일으킨 채 쉬고 있었다.

"자, 이쪽에 앉으렴."

그녀의 말에 따라 나는 침대 옆에 있는 의자에 앉았다.

아이샤 님은 그런 나를 보고 방긋 웃고는 다시 바깥 경치를 바라보았다.

나도 덩달아 잠시 저택의 정원을 보고 있었다. 이곳의 저택 정원은 견습 정원사인 내가 보기에도 구석구석까지 잘 손질되어 있다는 것을 알 수 있었다. 이곳의 정원사도 하트 가문을 정말 좋아하는 것 같다.

"멋진 정원이네요."

"그렇지? 이 창문에서 보이는 곳은 특히 더 멋져. 내가 그렇게 할 필요까지는 없다고 해도 정원사 영감님이 열심히 손질하는 것 같아."

그러구나…… 아이샤 님은 큰 병을 앓고 있기 때문에 바깥으로 나가는 경우가 별로 없다. 그래서 침실에 틀어박혀 있는 그녀를 배려한 것이다.

"곤란하다니까……."

아이샤 님은 그렇게 말하면서도 기쁜 것 같았다. 잠시 잡담을 나누며 웃음이 끊이지 않는 시간이 흘러갔다. 식사를 하지 않았던 내 배에서 꼬르륵거리는 소리가 나자 메이드를 불러서 가벼운 식사를 내주기도 했다.

그녀는 왠지 어머니처럼 자상한 느낌이 들었다. 뭐, 내 어머니는 나를 낳고 곧바로 돌아가셨기에 그런 느낌을 모르는 내가 이런 말을 하는 것도 이상하지만.

분명 이렇게 대가를 바라지 않고 자상하게 대해주는 느낌 때문일 것이다.

그런 아이샤 님은 들고 있던 찻잔을 받침대에 내려놓고 갑자기 진지한 표정으로 나를 보았다.

"나는 아마…… 오래 살지 못할 거야."

"그렇지 않아요. 지금도 이렇게……."

건강하다는 말은 할 수 없었다. 그녀는 지금도 침대 위에 있다.

아이샤 님이 그 말을 계속 이어나갔다.

"그래, 지금은 아직 건강해. 하지만 조만간 반드시 쓰러질 거야. 역시 내 몸은 내가 제일 잘 알거든."

"……어째서, 제게 그런 말씀을."

"너라면 록시를 지탱해줄 수 있을 거라 생각하니까. 부탁할 수 있을까?"

당황하는 내게 아이샤 님이 말했다.

남편이 가리아에서 전사하자 록시 님은 꽤 큰 충격을 받았다고 했다. 하지만 그 대신 내가 하트 가문에 들어온 것이 록시 님의 마음을 지탱해준 모양이다.

그녀는 아이샤 님과 단둘이 있을 때 그렇게 말했다고 한다. '페이트가 한심한 주인이라고 생각하지 않게끔, 멈춰 서 있을 수는 없어요'라고.

"그때 록시의 눈은 참 멋졌어. 남편이 젊었을 때 같았거든."

"하지만 저 같은 사람이……."

지위나 입장이 너무나도 차이가 난다.

그리고 지금 내게는 나름대로 힘이 있긴 하지만 드러낼 수가 없다. 만약 음지에서 그것을 발휘한다 해도 지탱해준다고 할 수 있을까……, 왠지 아닐 것 같다.

당황해하는 내 손을 아이샤 님이 잡았다.

《독심》 스킬이 발동되어서 마음의 소리가 들렸다.

(괜찮아……, 그렇게 어려운 건 아니야.)

살며시 손을 놓자 마음의 소리가 끊어졌다. 그 뒤에 이어지는 말은 아이샤 님이 직접 하셨다.

"지위나 입장 같은 건 필요 없어. 성기사처럼 강한 힘도 아니고. 중요한 건 여기."

그녀의 손가락 끝은 내 가슴을 가리키고 있었다.

"중요한 것은 그렇게 하고 싶다는 마음."

"마음……, 기분."

"그래. 왜냐하면, 나는…… 원래 평민 출신이었고 유용한 스킬 같은 것이 없었지만 성기사인 남편을 지탱할 수 있었어. 나도 할 수 있었으니 페이트도 분명 할 수 있을 거야. 나는 그렇게 믿어."

"아이샤 님……."

허약한 아이샤 님이 나보다 강한 마음을 가지고 있다는 것은 의심할 여지가 없다.

그녀가 한 말은 폭식 스킬에 눈을 떠 그저 힘만 추구해온 내게 매우 무겁게 느껴졌다.

그래서 나도 아이샤 님처럼 되고 싶다는 생각이 들었다.

제21화 갈림길

아이샤 님에게 들은 말을 혼자 곱씹어보고 있자니 시간이 눈 깜짝할 새에 흘러갔다.

정신을 차리고 보니 저녁이었다. 아이샤 님은 휴식을 취하기 위해 잠들어버렸기에 나는 또 할 일이 없어졌다.

그래서 방으로 돌아와 꿍꿍대고 있자니 갑자기 저택 안이 소란스러워졌다.

무슨 일인가 싶어서 방 밖으로 나와보니 록시 님이 예정보다 일찍 돌아왔기 때문이었다.

내일 아침에 돌아올 거라 생각하고 움직이던 메이드들은 매우 바빴다. 갑작스러운 귀환으로 인해 식사부터 목욕 준비까지 할 일이 많이 생겨버렸다.

나는 그런 모습을 곁눈질로 보며 록시 님에게 서둘러 갔다.

그녀가 코볼트 사냥을 할 예정이었던 계곡을 보고 무슨 생각을 했는지 빨리 알고 싶었다.

있다! 현관에서 하얀 경갑을 벗고 있었다.

"록시 님! 어서 오십시오."

"페이트. 다녀왔어요."

역시 그녀는 탐탁지 않은 표정을 짓고 있었다. 그 계곡의 참상을 보았으니 그럴 것이다.

뭐, 돌아온 걸 보니 코볼트들이 이제 오지 않을 거라 판단한 모양이다.

나는 마음속으로 긴장하면서 록시 님에게 물었다.

"무슨 일이 있으셨나요? 일찍 돌아오셨는데."

"그게 말이죠……."

경갑을 다 벗은 록시 님은 의아하다는 듯이 계곡에서 본 것을 말해주었다.

오늘 아침, 실력에 자신이 있는 남자들을 데리고 계곡으로 향했다. 그리고 도착한 그녀들의 눈앞에 펼쳐져 있었던 것은 강력한 공격으로 인해 엉망이 된 계곡이었다. 아름다웠던 자연은 사라졌고, 나무들은 쓰러졌고, 지면은 파헤쳐져 있었다.

매년 보던 계곡이라고는 생각할 수 없을 정도로 변했다고 한다. 그렇지…… 그렇게 만든 내가 보기에도 '너무 심했다'라고 생각할 정도였으니 록시 님 일행은 정말 많이 놀랐을 것이다.

록시 님은 곧바로 데리고 갔던 남자들에게 주변을 조사하라는 지시를 내렸다.

전부 다 날아가 버린 것 같은 계곡에는 무슨 일이 일어났는지 알 수 있는 단서가 남아 있지 않았다.

하지만 그곳에서 조금 떨어진 커다란 바위에서 코볼트 주니어 열 마리와 코볼트 어설트 두 마리의 시체를 발견했다.

찾아낸 남자의 안내를 받으며 현장으로 가보니 검과 화살에 죽은 것으로 보이는 코볼트들이 땅바닥에 쓰러져 있었다. 전부 다 일방적으로 당한 시체였다.

특히 코볼트 어설트는 꽤 강한 마물이라 성기사가 상대하지 않으면 쓰러뜨릴 수가 없을 정도인데도 불구하고.

그런데 매우 쉽사리 두 동강 낸 시체가 하나. 다른 한 마리는 겁을 먹고 도망치려다가 뒤에서 날아든 화살에 머리를 맞았다. 신경 쓰이는 점은 화살을 맞은 상처만 남아 있고 화살 자체가 어디에도 없었다는 점이다. 그리고 화살을 뽑아낸 흔적도 없었다.

이런 상처를 입힐 수 있는 무기로 짐작하는 게 마궁이라고 한다. 마궁은 마력을 화살로 변환시켜서 날리는 강력한 무기다. 평범한 무인이 가질 수 있는 물건이 아니다.

마궁이 그렇게 대단한 무기였구나⋯⋯, 그렇게 생각하며 록시 님의 이야기를 듣고 있자니.

"그래서 저는 어떤 결론을 내렸어요."

"네? 그게 어떤 결론인지⋯⋯."

겨우 이 정도의 물적 증거만으로 록시 님이 무슨 결론을 이끌어냈을까. 설마 나라는 걸 알아내지는 못했겠지.

"저는 어제 보았던 그 가리아인 소녀가 한 게 아닐까 하는 생각이 들어요."

어이쿠, 뜻밖의 인물이 범인으로 지목되었는데. 하지만 그건 좀⋯⋯ 억지스럽지 않나?

납득이 되지 않는다는 표정을 짓고 있었던 모양인지, 그런 나를 본 록시 님이 볼을 부풀렸다.

"확실한 증거가 없다는 건 저도 알아요! 하지만 그 자리에서 영지의 주민들을 납득시키기 위해서 그렇게 말할 수밖에 없었다고요⋯⋯."

계곡을 파괴하고 코볼트들을 유린한 존재다. 영지의 주민들이 불안해하지 않게끔 하트 가문의 영주로서 안심시켜줄 무언가가 필요했다.

하지만 그 사태를 누가 일으켰는지 현장의 정보를 통해서는 전혀 알 수가 없었다. 그래서 고육지책으로 생각해낸 것이 어제 보았던 가리아인 소녀였다.

가리아인은 예전에 강한 군사력으로 가리아 대륙을 지배하고 있었다. 문헌에 따르면 그들의 전투력은 성기사보다 훨씬 뛰어나다고 한다. 만약 그 가리아인 소녀가 지금도 그런 힘을 지니고 있다면 계곡에서 벌어진 참상은 설명할 수 있다는 결론이다.

추측에 추측을 거듭한 결론이긴 하지만 주민들의 불안한 마음을 없애기 위해 록시 님은 이 결론을 밀어붙였다.

그녀의 얼굴을 보니 가장 납득하지 못한 사람은 그녀 본인이라는 것을 알 수 있었다.

"그랬군요…… 죄송합니다."

"왜 페이트가 사과하는 건데요?"

"네? 아, 왠지. 하하하하하하하……."

이런, 이런. 록시 님의 얼굴을 보고 있자니 하마터면 자백할 뻔했다.

그건 그렇고 가리아인이 그렇게 강했구나. 그 갈색 피부 소녀가 내게 코볼트를 양보한다고 했었지. 혹시 나와 만나지 않았다면 그녀가 코볼트들을 쓰러뜨렸을지도 모르겠다.

그렇다면 이대로 가리아인 소녀가 계곡을 파괴하고 코볼트들을 쓰러뜨린 걸로 해두자. 빚 하나라는 말도 했으니 나중에 만나게 되면 갚기로 하고.

이름도 모르는 가리아인 소녀여, 고마워!!

전부 다 원만하게 해결된 것은 아니지만 하트 가문의 영지에 있는 사람들이 평소처럼 생활할 수 있게 되었으니 넘어가자.

그런 생각을 하고 있자니 록시 님이 조금 곤란한 듯한 표정으로 말했다.

"그 가리아인 소녀 말인데요, 오늘 아침 일찍 영지에서 나가는 모습을 본 사람이 몇 명 있어요. 그래서 그녀에게 왜 여기로 왔고 무슨 행동을 했는지 물어볼 수는 없죠. 그러니까 이번 사건에 그녀를 이용해버려서 미안하게 되었네요."

"록시 님……."

내가 제일 잘못했다. 하지만 폭식 스킬의 힘을 사용해서 싸웠다는 말은 할 수 없다. 상대방을 죽이고 그 힘을 빼앗을 수 있다는 걸 알리고 싶지 않았다.

그렇게 찜찜해하고 있던 차에 아이샤 님이 했던 말이 마음에 걸렸다. 그녀와 똑바로 마주볼 수 없는 나는 분명……, 그렇게 하고 싶다는 마음이 있어도…….

"페이트, 왜 그러세요? 무서운 표정을 짓고 있는데."

"네? 그런가요?"

"가끔 그런 표정을 짓잖아요. 고민이 있으면 언제든지 말해주세요."

"……감사합니다, 록시 님."

나는 그냥 빈말로 대답할 수밖에 없었다.

*

그로부터 이틀 동안, 록시 님은 혹시나 하는 마음에 계곡의 상황을 살펴보았고 코볼트들이 이제 오지 않을 거라고 판단했다. 그리고 이렇게 말하기도 했다.

그 정도로 강한 공격을 당한 코볼트들이 이미 전멸했을지도 모른다. 그리고 살아남은 코볼트들이 있다 해도 이제 다시 하트 가문의 영지로 오지는 않을 것이다.

그리고 영지에서 할 일을 마친 록시 님은 나를 데리고 왕도로 돌아가게 되었다.

마차를 타는 록시 님과 나를 아이샤 님이 현관까지 나와서 배웅해주었다. 다른 메이드들과 함께.

"그럼 다녀오겠습니다, 어머님."

"다녀오렴. 직무를 보다가 시간이 나면 언제든지 돌아오고."

"네. 어머님께서도 건강하시길."

"그래. 좀 더 힘을 내야지."

아이샤 님은 그렇게 말하며 나를 보았다. 아마도 아직 기대하고 있는 것 같다.

그녀는 방긋 웃은 다음.

"페이트도 그때는 함께 오고. 또 이야기를 나누자. 그때는 대답을 들려줘."

"……네."

그때, 소리 내어 대답하지 못하고 보류하게 되어버렸다.

마음속으로 품은 생각과 내가 처해 있는 현실이 지금도 멀어지고 있다.

마음만을 그곳에 둔 채 우리를 태운 마차가 왕도를 향해 움직이기 시작했다.

제22화 푸르른 하늘

왕도로 돌아가는 길. 나는 록시 님과 마주 보며 폭식 스킬이 혼을 원하는 것을 필사적으로 억누르고 있었다.

자칫하다가는 의식이 먹혀버리지 않을까, 그렇게 식은땀을 흘렸다. 그리드가 예상했던 것이 완전히 빗나가지는 않았던 것이다.

저녁놀과 함께 왕도로 도착했다.

록시 님은 성에서 온 사자에게 부름을 받고 곧바로 나가버렸다. 5대 명가의 성기사쯤 되니 쉴 틈도 없는 것 같다.

나는 정원사 스승님들과 함께 하트 가문의 영지에 있는 저택 정원에 대해 이것저것 이야기를 하게 되었다. 왕도 쪽과 영지 쪽은 라이벌 관계인 모양이었다.

나는 이곳에 뒤처지지 않을 정도로 손질이 잘 되어 있다는 것과 특히 아이샤 님의 방에서 보이는 정원이 멋지다는 이야기를 했다.

그러자 정원사 스승님들은 '그 녀석들도 기특한 짓을 하는군'이라고 하면서 라이벌들을 칭찬했다.

그리고 오늘은 이미 해가 졌기에 내일부터 견습 정원사 일을 다시 시작하게 되었다. 곧바로 정원사 스승님들과 함께 저녁 식사를 한 뒤 목욕을 하러 갔다.

탕에 몸을 담그고 있자니 스승님들 중 한 분이.

"슬슬 정원수를 다듬는 방법을 가르쳐도 되겠군. 어때, 해볼 테냐?"

"그래도 되나요!"

"그래, 페이트는 성실하고 일을 열심히 하니까. 우리도 가르치는 보람이 있어. 다른 사람들도 그렇게 생각할 거다."

"감사합니다."

내가 하트 가문의 영지에 가 있던 동안 스승님들이 내 생각을 여러모로 해준 모양이었다.

스승님들도 나이가 많이 들어서 본격적으로 후계자를 가르치고 싶다고 한다. 그게 나라는 뜻이다. 정말 영광스럽다…….

기뻐져서 스승님의 등을 벅벅 씻고 있자니 힘을 너무 준 모양이라 혼나버렸다.

"아야야, 노인을 대할 때는 조심해야지!"

"죄송합니다."

스테이터스가 꽤 많이 올라가서 조심해야겠다고 생각했는데, 스승님에게 칭찬을 받는 바람에 나도 모르게 힘을 발휘해버린 모양이다.

앞으로는 이런 것도 신경 써야만 한다. 스테이터스는 내 의지로 몸에 얼마나 반영시킬지 조정할 수 있다. 만약 그러지 않으면 스테이터스가 매우 높은 성기사 같은 사람들은 실수로 사람을 죽일 수도 있다.

내 스테이터스는 관 코볼트를 쓰러뜨림으로써 신참 성기사보다 더 높아졌다. 그래서 스테이터스를 컨트롤하는 훈련을 생각해볼 시기가 된 것 같다. 뭐, 아무리 강해져봤자 그리드를 강화하는데 스테이터스를 써버리면 다시 처음으로 돌아오게 되지만.

어찌 됐든 폭식 스킬이 있는 이상 전투로 인한 급격한 스테이터스 상승은 피할 수가 없다.

오늘은 정원사 스승님들의 등을 씻으면서 스테이터스 컨트롤 수업을 해야겠다.

"아야야, 또냐!"

"아, 죄송합니다."

"나는 연약한 노인이라고. 신경을 좀 더 써야지."

긴장을 풀면 컨트롤이 허술해진다. 무의식적으로 할 수 있게 될 때까지 시간이 좀 걸릴 것 같다.

＊

늦은 밤이 되자 나는 평소처럼 해골 마스크를 쓰고 고블린들이 돌아다니는 곳으로 왔다.

오늘은 홉고블린의 숲에서 사냥할 것이다.

영지에서 이틀 동안 단식했기에 폭식 스킬이 꽤나 배고파했다.

발을 내디딘 어두운 숲속에서도 《암시》 스킬을 통해 홉고블린들이 어디 있는지 훤히 보였다.

나무 아래에서 자고 있는 녀석들을 자비심 없이 사냥해나갔다.

《폭식 스킬이 발동됩니다.》

《스테이터스에 체력+440, 근력+220, 마력+110, 정신+110, 민첩+110이 가산됩니다.》

무기질적인 목소리가 머릿속에서 여러 번 들렸다. 하지만 굶주림은 별로 가시지 않았다.

지금 상태를 유지하는 것이 한계다.

저번까지는 고블린을 사냥하면 배가 불렀는데…….

그 의문에 대한 답은 왠지 알 것 같았다. 그런 내게 그리드가
《독심》스킬을 통해 말했다.

『폭식 스킬이 관 코볼트의 맛을 알아버렸으니까. 이제 최하위
마물로는 만족할 수 없다는 뜻이다.』

"그래도 사냥하고 있으면 더 배가 고파지지는 않으니까……."

『페이트, 네가 제일 잘 알 텐데. 조만간 이런 사냥으로도 부족
해질 거라는 사실을.』

폭식 스킬에게 좋은 것(관 마물)을 먹이지 말 걸 그랬다. 이렇게
될 줄 알았다면 고블린 풀 코스만 먹였을 텐데.

하지만 관 코볼트는 불가피한 사정이 있었다. 내버려 두었다면
하트 가문의 영지가 유린당했을 테니까.

그때는 쓰러뜨릴 수 있어서 다행이라며 기뻐했지만 이렇게 나
중에 골치 아픈 선물을 받게 될 줄이야…….

"큭…… 오른쪽 눈이 뜨거워."

열 마리째 홉고블린을 잡았을 때, 오른쪽 눈에서 위화감이 들
었다. 흑검 그리드에 내 얼굴을 슬쩍 비춰보았다. 해골 마스크 너
머로 보인 것은.

"그리드, 네가 한 말이 맞았네. ……부족해졌어."

『그렇지? 눈에는 잘 드러나니까.』

까만 검신에 단 하나, 새빨간 눈동자가 나를 바라보고 있었다.

왼쪽 눈은 검은색. 오른쪽 눈은 소름이 돋을 정도로 붉은색. 이
상태는 말하자면.

『반 기아 상태로군. 조만간 올 거다.』

나도 그렇게 느꼈다. 이제 곧 왕도 주변에 있는 마물── 고블린으로는 폭식 스킬의 굶주림을 유지하는 것조차 불가능해진다. 몸속에서 꿈틀대는 폭식 스킬은 기다려주지 않는다.

『오늘은 이쯤 해둬라. 네게 남아 있는 시간은 얼마 없다. 올 때가 온 거다.』

"뭐가."

나도 알고 있었지만 욱하는 마음에 그리드에게 되물었다.

『앞으로 어떻게 행동할지.』

"…………."

나는 아무런 대답도 하지 않고 왕도로 돌아왔다. 중간에 무인 몇 명과 마주쳤지만 신경도 쓰지 않았다. 당황하며 도망치던 그들은 내 모습을 보고 저마다 이렇게 소리쳤다.

"리치가 돌아왔다! 무쿠로가 다시 돌아왔다! 다들 도망쳐!"

아무도 남지 않은 고블린 초원에서 해골 마스크를 벗고 품속에 넣었다.

"조용해졌네."

『그리고 쓸쓸하기도 하지?』

"시끄러워."

나는 초원에 불어오는 바람을 맞으며 왕도로 돌아왔다.

다음 날, 붉은 눈을 가리기 위해 오른쪽 눈에 안대를 찼다. 그리고 주위 하인들에게는 잠이 덜 깨는 바람에 눈을 다쳤다고 둘러댔다.

정원사 스승님에게 "마음이 풀어졌구나. 정원수 손질은 할 수 있을 것 같냐?"라고 혼내는 건지 걱정하는 건지 알 수가 없는 말을 들어버렸다. 하지만 분명 나를 걱정해주고 있을 것이다.

"한쪽 눈으로도 할 수 있어요"라고 대답하자 스승님들은 "그럼 무리하지 말고 해볼까"라고 말해줬다. 어제 약속했던 대로 나는 정원수 손질을 하게 되었다.

우선 스승님과 계속 함께 다니며 배워서 나무 한 그루를 겨우 마무리했다.

"어떤가요?"

"그럭저럭. 그럼 이번에는 혼자서 건너편에 있는 나무도 같은 요령으로 해봐라. 나는 다른 일을 해야 하니까."

"혼자서, 말인가요……?"

"뭐, 모르는 게 있으면 나한테 물어봐라."

"네."

이 스승님은 말보다는 실천을 중시하는 사람이다. 이제 해볼 수밖에 없다.

손질용 가위를 한 손으로 들고 스승님이 말한 나무 쪽으로 가다 보니 하얀 경갑을 입은 록시 님이 어디론가 걸어가는 것이 보였다.

보아하니 성에서 돌아온 모양이었다. 보통은 바로 저택으로 들어갈 텐데. 그런데 어디로 가려는 건지 신경 쓰였다.

나는 따라가서 말을 걸려고 했지만……, 그러지 못했다.

록시 님은 아버지의 무덤 앞에 무릎을 꿇고 지금까지 본 적이 없을 정도로 굳은 표정을 짓고 있었기 때문이다. 마치 당장 싸움에 나서려 하는 사람의 표정처럼 보였다.

그리고 그녀는 무덤에 대고 뭔가 이야기를 한 뒤 일어서서 저택 쪽으로 돌아섰다.

나는 그때 록시 님을 보느라 넋이 나가 있었기에 숨지도 못하고 들켜버렸다.

"페이, 여긴 왜……. 어머, 오른쪽 눈을 다쳤어요?"

나는 태연한 척하면서 손질용 가위를 록시 님에게 보여주었다.

"오른쪽 눈은 잠에서 덜 깨서 다쳐버렸어요. 그리고 오늘부터 정원수도 손질할 수 있게 되었거든요. 이 나무를 손질하려고요."

나는 그렇게 말하고 옆에 있던 나무에 손을 얹었다. 사실 스승님은 다른 정원수를 손질하라고 했다.

"저기…… 록시 님. 무슨 일 있으신가요? 평소하고는 다르신 것 같은데."

혹시 성에서 무슨 일이 있었던 건가? 나는 조심조심 물어보았다.

하지만 좀 전에 아버지의 묘 앞에서 보여주었던 표정은 사라졌고, 평소 때 록시 님으로 돌아와 버렸다.

"아무것도 아니에요. 그건 그렇고, 손질을 안 하면 혼날걸요?"

록시 님이 손가락으로 가리킨 곳에는 정원사 스승님이 팔짱을 낀 채 나를 노려보고 있었다. 척 보기에도 그건 내가 말한 나무가 아니다, 저쪽 나무라고 하는 것 같다.

당황한 내게서 도망치듯이 록시 님이 저택으로 걸어갔다. 왠지 그녀의 뒷모습을 보고 있자니 기분 나쁜 예감밖에 안 든다.

그런 예감과는 정반대로 올려다본 하늘은 구름 한 점 없이 맑았다.

하인으로서 할 일을 마치고 마물 사냥을 할 밤까지 한가해진 나는 단골 술집을 찾아갔다. 그때, 가장 원하던 정보의 단서를 들어 버렸다.

주문한 요리를 내가 앉은 카운터에 내려놓으며 가게 주인이 말했다.

다시 나타난 리치(무쿠로)를 쓰러뜨리기 위해 브레릭 가문의 차남 하드가 드디어 오늘 밤에 홉고블린의 숲으로 간다고.

마침 록시 님과 같은 직업인 성기사님이 내 사냥터에 온다는 건가.

하드라면 록시 님이 겪는 사정에 대해 알고 있을 것이다. 혹시 브레릭 가문이 무슨 짓을 했는지도 모른다. 캐내야겠다. 그리고 나도 하드에게는 큰 빚이 있다.

나는 마시던 와인을 단숨에 해치운 뒤 자리에서 일어섰다.

제23화 해야 할 일

그날 늦은 밤, 나는 홉고블린의 숲에서 브레릭 가문의 차남 하드가 오기를 조용히 기다렸다.

내가 지금 있는 곳은 고블린 킹이 소굴로 삼았던 꽃밭. 왠지 모르겠지만 여기만 나무가 없어서 숲을 동그랗게 도려낸 것 같은 형태다.

가운데에는 고블린 킹과 전투를 벌일 때 쓰러졌던 큰 나무의 잔해가 남아 있었다.

나는 그곳에 앉아 모든 신경을 집중했다.

하드는 반드시 여기로 온다.

그렇게 유도하기 위해 일부러 고블린의 시체를 표지판처럼 남겨 두었다. 이렇게까지 했는데 여기로 오지 못한다면 하드는 어떻게 해볼 여지가 없는 무능한 자다.

이제 소문으로 퍼진 무쿠로의 특징을 하드가 그대로 받아들일지에 달렸다.

무쿠로가 습격하는 것은 고블린뿐이고 지금까지는 인간을 습격하지 않았다. 이 정보를 하드가 믿는다면 분명 어기로 이어져 있는 고블린의 시체를 보더라도 자신을 끌어들이기 위한 함정이라고 생각하지는 않을 것이다.

귀를 기울이자 바람에 나뭇잎이 흔들리는 소리만 들려왔다.

아직 안 오는 건가? 단골 술집 주인이 알려준 정보가 잘못된 건가?

그렇게 생각하고 있자니 지금까지 들리던 소리와는 다른 소리가 들렸다. 땅바닥에 떨어진 나뭇가지를 밟는 소리였다.

그것도 여러 개.

점점 내가 있는 곳으로 다가오고 있다. 그리고 들리던 소리는 꽃밭 앞에서 멈췄다.

나는 큰 나무에 앉은 채 움직이지 않고 해골 마스크 너머로 시선만 움직여 주위를 보았다.

상대방 쪽에서 또 움직임이 생겼다. 내가 있는 곳을 포위하려는 듯이 뿔뿔이 흩어져서 이동하기 시작한 것이다.

배치가 끝나면 덤벼들 것이다.

하지만 나는 움직일 생각이 없었다. 선제공격은 내주지. 내가 지금 가장 중요하게 생각하는 건 하드를 놓치지 않는 것이다.

무쿠로는 우리를 아직 눈치채지 못했다. 지금이 기회다……. 하드가 이렇게 생각하게 만들 필요가 있다.

원래 하드 정도 되는 성기사는 가리아 대륙에 넘쳐나는 강력한 마물들을 해치우고 공을 세웠어야 한다. 그런데 아직 가리아 대륙에 가지 않고 형인 라팔을 졸졸 따라다니고 있다.

다시 말해 하드는 덩치가 큰 주제에 꽤 겁이 많다는 뜻이다. 자신이 이길 수 있다고 생각한 적하고만 싸우는 그런 녀석이다. 하드에게 5년 동안 괴롭힘당한 나는 잘 알고 있다.

편하게 끝낼 수 있을 거 같은 무쿠로 토벌을 성공하여 조금이라도 공헌 점수를 벌어두면, 위험한 가리아 대륙으로 가지 않아도 된다. 그리 생각하고 있을 거다.

하드는 성기사로서 강해지고 싶다는 향상심 같은 것을 지니고 있지 않다. 있는 것은 성기사의 입장을 이용해서 지위와 권력을 얻으려 하는 비열한 근성뿐이다. 브레릭 가문 자체가 그런 녀석들의 소굴이나 마찬가지다.

『페이트, 온다!』

"그래, 그럴 모양이네."

그리드가 지적한 대로 적이 움직였다. 뒤쪽, 오른쪽에서 활을 당기는 소리가 들렸다. 반 기아 상태인 나는 신체적인 부스트가 걸려 있어서 또렷하게 알아들을 수 있었다.

화살이 날아드는 것과 동시에 그 자리에서 뛰어올라 쉽사리 화살 두 개를 피했다.

뜻밖에도 내가 피하자 주위에 숨어 있던 사람들이 깜짝 놀랐다──, 동요하는 것을 느낄 수 있었다.

나는 착지하면서 흑검 그리드를 겨누었다.

『갈 거냐?』

"조금만 더 기다릴 거야."

내가 아무 짓도 하지 않으면 하드 일행이 움직일 것이다. 활 같은 원거리 공격이 실패하더라도 수적으로 우위에 있다는 안심감 때문에 분명 저 녀석들은 숲에서 꽃밭으로 나와 모습을 드러낼 것이다.

하드는 여러 명이 한 사람을 괴롭히는 것을 좋아한다. 그 버릇을 고칠 수 있을 리가 없다.

거봐, 역시 하드가 나왔다.

은빛 중갑을 입은 하드까지 합쳐서 열다섯 명. 꽤 많다.

아마 그들은 브레릭 가문이 고용한 실력 있는 무인들일 것이다.

모두들 흉악한 미소를 지으며 차고 있던 검을 뽑아 들었다.

나는 그 움직임에 맞춰서 일부러 약간 동요하는 척했다.

그러자 하드 일행은 곧바로 자신들이 우위에 서 있다는 것을 확신했다.

"하드 님, 보아하니 이 녀석이 소문으로 듣던 리치…… 무쿠로인 것 같습니다. 정보와 똑같은 옷차림입니다. 그리고 이 녀석, 우리에게 포위당해서 겁을 먹었는데요."

"그야 그렇겠지. 우리는 고블린을 사냥해서 푼돈이나 버는 꼴사나운 무인들과는 달라. 선택받은 자니까. 그리고 나는 신에게 선택받은 성기사. 여기서는 누구보다 강하지! 이 모습을 보고 겁을 내지 않을 마물은 없다. 봐라, 무쿠로가 다리를 떨고 있다고!"

"정말이네. 그렇게 대단하다는 무쿠로도 성기사님이 노려보니 쩔쩔매는데요."

"하하하하, 당연하지."

마음대로들 지껄이고 있다.

뭐, 내 실감 나는 연기가 성공한 모양이다. 하드 일행은 나를 깔보면서 완전히 신이 났다.

브레릭 가문에게 5년 동안이나 쓴맛을 봐왔다. 이런 연기는 식은 죽 먹기다. ……아, 이런 걸 자랑해봤자 허무해질 뿐이지만.

이제 하드가 모습을 드러냈다. 놓치지 않는다.

우선 걸리적거리는 다른 녀석들은 퇴장해줘야겠다.

연기를 그만두고 흑검 그리드를 쥐자 하드의 부하가 잘난 척하며 말했다.

"하드 님, 저희가 무쿠로를 해치우겠습니다. 이런 마물은 하드 님께서 직접 손을 쓰실 필요도 없습니다."

"그렇지. 좋다. 마음대로 해라!"

"알겠습니다."

그렇다면 할 수 있을지 시험해주지.

나는 스테이터스를 완전히 발휘해 우선 알겠다고 한 남자 무인에게 단숨에 접근했다. 그리고 왼쪽 주먹으로 약하게 얼굴을 두들겼다.

남자는 목소리조차 내지 못하고 날아가 숲 안쪽으로 퇴장했다.

깜짝 놀란 하드를 무시하고 나머지 열세 명에게 차례차례 공격을 가했다.

사용한 것은 전부 왼쪽 주먹. 오른손으로 쥐고 있던 흑검 그리드는 쓰지 않았다. 볼일이 있는 건 하드뿐이다. 이 무인들에게는 아무런 원한도 없으니 살려서 보내주자.

하지만 그냥 죽지 않을 정도로만 때리면 회복해서 반격할 가능성이 있다. 그래서 나는 격투 스킬의 아츠 《촌경》을 사용해서 내부 파괴── 뼈를 부수기로 했다.

어떤 사람의 오른팔을 부수고, 다른 사람의 왼쪽 다리를 부수었다. 이 녀석은 턱이라도 부술까……, 다들 숙련된 무인이겠지만 압도적인 스테이터스 차이 때문에 움직임이 멈춘 것처럼 보였다. 이 정도라면 격투 기술이 없는 나라도 매우 쉽게 제압할 수 있다.

대충 촌경을 때려 넣는 작업이 완료되었다. 지면에 쓰러져 발버둥치며 괴로워하는 하드의 부하들. 모처럼 쥐고 있던 비싸 보이는 검은 마치 필요 없는 물건처럼 굴러다니고 있었다.

자, 이제 이곳에 서 있는 사람은 나와 하드뿐이다.

그리고 하드는 벌어진 입을 다물 수가 없는지 산소결핍 상태인 물고기처럼 뻐끔뻐끔 숨을 쉬고 있었다.

내가 천천히 하드에게 다가가자 정신이 번쩍 든 하드가 땅바닥에 굴러다니고 있던 부하들에게 화를 내기 시작했다.

"뭐하고 있어! 어서 저걸 막으라고! 성기사인 나를 싸우게 만들 셈이냐!"

소리를 지르며 화내는 하드를 보고 부하들은 겨우 일어섰다.

하지만 내가 흑검 그리드를 휘둘러 이번에는 목을 날리겠다고 협박하니 새파랗게 질려 도망치기 시작했다.

보아하니 저 녀석들에게는 브레릭 가문에 대한 충성심이 없는 것 같다. 주인인 하드를 내버려 두고 숲속을 향해 필사적으로 도망쳤다.

"너희들! 도망치지 마! 알기나 해? 나는 브레릭 가문의 하드라고!"

하지만 그렇게까지 혈기왕성하던 부하들은 대답도 하지 않았다.

하드가 아무리 소리를 질러도 부하들은 이미 목소리가 들리지 않는 곳으로 도망쳐버린 모양이었다.

부하에게 버림받다니 불쌍하구나, 하드. 평소에 하던 행동이 이런 결과로 나타난 거다.

"이놈……. 잘도 내게 창피를 줬겠다. 마물 주제에, 절대로 용서 못 한다!"

황금의 검을 뽑아 들고 나를 향해 겨누는 하드. 그 기세만큼은 칭찬해주지.

하지만 무릎이 조금씩 떨리고 있는데. 혹시 본능적으로 두려워하고 있는 건가? 아니면 그냥 자포자기한 건가? 그건 싸워보면 알 수 있겠지.

이곳에는 우리 두 사람뿐, 다른 사람은 아무도 없다. 그렇다면 이제 이건 걸리적거리기만 하지.

나는 천천히 후드를 제치고 외투를 벗기 시작했다. 그리고 인식 저해 효과를 걸어주고 있던 해골 마스크를 벗었다.

그러자 내 맨얼굴을 본 순간, 하드의 얼굴이 매우 일그러졌다.

"말도 안 돼……, 너 같은 쓰레기가 어떻게 그런 힘을……, 대답해!"

뜻밖의 전개에 하드는 깜짝 놀라 한 발짝 물러났다.

그래서 나는 그만큼 거리를 좁혔다.

"가르쳐줄 이유는 없지. 그건 됐고, 내 질문에 대답해주실까."

"하하……, 뭘 말이냐? 잘난 척하기든. 하하, 대답하지 않으면 나를 어쩌겠다고?"

"대답하면 편하게 죽을 수 있다. 대답하지 않으면 대답할 때까지 괴로워하게 되지. 그것뿐이다."

"까불지 마! 내가 누군지나 알아? 브레릭 가문의 차남── 성기사 하드라고. 너 같은 쓰레기가 그럴 수 있을 것 같냐고!"

"그럼 해보자고. 내게 보여줘, 자랑하는 성기사님의 힘을."

나는 흑검 그리드를 빙글빙글 돌리면서 자신 있게 하드를 향해 다가갔다.

이 녀석을 살려두면 어차피 나중에 록시 님에게 폐를 끼칠 것이다. 그렇다면 알고 싶은 것을 알아낸 다음 여기서 해치운다.

분명 지금부터 할 행동에 대해 알게 되면 록시 님은 슬퍼할 것이다.

하지만 나는 이미 결심했다. 내가 뿌린 씨앗은 책임을 지고 먹어주지.

제24화 제2위계

나는 천천히 흑검 그리드의 칼끝을 하드에게 향하고 겨누었다. 그리고 《감정》 스킬을 발동.

하드 브레릭 Lv30
    체력 : 165600
    근력 : 197600
    마력 : 124400
    정신 : 130900
    민첩 : 123800
    스킬 : 성검기, 근력 강화 (대)

역시 성기사님이다. 잘난 척할 정도로 강하다.

하지만 하트 가문의 영지에 침입하려 했던 관 코볼트보다는 떨어진다.

나는 하드보다 강한 관 코볼트를 쓰러뜨리고 혼을 먹었다.

다시 말해 내 스테이터스를 보고 비교할 필요도 없을 정도로 나는 하드보다 두 배 이상 강하다는 뜻이다.

하드가 가지고 있는 스킬은 어떨까.

근력 강화 (대)가 신체 강화 스킬이라는 사실은 조사할 필요도 없이 알고 있다.

신경 쓰이는 것은 성검기. 《감정》을 해보자.

성검기 : 특수무기인 성검을 사용한 공격력이 상승한다. 고출력 범위 공격이 가능한 아츠 《그랜드 크로스》를 사용할 수 있다.

이 스킬은 성기사라고 자칭할 수 있는 대표적인 성속성 스킬이다.

다루려면 성검이라는 특수한 무기가 필요하다.

성검은 왕도의 군사구에서 만든다고 한다. 문외불출의 기법을 사용해서 하나씩 전부 다 주문제작하는 모양이다. 소문으로는 오리하르콘이라는 희귀한 금속을 섞은 합금을 쓴다던가.

뭐, 단골 술집에서 들은 소문이니까 진짜인지는 모른다.

알고 있는 것은 나 같은 평민이 아무리 애를 써도 손에 넣을 수 없을 정도로 비싼 무기. 그것이 성검이라는 사실이다.

내가 은화 2개로 산 흑검 그리드와 성능 차이가 얼마나 나는지 궁금하다.

"저기, 그리드. 저 성검이 골치 아플까?"

『이 몸이 저런 인공 성검에 뒤처질 리가 없지. 이 몸은 신경 쓰지 말고 마음껏 휘둘러라!』

왠지 그리드의 자존심에 상처를 내버린 모양이다. 하드가 가지고 있는 성검보다 자기가 모든 면에서 뛰어나다고 하는 것 같다.

그렇게까지 말하니 시험해볼까.

잠시 서로 검을 겨눈 채 주위에 떠돌고 있던 긴장감을 무너뜨려 나갔다.

나는 흑검 그리드를 중단 자세로 겨누면서 하드에게 달려들었다.

그 모습을 본 하드는 기다렸다는 듯이 씨익 웃었다.

"멍청한 놈, 바보처럼 일직선으로 달려들다니. 너는 전술이라는 걸 전혀 모르는 모양인가 보지? 이래서 지성이라고는 요만큼도 없는 천민들은 곤란하다니까."

아무래도 내가 참지 못하고 달려들기를 바보처럼 기다리고 있었던 모양이다.

하드가 들고 있던 성검에서 푸르스름한 빛이 뿜어져 나왔다. 그 뒤를 이어 내가 달려가고 있던 지면 일대도 그 빛에 호응하는 듯이 빛나기 시작했다.

"봐라, 이것이 성검기의 오의── 그랜드 크로스다. 모든 것을 정화하는 빛에 의해 티끌조차 남김없이 소멸해라. 크하하하하."

엄청난 힘이 느껴지긴 한다. 제대로 맞으면 큰 대미지를 입을 것이다.

하지만 발동되기까지 걸리는 시간이 지금의 내게는 하품이 나올 정도로 느리다……, 너무 느리다.

일부러 맞아줄 이유도 없었기에 나는 힘껏 지면을 박찼다.

한달음에 그랜드 크로스의 공격 범위를 벗어나 하드의 눈앞에 착지.

"네 그 아츠, 발동되기까지 시간이 너무 오래 걸리는데. 숙련도를 더 올렸어야지."

"뭐라고!"

별다른 실전 경험도 쌓지 않고 왕도에서 느긋하게 지내던 성기사다. 전투 경험치는 나와 별다른 차이가 없다. 아니, 비장의 수로 써야 할 최강의 아츠를 갑자기 날릴 정도다. 혹시 나보다 부족할지도 모른다.

예상이 빗나가 버린 하드는 당황하면서 그랜드 크로스 발동을 중단시켰다. 그리고 나를 간격 밖으로 내몰기 위해 성검을 내리쳤다.

지금이다. 뭐든 시험해볼 필요가 있다. 흑검 그리드가 더 강한지 부딪혀보자.

나는 하드의 검을 쳐내려는 듯이 가로로 휘둘렀다.

키이잉, 날카로운 금속음이 숲에 울려 퍼졌다.

"말도 안 돼……, 내 성검이……."

하드의 성검―― 검신 절반이 부러져서 공중에 떴다. 하드는 그렇게나 자랑하던 성검을 잃고 동요했다.

나는 왼손으로 떨어진 칼끝을 잡고 하드의 오른쪽 어깨―― 중갑의 틈새에 돌려주었다.

"네 소중한 성검이다. 받아라."

끄아아아악――.

자고 있던 홉고블린들이 깨어나지 않을까, 그런 생각이 들 정도로 큰 비명이 내 귀를 통과했다.

너무 심한 통증을 건디다 못한 하드는 땅바닥에 무릎을 꿇고 오른쪽 어깨에 박힌 부러진 검을 뽑으려고 필사적이었다.

이제 막 시작되었을 뿐이다. 무릎을 꿇기는 아직 이르다.

나는 흑검 그리드를 왼손으로 바꿔 들었다.

"하드, 성기사라고 하기에는 너무 꼴사납잖아. 일어서!"

나는 이미 전의를 상실한 하드의 목을 오른손으로 잡고 들어 올렸다.

하드는 내게서 도망치려고 저항했지만 소용없었다.

"너희들이 정말 좋아하는 교육적 지도를 시작한다. 반항적인 개에게는 엄한 산책이 필요하겠지."

"히익……."

나는 5년 동안 브레릭 가문에게서 받은 교육적 지도가 몸에 배어 있었다. 어떻게 하면 상대방이 굴복하는지…… 몸소 배운 것이다. 지금 그것을 돌려주마.

"간다, 하드!"

"설마, 너……. 그, 그만둬, 으아아아아아악."

나는 목을 잡은 하드를 방패 삼아 숲을 있는 힘껏 달려가기 시작했다. 눈앞에 큰 나무가 있어도 아랑곳하지 않는다. 내게는 성기사님이라는 튼튼한 방패가 있다.

셀 수 없이 많은 커다란 나무를 하드로 쓰러뜨리면서 나아갔다.

큰 나무에 부딪힐 때마다 하드는 너덜너덜해졌다. 그렇게 단정한 얼굴도, 윤기 있는 보라색 머리카락도 상하기 시작했다.

원래 있던 꽃밭으로 돌아왔을 때, 하드의 얼굴은 퉁퉁 부어 있었다. 이 정도면 고블린이 수백 배는 더 남자답겠다.

"이제……, 그만혜……, 부탁이야."

하하, 네가 그런 말을 하는 거야? 지금까지 너희가 벌레처럼 다뤄왔던 사람들이 그렇게 말하면서 살려달라고 했는데…… 너희들은 절대로 그만두지 않았어.

하드, 너는 남몰래 유괴범에게 사들인 소녀들을 죽을 때까지 괴롭힌 주제에…….

나도 죽기 일보 직전까지 당한 적이 있다. 그런데 막상 자신이 그런 입장에 처하니까 그런 말을…… 그렇게 간단히 하는 거냐고!

나는 분노에 몸을 맡기고 하드를 있는 힘껏 밤하늘에 던졌다.

신음소리가 멀어지는 것을 기다리며 흑검을 흑궁으로 변형시켰다.

"그리드, 《블러디 터미건》을 세 발 쏠 거야. 내 스테이터스 중 30퍼센트를 가져가."

『하하하, 통이 크시네. 그래도 죽이면 안 되잖아.』

"그래, 그러니까 스치게끔 맞춰줘. 할 수 있어?"

『그거야 쉽지. 그럼 가져간다. 네 30퍼센트를!』

내 스테이터스를 잔뜩 빨아들인 흑궁은 더욱 크게, 더욱 무시무시한 형태로 변하기 시작했다. 이 탐욕스러운 병기로 하드를 단죄한다.

자유낙하하기 시작한 하드를 향해 세 발. 굉음과 함께 검은 번개들이 하늘을 향해 내달렸다.

하드를 스치는 듯이 솟구쳐서 밤하늘에 박혔다.

잠시 후 철퍽……이라는 소리가 꽃밭 가운데에서 들렸다.

내가 그곳으로 가자 오른쪽 다리와 두 팔을 잃은 하드가 있었다. 하지만 아직 확실하게 살아 있다. 성기사의 뛰어난 생명력으로 인해 절단면의 출혈이 벌써 멈추기 시작한 것이다.

이제 충분하겠지. 더 이상 쓴맛을 보여주면 하드에게서 정보를 알아내기 전에 죽어버릴 것 같다.

나는 좀 전과는 다르게 부드러운 태도로 하드에게 물었다.

하드는 공포와 살아나고 싶다는 욕심 때문에 솔직하게 대답하기 시작했다.

우선 라팔과 메밀은 이곳에서 동쪽으로 꽤 멀리 떨어져 있는 산악 도시로 갔고, 세 달 동안은 돌아오지 않는다고 한다. 아쉽다.

그리고 가장 중요한 것. 록시 님에 대해서.

그녀가 오늘 성에서 돌아온 뒤로 태도가 이상했다. 그 이유를 같은 성기사님에게 물어보자.

그리고 대답을 들은 나는 깜짝 놀라 하드의 입을 뭉개버릴까 하는 생각이 들었다. 확실한지 다시 물었다.

"틀림없습니다. ……그녀는 내일 가리아로 떠납니다."

"어째서 록시 님이 그렇게 급하게?"

"지금 가리아는 천룡이…… 국경선 안쪽까지 영역을 확장한 상황입니다. 이런 경우는…… 천 년 동안 한 번도 없었습니다. 그래서 이길 수 없는 상대가 있는 가리아로 가서 엄청나게 많은 마물 무리를…… 막으려는 성기사는 없습니다. 누구도 죽고 싶지는 않죠……, 하지만…… 누군가가 가서 많은 마물들이 왕국으로 침입하지 못하게끔 막아야만 합니다."

그래서 지목당한 사람이 록시 님이라는 건가? 얼마 전 늦은 밤에 상업구에서 본 집회에 대해 물어보니 그 일에 대해서 하트 가문을 제외한 성기사들을 모아 사진에 입을 맞췄다고 한다.

라팔이 록시 님을 눈엣가시로 생각한 계기는 나를 감싼 것.

하지만 록시 님의 아버지 메이슨 님이 돌아가신 것이 크게 작용한 모양이었다.

성기사 중에서도 꽤 강한 힘을 지니고 있었던 메이슨 님. 그리고 항상 백성들을 위해서라고 하며 다른 성기사들에게 참견하곤 했다.

그 정론을 들으며 쌓이고 쌓였던 원한이 메이슨 님이 돌아가심으로써 단숨에 넘쳐흘러 버렸다.

이 기회를 놓치지 말고 록시 님을 매우 위험한 가리아로 보내 하트 가문 자체를 없애버리자. 그것이 라팔 일행── 왕도의 성기사들이 꾸민 음모였다.

"록시 님은 그걸 받아들이셨고?"

"거역할 수 있을 리가 없죠……, 이건 왕도의 성기사 모두의 뜻입니다."

그날, 록시 님이 성에서 온 사자에게 부름을 받고 갔을 때는 모든 것이 정해져 있었던 건가? 주위에 있던 모든 성기사들이 적이고, '가리아에 가서 죽어라'라고 말한 것이다.

저택으로 돌아왔을 때 본 록시 님……, 아버지의 무덤 앞에서 보여주었던 표정을 떠올리니 가슴이 답답해졌다.

그런 내게 하드는 그때 그녀가 했던 대답을 전해주었다.

"그녀는 이렇게 말했습니다……, 제 목숨으로 왕국의 백성들을 한 사람이라도 더 구할 수 있다면 기꺼이 가겠다고요……."

록시 님이라면 그런 상황에 처한다 해도 그렇게 말할 것이다. 하인으로서 그리 길지 않은 시간을 함께 지낸 나도 이해가 되었다.

모든 성기사들의 뜻으로 결정한 거라고……, 이건 내가 어떻게 해볼 수 있는 문제가 아니다.

하늘을 올려다보는 내게 하드가 숨을 헐떡이며 말했다.

"물어보신 건 전부 대답했습니다. 부디…… 저를 살려주세요.

앞으로는 마음을 고쳐먹고…… 백성들을 위해…… 뭐든지 하겠습니다……. 그러니 목숨만은……"

뻔뻔하다. 정말 뻔뻔하다.

이건 진심이 담긴 사과가 아니라 그냥 목숨을 구걸하는 거다.

나는 흑검 그리드를 내리쳤다.

《폭식 스킬이 발동됩니다.》

《스테이터스에 체력+165600, 근력+197600, 마력+124400, 정신+130900, 민첩+123800이 가산됩니다.》

《스킬에 성검기, 근력 강화 (대)가 추가됩니다.》

하드의 혼은 생각했던 것보다 더 맛있었다. 관 코볼트와 비교해도 좋을 정도여서, 하마터면 폭식 스킬이 폭주할 뻔했다. 익숙해졌다고 생각했는데 말이다.

입에서 흐른 침을 옷소매로 닦았다. 그리고 싸늘해진 하드의 시체를 바라보고 있자니 나도 마찬가지로 싸늘해지는 것 같은 느낌이 들었다.

그렇게 싸늘해진 분위기를 바꾸려는 듯이 그리드가 《독심》 스킬을 통해 말했다.

『어떻게 할 거냐. 지금이라면 제2위계로 통하는 길을 열 수 있다. 할 거냐?』

"그래, 해줘."

『통이 크신데, 왜 그래?』

"하드의 스테이터스가 내 몸속에 흐르고 있다고 생각하니 소름이 돋거든."

그렇게 말하자 그리드가 큰 소리로 웃기 시작했다.

뭐, 스킬은 어쩔 수 없지만 적어도 스테이터스는 몸에서 **빼내**고 싶다.

『그럼 간다!』

흑검이 빛나기 시작한 것과 동시에 내 힘이 사라져갔다.

그리고 빛이 사그라들자.

"이건…… 대낫인가?"

내가 들고 있던 것은 검은 대낫. 칼날이 매우 길고 내 키보다 더 컸다.

『이것이 이 몸의 제2위계의 모습, 타입 : 대낫이다. 칼날에 담겨 있는 저주를 통해 어떤 것이라도 사상까지 통째로 가르지.』

날카롭고 검은 칼날을 보면서 내 스테이터스를 《감정》으로 확인했다.

페이트 그래파이트 Lv1

　체력 : 121

　근력 : 151

　마력 : 101

　정신 : 101

　민첩 : 131

　스킬 : 폭식, 감정, 독심, 은폐, 암시, 격투, 성검기, 한 손 검기, 양손 검기, 근력 강화 (소), 근력 강화 (중), 근력 강화 (대), 체력 강화 (소), 체력 강화 (중), 민첩 강화 (중), 자동 회복

다시 그리드와 만났을 때 스테이터스로 돌아가 있었다.

성검기 스킬이라……. 시점에 따라서는 나도 성기사가 되었다고 할 수 있다. 뭐, 왕도에 인정을 받을 일은 없겠지만.

제25화 각자의 출발

하드의 혼을 먹음으로써 닥쳐오던 기아 상태는 진정되었다.

붉게 물들었던 오른쪽 눈은 썰물이 지는 것처럼 원래대로 검은 눈으로 되돌아갔다.

이제 오른쪽 눈에 안대를 찰 필요가 없어져서 안심이다. 아는 사람과 만날 때마다 일일이 다쳤다고 거짓말로 설명할 필요가 없다.

브레릭 가문 삼남매 중 한 사람—— 하드를 쓰러뜨림으로써 내 마음속에서 한 가지는 정리가 되었다. 아직 두 명이 남아 있긴 하지만 왕도에 없으니 지금은 손을 쓸 수가 없다.

그것보다 문제는 록시 님이다. 그녀는 내일 가리아를 향해 떠나게 된다.

아마 그 사실을 알고 있는 것은 저택의 하인 중에서도 극소수일 것이다. 저택의 하인들을 관리하는 상장 씨는 알고 있을 것 같다.

내게는 알려주지 않았다. 그 사실이 응어리가 되어 내 마음속 깊이 가라앉는 것 같은 느낌이 들었다.

뭐, 힘없는 사람이라고 생각할 테니 내게 말해봤자 아무런 의미도 없겠지. 그리고 쓸데없이 불안하게 만들고 동요하지 않게끔 하려는 록시 님의 배려가 더 클 것이다.

나는 잠시 홉고블린을 사냥해서 초기화된 스테이터스를 어느 정도 올렸다. 그리고 왕도로 돌아와 저택으로 걸어가던 내게 그리드가 말했다.

『자신의 정체를 숨기고 있는 주제에, 기댔으면 한다니…… 제 멋대로 구는 녀석이로군.』

"시끄러워."

『이제 포기해라. 이럴 인연이었던 거야.』

"그러니까 시끄럽다고!"

꽤 큰 소리를 질러버렸기에 알딸딸한 기분으로 걸어가던 사람들이 깜짝 놀란 표정을 지었다. 그런 시선도 아랑곳하지 않고 나는 저택으로 서둘러 갔다.

불이 꺼진 저택은 고요했고, 나는 1층에 있는 내 방의 창문으로 몰래 들어갔다.

곧바로 침대에 뛰어든 뒤 흑검 그리드를 머리맡에 두고 눈을 감았다.

이상하네…….

하드와 전투를 벌이면서 그렇게 날뛰었는데 전혀 졸리지 않았다.

빙글빙글 소용돌이치는 생각이 자게 내버려 두지 않았다. 결국 밤새 록시 님 생각을 하다 보니 한숨도 못 자고 아침을 맞이해버렸다.

『페이트, 좋은 걸 가르쳐주마. 어떤 때라도 휴식을 취할 수 있는 것이 일류 무인이다. 이런 일 때문에 마음이 흐트러지다니, 너는 삼류 이하다.』

"…………."

『뭐야, 삐진 거냐? 한심하기는. 그러고도 이 몸의 사용자냐!』

"시끄러워."

『하하하, 아직 기운이 남은 것 같군. 그렇다면 가르쳐주마. 방 밖이 소란스러워졌다.』

의식을 마음속에만 집중하고 있었기에 방 밖이 어떻게 되었는지 눈치채지 못했다. 그러고 보니 복도에서 서둘러 걸어가는 발소리가 여러 개 들렸다. 평소에는 그렇게 행동하지 않게끔 가르침을 받은 하인들. 그런데 저렇게 뛰어다니다니, 짐작 가는 것은 한 가지밖에 없다.

아침이 되자 다른 하인들도 알게 된 것이다.

나는 급하게 침대에서 일어나 방을 나섰다.

문을 열자 슬픈 표정을 지은 하인들이 지나갔다.

나도 그 사람들과 함께 저택 현관으로 향했다.

록시 님은 많은 하인들에게 둘러싸여 있었다.

다들 록시 님의 얼굴을 보며 훌쩍훌쩍 울고 있었다.

다가가자 록시 님이 나를 보고 말을 걸어주었다.

"페이트, 좋은 아침이에요."

"이게…… 대체, 무슨 일이 있었나요?"

정답은 가리아로 떠나는 것. 알고 있긴 하지만 명목상 물어봐야만 했다.

"오늘 아침에 성에서 전령이 와서 지금 바로 가리아로 가게 되었어요. 큰 명예인 셈이죠."

아니다. 그건 이미 정해져 있었다. 아침까지…… 가기 직전까지 숨긴 것은 하인들이나 하트 가문을 따르는 백성들이 쓸데없는 생각을 하며 폭도로 변하지 않게끔 하기 위해서다. 하트 가문은 그 정도로 왕도의 사람들에게 사랑받고 있다.

그 사실은 하트 가문의 당주가 된 록시 님이 제일 잘 느끼고 있을 것이다.

나는 진짜로 하고 싶은 말을 집어삼키고.

"지금 가리아는 너무 위험합니다. 록시 님의 아버님께서도……."

"이미 알고 있습니다. 아버님께서 해내지 못하셨던 역할을 제가 이어받는 것뿐이에요."

"가리아에는 얼마나 계시게 되는 건가요?"

"마물 무리들이 잠잠해질 때까지니까, 일반적인 경우에는 3년 정도려나요?"

안 된다. 그렇게 오랫동안 있다가는 천 년의 침묵을 깨고 국경선 안쪽까지 나오게 된 천룡에게 습격당할지도 모른다. 하드가 한 말이 사실이라면 록시 님의 아버지, 메이슨 님이 돌아가신 뒤로도 국경선을 넘은 모습이 몇 번이나 목격되었다고 한다. 분명 상황은 생각했던 것보다 더 안 좋을 것이다.

상대방은 살아 있는 천재지변이다. 마주치면 도망치지도 못하고 벌레처럼 죽게 된다. 그건 성기사라도 마찬가지다.

"그런 표정 짓지 마세요. 저는 괜찮아요. 그건 그렇고 페이트는 제가 자리를 비운 동안 영지에 있는 저택에서 일하도록 해요. 거기에 있으면 브레릭 가문도 손대지 못할 테니까."

"저도……"

"페이트, 왜 그러세요?"

말할 수 없었다. 나도 데리고 가라는 말은 할 수 없었다.

폭식 스킬을 지닌 괴물. 죽인 상대의 혼을 먹고 힘을 얻는…… 신이 정한 레벨이라는 규칙에서 벗어난 존재. 나는 이 세계에서 큰 죄를 지은 이단이다.

만약 알게 되면 거절당하지 않을까. 그렇게 생각하니 입이 움직이지 않았다.

그런 나를 두고 록시 님은 걸어갔다.

내게는 그녀를 말릴 자격조차 없다. 이 저택의 하인으로서 다른 사람들과 마찬가지로 주인님을 배웅할 수밖에 없다.

그때, 그녀의 가슴에서 푸른 보석으로 만든 펜던트가 고개를 내밀었다.

아, 저건 내가 록시 님하고 함께 상업구를 시찰할 때 선물했던 보석이다. 록시 님은 그것을 펜던트로 가공해서 목에 걸으셨구나.

내 시선이 펜던트로 쏠려있다는 것을 눈치챈 그녀는 미소를 지으며 말했다.

"소중한 추억이에요. 이렇게 항상 걸고 있죠. 어때요?"

"잘 어울리네요. 정말……."

내 대답을 듣고 만족한 그녀는 지킬 수 없는 약속을 입에 담았다.

"페이트, 또 만나요."

"…………네, 부디…… 무운을 빕니다."

록시 님은 마지막으로 하인 모두에게 작별 인사를 하고 저택을 나섰다. 나는 하인들과 함께 작아져가는 그녀의 뒷모습을 보이지 않게 될 때까지 바라보고 있었다.

이제 록시 님은 군사구로 가서 대기하고 있는 군대를 이끌고 가리아로 떠난다고 한다.

∗

나는 아직 웅성대고 있던 하인들을 헤치고 방으로 돌아왔다.

침대 위에는 흑검 그리드가 굴러다니고 있었다.

바로 준비하기 시작했다. 준비라 해도 내가 가지고 있는 것은 옷 몇 벌과 흑검 그리드, 그리고 해골 마스크뿐이다. 준비는 순식간에 끝나버렸다.

그리고 흑검 그리드를 잡자.

『결심한 모양이로군.』

"그래, 나도 갈 거야. 가리아로, 하인이 아니라…… 그냥 무인으로서."

『그러냐.』

내가 방을 나서려 하자 상장 씨가 왔다.

손에는 증서 같은 것을 들고 있었다.

"페이트, 이거 받으세요. 록시 님께서 주신 거예요. 영지에서 일하는데 필요한 추천장입니다."

좀 전에 록시 님이 이야기했던 거다. 하지만 이제 필요 없다.

"죄송합니다. 그건 받을 수 없어요. 앞으로는 무인으로서 살아갈 겁니다."

그렇게 말하고 허리에 차고 있던 흑검 그리드를 보여주었다.

"하지만…… 당신은 약하잖아요? 무인 같은 건 못할 거예요. 그런 말 하지 말고 받으세요."

내가 한사코 거부하자 포기한 상장 씨는 품속에서 금화 다섯 개를 꺼내 내게 건넸다.

"강요할 수는 없으니 어쩔 수 없죠. 이건 오늘까지 일한 급료와 퇴직금이에요. 아껴서 써야 해요."

"이렇게 많이……, 감사합니다. 지금까지 신세를 많이 졌습니다. 아껴서 쓸게요."

사실 돈이 별로 없었기에 이 금화는 정말 도움이 많이 될 것 같다. 이걸로 걸어가지 않고 마차를 탈 수 있다.

나는 상장 씨에게 고맙다는 인사를 하고 방을 나섰다.

그리고 정원사 스승님들을 찾아 사정 이야기를 했다. 그러자 '이 바보 제자 녀석이'라며 혼나버렸다.

스승님들은 진심으로 나를 후계자로 키우려 했던 것이다.

헤어질 때 스승님들이 '마음이 내키면 돌아와라'고 해준 걸 나는 잊지 않을 것이다.

하트 가문의 저택 앞에서 고개를 크게 숙여 인사를 한 뒤, 나는 걸어가기 시작했다.

중간에 상업구에 들러 보존 식량을 사들인 뒤 가방에 잔뜩 담았다. 밥을 많이 먹는 내게는 식량이 잔뜩 필요하다.

그렇지. 거기에도 들러야지. 그러지 않으면 내가 죽었다고 착각한 가게 주인이 또 지정석에 꽃을 놓아둘 것 같다.

단골 술집에 들렀다. 아직 이른 시간이라 그런지 가게는 준비 중이었다. 타이밍이 안 좋았나……, 그렇게 생각하고 있자니 안에서 가게 주인이 고개를 내밀었다.

"이렇게 아침 일찍 무슨 일이야? 가게는 아직 안 열었는데."

"아뇨. 오늘은 작별 인사를 하러 왔어요."

그러자 가게 주인은 뭐라 말할 수 없는 표정을 지으며 가게 안으로 나를 끌어당겼다. 대체 뭘까……, 잠시 기다리고 있자니 가게 주인이 와인병을 들고 돌아왔다.

"자, 작별 선물이다. 네가 자주 마시던 싸구려 와인, 좋아하지?"

나도 모르게 웃어버렸다. 딱히 좋아서 마신 건 아닌데. 가게 주인도 그 사실을 알면서도 장난스럽게 내게 준 것이다.

"또 한잔하러 와라. 지금까지 마시던 거 말고, 비싼 와인으로."

"네, 감사합니다."

나는 그걸 받아들고 가방 틈새에 억지로 집어넣었다. 이제 가방이 가득 차서 터질 것만 같다.

단골 술집 주인과 작별 인사를 나눈 다음 걸어가기 시작했다.

그리고 상업구 외문. 이곳에서 마차를 타고 남쪽에 있는 가리아 대륙으로 떠난다.

왠지 여기서 보고 있으니 그리운 기분이 든다. 끊임없이 지나다니는 짐마차들, 외문 쪽에는 고블린 사냥 파티를 모집하는 무인들.

여기서 흑검 그리드를 쥐고 바깥으로 나가 처음으로 마물―― 고블린을 잡은 것이 꽤 오래 전 일처럼 느껴졌다.

마차를 타기 위해 수속을 마친 다음, 나는 왕도의 중심에 있는 성을 바라보았다. 저기서 문지기를 하다가 도적을 죽였을 때 모든 것이 시작되었지.

그리고 지금, 나는 이 왕도에서 마물들이 활개치는 가리아를 향해 여행을 떠난다.

굶주린 배를 부여잡고 문지기를 하던 내가 본다면 어떻게 생각할까. 말도 안 된다고 하며 깜짝 놀랄지도 모른다.

"손님! 슬슬 출발할 시간입니다!"

내가 탄 마차는 왕도 세이파트를 떠나간다.

힘든 일도 많이 있었지만, 소중하게 간직하고 싶은 추억도 생겨버렸다. 그런 내가 있을 곳.

다시 언젠가 돌아오고 싶기도 하다.

그때까지는 안녕히…….

Berserk of Gluttony

I

Story by Ichika Isshiki
Illustration by fame

번외편 **록시와 페이트**

　나는 하인들과 페이트의 배웅을 받으며 왕도의 군사구로 향했다.

　이번 가리아 원정에 대해 내가 알았을 때는 이미 다른 성기사들의 뜻에 의해 결정된 상황이었다. 아마 브레릭 가문의 라팔이 뒤에서 조종했을 것이다.

　그렇다고 해서 브레릭 가문을 원망하는 마음은 없다. 원래 내 아버님, 메이슨이 가리아에서 몰려드는 마물들을 왕도의 국경선에서 막아내는 임무를 다하지 못하고 전사해버린 것이 원인이기 때문이다. 그 임무를 딸인 내가 맡는 것은 당연하다 할 수 있을 것이다.

　성기사는 왕국을 위해, 백성들을 위해 싸우는 것이 존재 이유다. 그 때문에 높은 지위를 받은 것이다.

　하지만 그것도 지금은 옛날이야기다. 성기사의 긍지는 사라졌고, 현재의 지위를 얼마나 잘 지킬지를 우선시하고 있다. 백성을 저버리면서까지 자신의 안전을 지키려는 자들만 넘쳐나는 것이 실상이다.

　성기사의 5대 명가라 해도 그 독에는 이기지 못했다. 브레릭 가문과 다른 두 가문에도 안 좋은 소문이 돌고 있다.

　남은 것은 하트 가문과 바르바토스 가문. 하지만 함께 이상을 추구했다는 바르바토스 가문은 그 용맹하던 이름만 남아 있을 뿐이다. 현재 당주인 아론 님께서는 검성이라고 불리던 성기사이시지만, 지금은 어떤 일을 계기로 은거하고 계신다.

나는 만나 뵌 적이 없지만, 아버님께서 아론 님의 무용담을 자주 이야기해주시던 것을 기억한다. 그분께서 복귀하시면 성기사 사이에 감돌고 있는 기분 나쁜 분위기에 새로운 바람이 불지도 모른다. 하지만 그것은 이룰 수 없는 꿈이다.

그렇기 때문에 내가 힘을 내야 한다. 약한 마음을 먹게 되면 페이트가 원하는 록시 하트가 아니게 되어버린다.

그는 분명 기억하지 못할 것이다. 우리는 5년 전에 한 번 만난 적이 있다.

그것은 아버님을 따라 영지에서 왕도로 왔을 때였다. 그때 나는 아직 성기사로서의 마음가짐을 지니지 못하고 있었다.

＊

익숙하지 않은 파티 때문에 피곤했던 나는 한숨을 크게 쉬어버렸다.

그 모습을 보신 아버님께서 곤란한 표정을 지으시면서도 자상한 목소리로 물어보셨다.

"왜 그러니? 록시."

"아니요, 아무것도 아닙니다."

말로는 부정했지만, 아버님께서는 이미 알고 계실 것이다. 그렇게 생각하니 또 한숨이 나오려 했다. 안 돼, 안 돼…… 이래선 하트 가문의 차기 당주로서 주위에 있는 성기사들에게 인정을 받을 수 없어.

나는 열두 살이 되었을 때 영지에서 왕도로 왔다. 그리고 지금 성에서 다른 성기사들에게 하트 가문의 차기 당주로서 인사를 하러 다니고 있다.

대충 스무 명 이상과 하잘것없는 이야기를 나누며 연달아 자기소개를 했다. 하지만 이야기는 아버님만 하시고 나는 어색하게 웃으며 둘러대고 있을 뿐이었다.

이 나이가 되기까지 영지 밖으로 나온 적이 거의 없었던 나는 이렇게 많은 성기사들이 모인 곳은 처음이어서 매우 긴장해버렸기 때문이다. 그리고 여기에 있는 모든 성기사들이 하트 가문과는 이질적인 느낌이 들었다.

그들은 항상 나를 재는 것 같은 시선으로 보았다. 그런 모습을 보니 나중에 내가 그들 같은 존재가 될지 살펴보는 것 같다는 느낌이 들었다.

단 한 명도 마음 편히 이야기를 나눌 사람은 나타나지 않았다.

특히 브레릭 가문의 라팔, 하드와 나눈 이야기는 최악이었다. 저런 사람들도 하트 가문과 마찬가지로 5대 명가 중 하나라니 왕도의 미래가 어두워질 지도 모르겠다.

겨우 사교적인 행사에서 인사를 마치자 나는 몸과 마음이 축 늘어져 버렸다. 모처럼 이날을 위해 어머님께서 하얀 드레스를 마련해 주셨는데…… 다른 형태로 선보이고 싶었다.

아버님께서 그런 나를 보다 못하여 말씀하셨다.

"록시, 오늘 역할은 무사히 마쳤으니 먼저 저택으로 돌아가겠니?"

"……네. 죄송하지만…… 그렇게 하겠습니다."

짧게 대답하고 나는 성기사들이 떠들고 있는 넓은 방을 나오기로 했다. 열린 큰 문을 통해 나오자 갑자기 어깨에서 힘이 빠졌다. 역시 익숙하지 않은 짓을 했던 것이다. 그리고 앞으로도 계속해 나가야만 한다…….

내 앞으로 다가온 성의 하인에게 집에 가겠다고 한 뒤 옷을 갈아입을 방으로 안내받았다.

들어간 넓은 방에는 내가 성에 올 때까지 입었던 옷이 걸려 있었다. 빈말로도 화려하다고는 못할 옷이었다. 백성들이 입는 옷을 조금 더 보기 좋게 만든 정도다.

그렇기 때문에 내게는 소중한 옷이다. 이것은 왕도로 떠나는 나를 위해 영지의 주민들이 마음을 담아 마련해준 옷이니까.

드레스를 벗고 옷을 갈아입으니 마음이 매우 차분해지는 것이 느껴졌다. 포도의 달콤한 향기가 나는 곳, 내가 태어나 자란 영지로 돌아온 것 같았다.

"자. 집에 갈까요."

마음을 다잡은 나는 방을 나섰다. 그리고 경호하기 위해 함께 가겠다며 다가온 병사들에게 고개를 저었다.

이래 봬도 성속성 스킬을 지니고 있다. 레벨이 낮다 해도 악당들에게 낭하시는 않는다.

그리고 혼자 머리를 식히면서 가고 싶었다.

성을 나서서 문득 하늘을 올려다보았다.

"이렇게 늦은 시간이 되었구나……."

달이 높게 떠오르기 시작하고 있었다. 그렇게 재미가 없는 사교의 장에서 인사를 하러 돌아다니느라 네 시간 넘게 있었던 모양이다.

정문을 지나 바람을 쐬면서 성기사구에 있는 저택으로 돌아가자. 피곤하다……, 그렇게 생각하고 있자니 달을 올려다보며 정문 바깥쪽에 있는 길을 걸어가던 남자애를 발견했다.

나이는 아마 나와 비슷한 정도. 너덜너덜한 옷을 입고 있었다.

저렇게 어린아이가 이런 시간에 돌아다니는 것은 그리 바람직하지 못하다. 그의 부모님은 뭐하는 걸까.

잠시 고민한 나는 그에게 말을 걸기로 했다.

"당신, 잠깐만요. 이런 시간에 돌아다니면 위험해요. 어서 집에 가세요. 부모님께서 걱정하실 거예요."

남자애는 나를 돌아보고 쓴웃음을 지으면서 고개를 저었다.

"오늘 왕도에 와서 갈 집이 없어. 그리고 부모님은 이제 없고……."

"…………."

한심하게도 나는 그에게 대답을 할 수가 없었다. 아마도 그는 고아일 것이다. 갈 곳이 없어서 여기서 달을 바라보며 시간을 때우고 있었던 것 같다.

그런데도 불구하고 나는 쓸데없이 참견을 해버렸다. 창피해서 얼굴이 뜨거워진 것이 느껴졌다. 마침 구름이 달을 가려서 어두워진 게 다행이었다.

소년에게 말을 걸었지만 그 뒤로 무슨 말을 해야 할지 몰라 곤란해 하던 내게 소년이 코끝을 긁고 웃으며 말했다.

"뭐, 나는 신경 안 써도 돼. 그건 그렇고 너야말로 집에 일찍 가는 게 나을 거야. 왕도는 성기사님이 많이 있어서 평화로운 줄 알았는데 아닌 것 같으니까. 좀 전에도 아무 짓도 하지 않았는데 이상한 어른이 쫓아왔어. 그리고 정신을 차리고 보니 성 앞까지 와 있었고."

그는 곤란하다는 듯이 머리를 긁었다.

그건 그렇고 왕도에는 성기사가 많이 있는데도 치안이 안 좋다니, 창피하다. 그리고 그가 내 걱정까지 했다. 아마 지금 평민처럼 차려입었기 때문일 것이다.

분명 소년은 내가 성속성 스킬을 지닌 자── 예비 성기사라는 것을 상상도 못 할 것이다.

그래도 나는 약간 발끈하면서 소년에게 말했다.

"이래 봬도 저는 꽤 강해요."

"호오~, 그렇구나."

"앗, 안 믿는 거죠!"

"그래, 그래. 믿어."

"그렇게 적당히 대답하는 걸 보니 분명히 거짓말이라고 생각하는 거네요."

그는 푸석푸석하고 까만 머리카락을 흔들면서 내 곁에서 떠나려 했다. 더 이상 이야기해봤자 소용없을 거라 생각한 모양이었다. 그건 그렇고 그의 태도는 왠지 쌀쌀맞은 것처럼 보이지만 목소리 안에는 다른 것이 느껴졌다.

그런 사람과 처음 만났기에 나는 흥미가 생겼다.

내가 불러 세우려고 했을 때, 그의 배에서 큰 소리가 울렸다.

꼬르르르르륵…….

저런 소리를 내는 사람은 처음 들었다. 우스워서 나도 모르게 웃어버렸다.

"후후후후후……, 소리도 참 크네요."

"……웃지 마. 어쩔 수 없잖아……, 누구나 배가 고파지니까."

이야기를 들어보니 그는 돈이 없어서 음식을 사지 못하는 모양이었다. 그래서 그를 붙잡기 위해 나는 좋은 생각을 해냈다.

"어떤가요, 같이 있어주시면 밥을 사드리겠어요."

"어? 정말?!"

그렇게 나를 보고 질색하던 그가 눈빛이 바뀔 정도로 급하게 달려들었다. 이 나이 남자애들은 꽤 단순할지도 모르겠다.

그런데 밥을 사준다고 해도……, 나는 백성들이 식사를 하는 곳을 모른다. 어떻게 하면 될지 잠시 생각한 다음, 나는 소년에게 기다리라고 하고 성 쪽으로 돌아갔다.

그리고 문지기를 하고 있던 사람에게 사정을 설명하고 가벼운 식사를 준비해줄 수 있는지 성의 하인에게 전해달라고 했다. 문지기는 곤란하다는 표정을 지었지만 내가 하트 가문의 딸이라는 것을 알자마자 안색이 변해서 성 안으로 달려갔다.

결국 나는 지위를 이용해서 사람을 움직여버렸다. 어차피 다른 성기사들처럼 권력을 휘두른 것이다……, 나도.

우울한 분위기에 지배당하고 있자니 성의 하인을 데리고 문지기가 돌아왔다. 하인은 바구니를 들고 있었다.

"오래 기다리셨죠."

"빨리 오셨네요."

"네, 오늘은 성기사님들께서 모이셔서 파티를 개최하셨기에 그곳에 낼 예정이었던 것들 중 일부…… 샌드위치를 이 안에 넣었습니다. 마음에 드시는지요."

바구니 뚜껑을 열고 안을 보여주는 하인. 부드러워 보이는 빵 사이에 신선한 야채와 계란이 끼워져 있었다.

"맛있겠네요. 감사합니다!"

"아뇨, 당치도 않은 말씀을. 저는 이만."

깜짝 놀란 표정을 지은 뒤 고개를 크게 숙인 하인은 도망치듯이 성으로 돌아가 버렸다.

고맙다는 인사를 한 것뿐인데 저런 반응을 보이니 이상하다. 성기사는 그 정도로……

안 돼, 지금은 그런 생각을 할 때가 아니다.

받은 바구니를 들고 소년이 기다리는 곳으로 서둘러 돌아왔다. 과연 그가 기다리고 있을까.

앗, 아직 있다. 바로 머리카락이 푸석푸석한 그에게 다가가 말을 걸었다.

"기다렸죠. 자, 받으세요."

바구니에 가득 담긴 샌드위치를 본 순간, 그의 표정이 밝아졌다.

"괜찮아? 이렇게 많이 받아도."

"네, 괜찮습니다. 저도 먹을 거지만."

"당연히 그래야지. 이 샌드위치는 네 거니까."

내가 그에게 하나를 주자 그는 조심조심 입에 넣었다. 그리고 눈 깜짝할 새에 다 먹어버렸다. 배에서 소리가 날 정도로 배가 많이 고팠던 모양이었다.

너무 기분 좋게 먹었기에 나도 배가 본격적으로 고파져버렸다.

파티에서는 인사만 하고 다니느라 식사를 거의 못 했으니까.

그와 이야기를 나누고 겨우 평소 때 리듬을 되찾은 모양이었다.

그리고 그는 내가 준 샌드위치를 하나씩 먹어치웠다. 놀라며 그런 모습을 보고 있자니.

"저기, 너는 성에서 일하는 메이드 같은 거야?"

"어……? 그래. 메이드예요."

그가 묻자 거짓말을 해버렸다. 만약 내가 5대 명가 사람이고 예비 성기사라는 사실을 말하면 분명 그는 겁을 먹고 지금처럼 마음 편히 이야기해주지 않을 것이다.

그래서 미안하다고 생각하면서도 성의 메이드 행세를 했다.

"오늘은 성기사님들의 파티를 준비하느라 힘들었어요. 이 샌드위치는 남은 음식이고."

"그렇구나…… 성기사님들은 항상 이렇게 맛있는 걸 먹는구나. 부럽다……."

"……미안해요."

내가 무심코 작은 목소리로 그렇게 말하자 소년은 고개를 갸웃거렸다.

"왜 네가 사과하는데?"

"아……, 그렇네요."

"하하하, 이상하기는."

"그렇죠, 이상하죠"

"응, 성의 메이드가 사과할 필요는 없지."

잠시 함께 웃고 나니 어느새 답답하던 감정이 깔끔하게 사라졌다. 신기하다……, 그와 이야기를 하고 있으면 나는 있는 그대로 행동할 수 있는 것 같다.

어째서일까.

내가 그 이유를 알아내기 위해 어두워서 잘 보이지 않는 그의 얼굴을 어떻게든 보려고 빤히 바라보자.

"잠깐, 그렇게 빤히 보지 마."

"아, 죄송해요."

그는 쑥스러워하면서 고개를 돌려버렸다. 왠지 그 모습이 귀엽다는 생각이 들었다. 그래서 더 보고 싶긴 하지만, 그렇게 하면 그는 분명 여기서 떠나버릴 것이다.

마음을 다잡고 신경 쓰이는 것에 대해 물어보았다.

"당신이 본 성기사님은 어떤 느낌인가요?"

"뭐야……? 갑자기."

"됐으니까, 말해주세요. 네?"

그렇게 부탁하자 그는 머리를 긁으면서.

"아, 알았어. 샌드위치도 줬으니까. 그런데 왜 그런 걸 물어보는 거야?"

"저는 성에서 일하니까 바깥에 있는 사람들이 성기사님을 어떻게 생각하는지 알고 싶어졌어요. 그냥 흥미로."

"그렇구나."

그는 납득하고 단 한 마디를 말했다. 그 한 마디만으로 나는 굳어버렸다.

그저 솔직하게 이렇게 말한 것이다.

무섭다고…….

당연하기도 하다. 강력한 성속성 스킬을 지니고 있는 성기사는 백성들과 비교하면 스테이터스가 엄청나게 높다. 성기사를 화나게 하면 목숨을 빼앗길지도 모른다. 그리고 성기사는 그럴 수 있을 정도로 높은 지위를 가지고 있다.

그리고 지금 성기사들 사이에 감돌고 있는 이기적이고 폐쇄적인 사고방식이 백성들의 불안함을 더 부추기고 있을 것이다. 그는 어린 나이에도 그 사실을 잘 알고 있다.

마찬가지로 성속성 스킬을 지닌 사람으로서 미안해졌다. 그렇다고 해서 지금 내게는 무언가를 바꿀 수 있는 힘은 없다. 그렇게 강하신 아버님께서도 왕도 성기사들의 태도를 바로잡지 못하고 계신다. 아마 앞으로도 이 체제는 변하지 않을 것이다……, 그렇게 포기하려던 때에.

"그런 표정 짓지 마. 왕국……, 왕도도 그렇게 나쁘지만은 않아. 너처럼 배가 고픈 내게 밥을 먹여준 사람도 있으니까."

마침 달빛이 내리쬐어 그의 얼굴이 전부 드러났다. 천진난만하고 약간 쓸쓸해보이는 얼굴이었다. 그런 그는 잠시 망설인 다음 쑥스럽다는 듯이 말했다.

"너 같은 사람이 성기사라면 좋을 텐데."

"…………."

대답할 말조차 잊어버렸다. 그 정도로 내 가슴을 벅차게 만들었다.

그가 말해준 것처럼, 생각했던 것보다 간단한 것이었다. 주위에 있는 성기사들에게 문제가 있기 때문이 아니다. 중요한 것은 자기 자신이 어떻게 되고 싶은지다.

자신이 믿는 길을 형태로 나타내면 된다. 딱히 특별하지 않은 행동으로도 이런 표정을 지으며 기뻐해주는 사람이 있다.

"고마워요. 당신의 말을 들으니 왠지 이해가 된 것 같아요."

"그렇구나……, 무슨 사정이 있는지는 모르겠지만 기운을 차린 것 같아서 다행이야……. 그럼 나는 이제 가볼게. 더 이상…… 여기에 계속 있으면 성에서 나온 성기사님하고 마주칠 것 같으니까."

그가 이 장소에서 떠나려 했던 게 그런 이유 때문이었구나. 악당에게 쫓겨서 여기까지 도망쳐 왔다는 소년. 그리고 올려다보니 성이 있었고, 그곳에는 무서운 성기사가 있었다.

배를 채울 수 있게끔 식사를 했지만, 계속 남아 있으려니 불안했을 텐데. 하지만 지금까지 함께 있어준 이유는 기운이 없어 보이는 나를 배려할 정도로 그가 자상한 마음씨를 가지고 있기 때문인지도 모르겠다.

이번에는 진짜로 내 앞에서 떠나려 하던 그에게 마지막으로 한 가지 물어보았다.

"저기, 이름을 가르쳐주세요!"

그러자 그는 이쪽을 돌아보고 손을 크게 흔들면서 대답했다.

"페이트 그래파이트! 샌드위치 잘 먹었어……, 안녕!"

그렇게 말한 다음 눈 깜짝할 새에 거리 안으로 사라져버렸다.

페이트라…… 또 만날 수 있으면 좋겠다. 그렇게 생각하고 있자니 나는 중요한 것을 깜빡하고 있었다는 걸 깨달았다.

이럴 수가! 그의 이름만 물어보고 내 이름을 가르쳐주지 않았다.

"아차……."

하지만 다시 만났을 때 페이트가 나를 기억하고 있을지도 모른다. ……어두워서 얼굴이 잘 보이지 않았겠지만……, 혹시나.

희미한 기대를 가슴에 품으며 혼자서 밤하늘을 올려다보았다. 왕도의 조명에도 뒤처지지 않는 별들이 하늘을 가득 뒤덮고 있었다.

페이트와는 아주 잠시 이야기를 나눈 것뿐이지만, 다시 이 밤하늘 아래에서 이야기를 하고 싶다. 그때는 당당하게 성기사라고 말할 수 있게 되고 싶다. 그러지 못하면 페이트에게 받은 용기가 물거품이 되어버린다.

우선 억지웃음을 그만 짓고 당당하게 나서야지……, 그렇게 생각하면서 혼자 당당하게 가슴을 펴는 연습을 하고 있자니.

"록시 아니냐. 아직 저택으로 가지 않았니……? 왜 그러지?"

"아버님?!"

보아하니 성기사들의 파티를 마치고 오셨는지 아버님께서 의아한 표정을 짓고 계셨다.

으으으…… 정말?! 이상한 모습을 보여드려 버렸다. 아무도 없는 곳에서 혼자 가슴을 펴고 잘난 척하는 모습을……, 창피하다.

헛기침을 하면서 둘러댄 뒤 아버님께 말씀드렸다.

"이제 돌아가시나요?"

"하하하, 그래. 록시가 처음 온 왕도에서 혼자 쓸쓸해 하지 않을까 걱정이 되었거든."

"저는 이제 어린애가 아니에요."

"부모가 보기에는 언제까지나 어린애란다."

아버님께서는 그렇게 말씀하시고 웃으시면서 내 옆에 앉으셨다.

"무슨 일 있었지?"

역시 아버님은 대단하시다. 어두워서 표정까지 알아보지는 못하셨을 텐데, 내 목소리를 듣고 뭔가 눈치채신 모양이다.

나는 포기하고 방금 있었던 일을 조금 이야기했다.

"그래……."

아버님께서는 그렇게만 말씀하시고 나와 함께 밤하늘을 바라보시기만 하셨다.

분명 아버님께서는 기다리고 계신다.

여기까지 와서 망설일 내가 아니다. 이래 봬도 하트 가문의 차기 당주다. 그리고 이미 결심했다.

"저는 아버님 같은 성기사가 되고 싶어요. 백성들과 함께 웃을 수 있는 성기사요!"

내 맹세를 듣고 아버님께서는 기쁜 듯이 일어서셨다. 그리고 내 머리를 살며시 쓰다듬으셨다.

"말 잘했다. 그래야 하트 가문 사람이지. 그렇다면 내일부터는 더 열심히 해야 한다."

"네!"

나는 가슴을 펴고 대답했다. 지금부터 시작된다.

페이트와 다시 만났을 때 성기사 록시 하트로서 부끄러움이 없는 모습을 보여주기 위해서.

*

그 이후로 몇 년이 지나 무사히 성기사가 된 나는 결국 페이트와 만나지 못한 채 나날을 보내고 있었다.

꿈에 자주 나와서 나에게 힘을 주었던 그도 시간이 지나자 점

286 폭식의 베르세르크 1

점 희미해져갔다.

그런 와중에 성의 문지기 당직을 맡게 되었다. 성기사가 된 사람이라면 누구나 해야 하는 일이다. 하지만 대역을 세우면 그 임무에서 벗어날 수 있다.

성기사 대다수는 그렇게 귀찮은 문지기 일을 맡지 않고 일용직 아르바이트에게 떠넘기고 있었다.

나는 성기사가 해야 할 일을 그렇게 남에게 맡기는 것은 바람직하지 않다고 생각했기에 스스로 문지기 임무를 맡기로 했다. 그리고 처음 문지기 임무를 맡았을 때 겨우 그……, 페이트와 다시 만날 수 있었다.

이름을 확인할 필요도 없이 한눈에 알아보았다. 저 검은 머리카락, 검은 눈은 틀림없이 페이트다.

나는 두근거리며 그에게 말을 걸어 보았지만.

"안녕하세요, 저는 록시 하트예요. 고생 많으시네요. 교대할 시간이에요."

"네, 네!"

페이트는 나를 알아보지 못하고 공손히 인사를 했다. 그리고 들고 있던 왕국의 문장이 자수로 들어가 있는 깃발이 달린 창을 내게 건넸다.

그때만은 얼굴에 드러내지 않게끔 필사적으로 실망한 마음을 억눌렀다.

의기소침한 내가 깃발이 달린 창을 받아들자 그는 얼굴을 붉히며 재빨리 도망쳤다. 여전히 성기사를 무서워하는 모양이다. 꽤……, 슬프다…….

그날부터 나는 굴하지 않고 이유를 만들어서 페이트에게 말을 걸곤 했다. 그 덕분에 그는 자신에 대해 다시 이야기를 해주게 되었다.

페이트의 고용주는 놀랍게도 브레릭 가문. 이럴 수가……, 저 악명 높은 명가에 취직하다니…….

사실 그를 하트 가문에 채용할 생각이었다. 하지만 상대가 브레릭 가문이라면 이야기가 달라진다. 같은 5대 명가이기 때문이다.

내가 만약 멋대로 움직이면 당주인 아버님께 폐를 끼치게 된다. 개인적인 이유로 그런 짓을 해서는 안 된다.

가슴이 답답한 채로 시간만 흘러갔다. 그동안에도 페이트는 브레릭 가문의 삼남매에게 부조리한 폭행을 당하곤 했다. 내 눈이 닿는 곳에서는 막을 수 있었지만, 전부 다 막는 건 불가능하다.

그리고 성 앞에서 페이트와 처음 만난 뒤로 5년이 지났을 때, 하트 가문에 슬픈 소식이 날아들었다. 가리아에 마물을 토벌하러 원정을 나가 계셨던 아버님께서 돌아가신 것이다. 그것도 지금까지 가리아 한가운데에 둥지를 틀고 국경선에는 나오지 않았던 천룡에게.

아버님께서 이끌고 계시던 군대는 국경선에서 쏟아져 나오는 마물 무리와 싸우고 있었다. 그때 천룡이 하늘에서 나타났다고 한다. 겨우 일격에 아버님의 군대, 그리고 마물들까지 한꺼번에 쓰러뜨린 것이다.

운이 없다고 할 수밖에 없지만……, 그래도 이런 건……, 너무…….

나는 저택의 방에 혼자 틀어박혀 멍하게 슬픔을 곱씹고 있었다. 그때, 내 머릿속에 페이트의 얼굴이 떠올랐다. 그는 평소처럼 어떤 상황에서도 긍정적으로 나아간다.

"만나고 싶은데……."

그리고 다시 발을 내디딜 용기를 받고 싶다.

마침 오늘은 문지기 일이 있고, 내 전에 임무를 수행하는 사람이 페이트다. 교대할 때 만날 수 있다.

나는 옷을 갈아입고 서둘러서 저택을 뛰쳐나왔다. 그리고 성의 정문에서 본 것은 페이트에게 집요하게 폭력을 휘두르고 있던 라팔 남매였다.

머리에 피가 몰려서 나도 모르게 허리에 차고 있던 성검을 뽑아 들 뻔했다. 하지만 하트 가문의 당주로서 그런 짓을 해서는 안된다.

꾹 참고 계속 폭력을 휘두르고 있던 라팔을 거친 말투로 말렸다. 그러자 라팔 남매는 물러났지만, 다음에는 어떻게 될지 모른다.

아버님을 잃은 지금, 내가 하트 가문의 당주 신분을 이어받게 되었다. 그렇다면 어느 정도는 내 뜻대로 밀어붙여도 될 것이다. 그렇게 생각하고 그에게 말을 걸려고 했지만 긴장이 되어서 말을 잘 꺼내지 못했다.

그러던 와중에 페이트는 다시 내 앞에서 도망쳐버렸다. 아……, 나도 참 바보야.

모처럼 전할 기회였는데, 왜 이렇게 되었을까.

나는 받아든 문지기의 창을 쥔 채 하늘을 올려다보고 있었다. 두 시간, 세 시간……, 다섯 시간이 지나서 밤이 되어버렸다.

그럼에도 불구하고 계속 페이트 생각을 하고 있자니 그의 목소리가 들렸다. 환청인가 싶었는데 진짜였다.

매우 초조한 표정이었다. 무슨 일이냐고 물으니 놀랍게도 도적으로 보이는 사람들을 보았다고 했다. 나는 페이트를 믿고 그자들이 숨어들었다는 방향으로 달려갔다. 그러자 수상한 사람들 몇 명이 있었다. 다들 무기를 들고 내게 덤벼들었다.

성기사인 내가 보기에는 별 볼 일 없는 적이었다. 하지만 무리지어 연계 공격해댔다. 그런 이유 때문에 베었는데도 해치우지 못한 도적 한 명을 놓쳐버렸다.

초조해져서 쫓아가 보니 그 도적은 페이트 앞에 쓰러져 있었다. 그는 시체 옆에서 떨고 있었다. 아마 사람을 죽인 것이 처음이었을 것이다.

내가 달려가서 손을 잡자 몸을 더욱 떨었다. 그는 이런 짓을 할 수 있는 사람이 아니다. 그렇게 생각하니 대신 정문을 지키는 임무를 맡긴 것이 후회되었다.

이대로 두면 안 된다. 이번에야말로 그를……, 페이트를 내 곁에.

마음을 굳게 먹고 그를 설득하기 시작했다. 하지만 사실 그를 위해서라는 이유는 절반에 불과하고 나머지 절반은 나 자신을 위해서이기도 했다.

나는 예전처럼 페이드에게 용기를 받고 싶었던 것이다.

그리고 그가 저택의 하인이 되었기에 나는 성기사 록시 하트로서 힘을 낼 수가 있었다.

몰래 왕도 거리를 시찰하거나, 하트 가문의 영지에 가기도 하면서 매우 즐겁고 충실한 나날을 보냈다.

하지만 그것도 오늘로 끝이다. 나는 페이트에게 충분하고도 남을 정도로 용기를 받았다.

그것을 가슴에 품고 가리아로 향한다.

그에게 받은 푸른 보석으로 만든 펜던트를 쥐었다.

"괜찮아……."

내가 도착하자 왕도 군사구의 문이 열리기 시작했다. 안에는 이미 가리아 원정 준비를 마친 군대가 대기하고 있었다.

"지금 나라면 반드시 해낼 수 있어. 그러니까, 기다려…… 페이트."

나는 그가 원하는 한 계속 성기사 록시 하트로 있을 것이다.

후기

안녕하세요, 잇시키 이치카입니다.

이 소설은 WEB 소설 투고 사이트 『소설가가 되자』에 투고한 것을 수정한 것입니다.

별다른 생각 없이 소설을 쓰기 시작해서 2년 정도 만에 겨우 여기까지 올 수 있었습니다. 사이트 안에서는 아마 운이 꽤 좋은 편이겠죠.

저는 소설을 쓸 때 항상 목표를 한 가지 정합니다. 그것은 작가만의 목표이고 작품의 스토리와는 상관이 없는 목표입니다. 이번에는 단순히 인플레이션을 겪기만 하는 과정에서 더 나아간 단계를 써낼 수 있는가 하는 목표였습니다.

1권에서 읽으신 대로 이 소설은 주인공이 폭식 스킬을 통해 상대방의 스테이터스와 스킬을 팍팍 빼앗아댑니다. 그야말로 인플레이션 주인공입니다. 쓰는 입장에서도 더할 나위 없는 소재입니다.

2권에서는 왕도를 떠난 페이트가 만남과 성장을 겪는 과정을 그려나갈 예정입니다. 몸속에 있는 폭식 스킬과 마주하면서 더욱 강해지려 하는 그의 모습을 표현할 수 있게끔 노력하겠습니다.

그리고 1권을 간행하기까지 시간이 꽤 걸려버렸지만 2권은 더 빨리 낼 수 있다고 담당 편집자분께 들은 바 있습니다. 2권이 나오게 되면 부디 읽어주시기 바랍니다.

　마지막으로 시간이 없는 와중에 매우 멋진 일러스트를 그려주신 fame 씨께 감사를. 여기까지 오기까지 작품 외적으로 여러 가지 일들이 있었습니다만 끈기 있게 출판에 대처해주신 담당 편집자분, 감사합니다.

　그리고 WEB 소설에 투고할 때부터 응원해주신 독자 여러분. 그 응원이 없었다면 여기까지 오지 못했을 것 같습니다. 여러분께 진심으로 감사를!

　그럼 2권에서 다시 뵙겠습니다.

역자 후기

안녕하세요. 천선필입니다.
『폭식의 베르세르크』1권, 재미있게 읽으셨는지 모르겠습니다.

주인공의 스킬이자 제목에도 들어가 있는 《폭식》은 여러 가지 매체에 등장하여 유명한 7대 죄악, 공식 명칭으로는 칠죄종 중 하나입니다. 가톨릭에서 규정하는 죄의 근원, 그리고 그 자체가 죄라는 개념이죠. 사실 칠죄종에 해당되는 Gluttony는 음식에 대한 지나친 욕구, 즉 식탐이지만, 식탐에 의해 폭식으로 이어지는 것이니 이해가 되기도 합니다. 그리고 주인공의 메인 웨폰이자 파트너, 흑검 그리드는 탐욕이기에 잘 어울리는 한 쌍이라는 생각도 드네요.

이 작품을 번역하면서 인상 깊었던 점 중 하나는 고기가 귀한 음식으로 나왔다는 느낌, 적어도 싸구려 음식으로 묘사되지 않았다는 점이었습니다. 특히 소고기 같은 경우 현대 사회에는 먹기 위해 기르는 소, 육우를 전문적으로 키우는 축산 농가도 있고 저렴한 수입육도 있어서 고기가 그리 귀한 느낌이 들지 않지만, 산업이 본격적으로 발달하기 전에는 소가 귀중한 노동력이었기에 가치가 훨씬 높았습니다. 그 소를 도축해야 나오는 고기는 당연히 귀했겠죠.

이웃 나라인 일본에서는 그런 가치문제와 더불어 한동안 불교 사회였기 때문에 1000년 넘게 육식 금지령이 내려져 있었습니다. 19세기에 메이지 유신을 거쳐 서양문화를 도입하게 돼서야 사람들이 고기를 먹게 된 겁니다. 저는 고기를 매우 좋아하는지라 먹기가 훨씬 편해진 현대 사회에 태어난 게 다행인 것 같습니다.

이런 고기 같은 사소한 소재만 봐도 주인공이 처음에 처해 있던 환경처럼 작품의 세계도 그리 희망찬 세계는 아닌 것 같습니다. 빈부격차가 심하고, 마물들의 위협도 꽤 심각하고, 이런 문제들을 해결해야 할 사회지도층인 성기사들은 부패했고……, 이런 세계를 좋게 만들려고 움직이는 히로인 록시와 그녀를 도우려고 움직이는 주인공이 어떤 이야기를 보여줄지도 기대되는 부분 중 하나입니다.

이런 생각들을 하면서 이번 『폭식의 베르세르크』 1권 번역을 마무리했습니다. 감사의 인사 드리고 뜬금없이 고기 이야기로 빠진 (……) 후기를 마치려 합니다.

항상 고생이 많으신 담당 편집자분과 소미미디어 관계자 여러분, 쑥쑥 커가는 조카를 보면서 활짝 웃고 있는 아버지, 어머니, 누나, 매형, 그리고 친구들, 감사합니다.
그리고 그 누구보다 감사의 인사를 드려야 할 분들은 독자 여러분입니다. 여러분 덕분에 번역을 마치고 이 후기를 쓸 수 있었습니다. 진심으로 감사드립니다.

   작가분의 후기를 보니 2권에서는 페이트가 만남과 성장을 겪는 과정이 나온다고 합니다. 기대해주시면 감사하겠습니다.

   항상 건강하시고 행복한 하루 보내시길 바랍니다.
   감사합니다.

천선필

BOSHOKUNO BERSERK ~OREDAKE LEVELTOIUGAINENO TOPPASURU~ Vol.1
© 2017 by Isshiki Ichika
First published in Japan in 2017 by Isshiki Ichika
Korean translation rights reserved by Somy Media, Inc.
Under the license from Micro Magazine Co., Ltd., Tokyo JAPAN

폭식의 베르세르크 1

2019년 5월 1일 1판 1쇄 발행
2020년 12월 15일 1판 4쇄 발행

저　　　자 잇시키 이치카
일 러 스 트 fame
옮 긴 이 천선필
발 행 인 유재옥
본 부 장 조병권
편집 1팀 정영길 김민지 조찬희
편집 2팀 김다솜
편집 3팀 오준영 곽혜민 김혜주
편집 4팀 성명신
미　　　술 김보라 서정원
라이츠담당 김슬비 한주원
디 지 털 박상섭 이성호 최서윤
물　　　류 허석용
발 행 처 ㈜소미미디어
등　　　록 제2015-000008호
제 작 처 코리아피앤피
주　　　소 서울시 마포구 토정로222, 403호(신수동, 한국출판콘텐츠센터)
판　　　매 ㈜소미미디어
마 케 팅 한민지 이주희 우희선
전　　　화 편집부 (070)4164-3962, 3963 기획실 (02)567-3388
　　　　　 판매 및 마케팅 (070)4165-6688, Fax (02)322-7665

ISBN 979-11-6389-461-2 04830
　　　979-11-6389-460-5 (세트)

세 케이 지음
나베 아오 일러스트
진 옮김

encer who wears
r swords and
rceress Princess of
saster

the War ends the world /
raises the world

너와 나의 최후의 전장, 혹은 세계가 시작되는 성전

Sazane, Ao Nekonabe 2018
OKAWA CORPORATION

나를 믿지 마, 너는 —— 나만의 라이벌이야.

적대하는 소년과 소녀의 성전, 압도적 왕도 히로익 판타지!

"그 왕청을 부숴버리고 싶어서요."

국가 전복을 노린 쿠데타 —— 여왕 암살 미수 사건의 혼란이 확산되는 가운데 서둘러 네뷸리스 왕궁으로 향하는 이스카 일행. 조아 가문과 손잡았다는 의심을 받는 황청의 제1왕녀 일리티아는 '제3왕녀 시스벨의 호위병은 제국군이다'라는 비밀을 이용해서 이스카와 동료들을 별장이란 이름의 새장 속에 가둬버리려고 한다. 한편 여동생을 걱정한 앨리스도 일리티아를 막아보려고 별장으로 향한다. 그리하여 세 자매가 한 지붕 아래에 모이게 되는데……. 의혹의 마녀의 책략에 의해 시계탑의 종소리는 높이 울려 퍼지고, 마녀들의 낙원은 전장으로 뒤바뀐다 ——!

적대하는 소년 소녀가 세계를 혁신하는 히로익 판타지!

©Minto Higure 2014 / Futabasha Publisher Ltd.
Illustration Napo
MONSTER TAMER
몬스터의
주인님 5
몬스터 아가씨들과 가혹한 현실을 헤쳐나가는
이세계 판타지 대망의 제 5탄!
적인가 아군인가……
최강 클래스의 능력자
'위타천' 등장